ANN M. MARTIN
LA HERMANITA DE LAS NIÑERAS

LOS PATINES DE KAREN

UNA NOVELA GRÁFICA DE
KATY FARINA
CON COLOR DE BRADEN LAMB

Un sello editorial de
SCHOLASTIC

Dedico este libro a la memoria
de mi amada abuela, Adele Read Martin
2 de agosto de 1894 - 18 de abril de 1988
A. M. M.

Para mis padres, quienes siempre estuvieron presentes
para aliviar cada magulladura, enfermedad y hueso roto
K. F.

Originally published in English as *Baby-Sitters Little Sister #2: Karen's Roller Skates*

Translated by María Domínguez

Text copyright © 2020 by Ann M. Martin
Art copyright © 2020 by Katy Farina
Translation copyright © 2021 by Scholastic Inc.

ISBN 978-1-338-71556-9

10 9 8 7 6 5 4 3 2 1   21 22 23 24 25

Printed in Malaysia   108
First Spanish printing, 2021

Edited by Cassandra Pelham Fulton and David Levithan
Spanish translation edited by María Domínguez and Abel Berriz
Book design by Phil Falco and Shivana Sookdeo
Publisher: David Saylor

CAPÍTULO 1

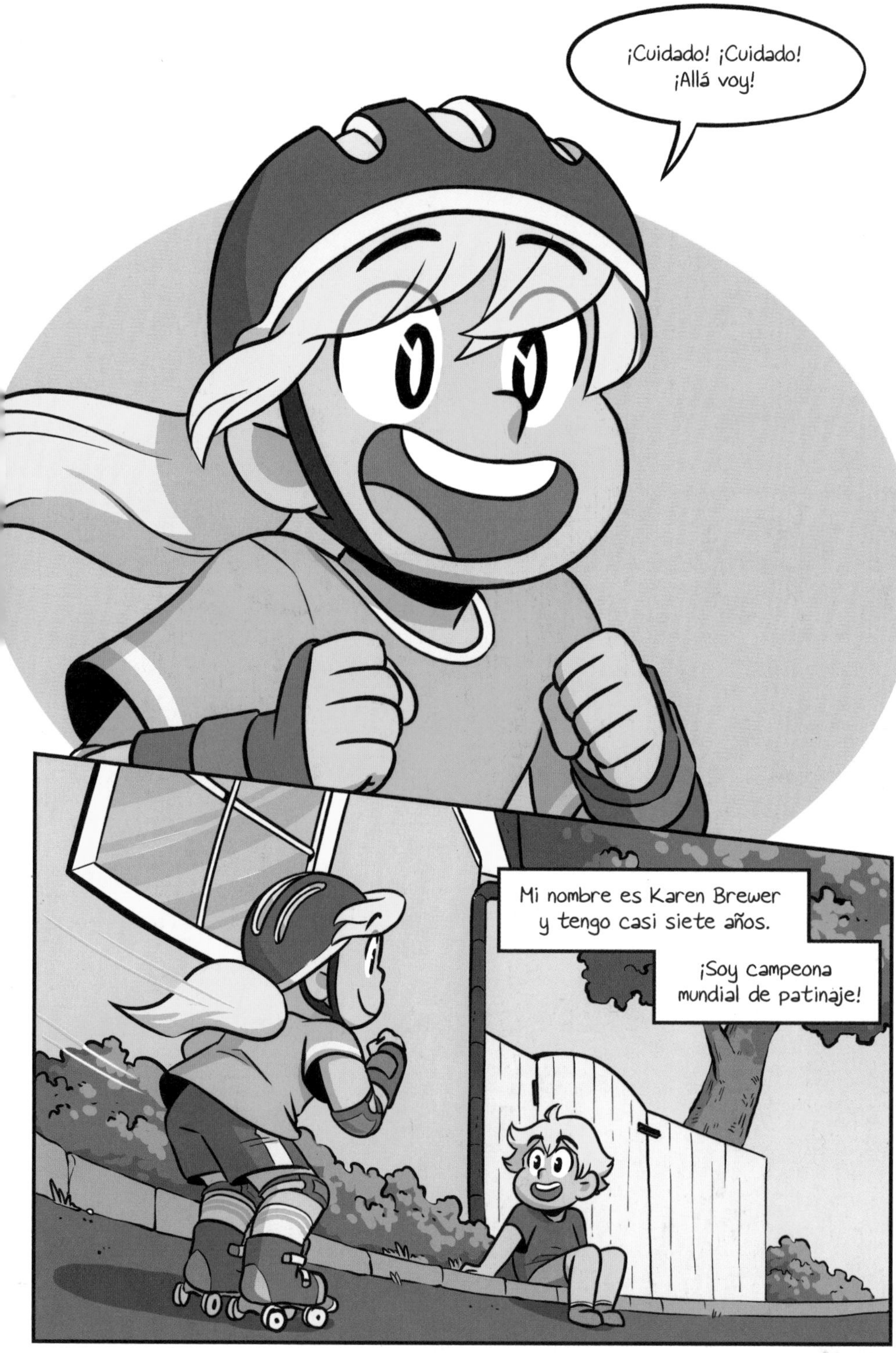
¡Cuidado! ¡Cuidado!
¡Allá voy!
Mi nombre es Karen Brewer
y tengo casi siete años.
¡Soy campeona
mundial de patinaje!

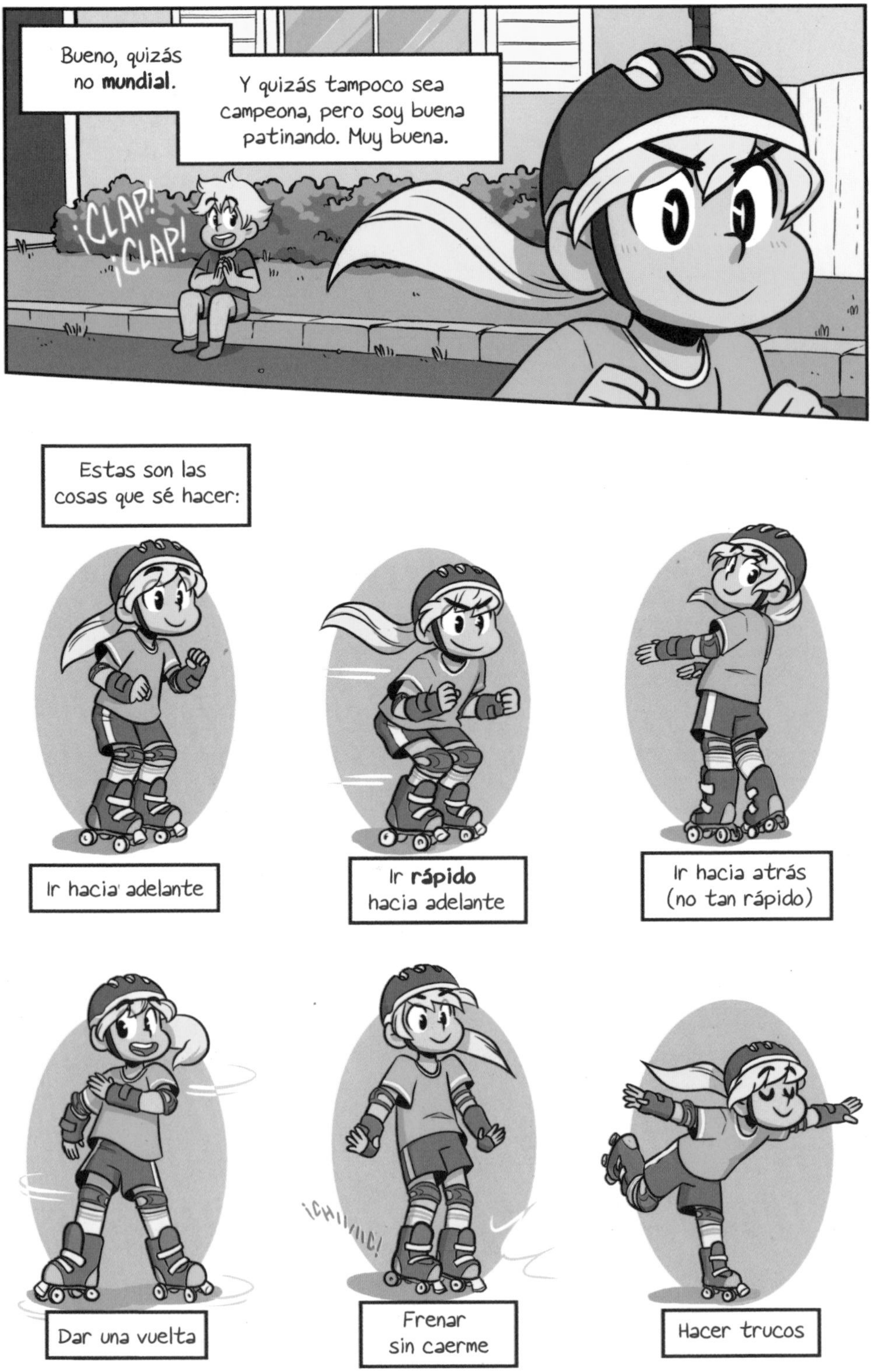
Bueno, quizás no **mundial**.
Y quizás tampoco sea campeona, pero soy buena patinando. Muy buena.
¡CLAP! ¡CLAP!
Estas son las cosas que sé hacer:
Ir hacia adelante
Ir **rápido** hacia adelante
Ir hacia atrás (no tan rápido)
Dar una vuelta
¡CHIIIIIC!
Frenar sin caerme
Hacer trucos

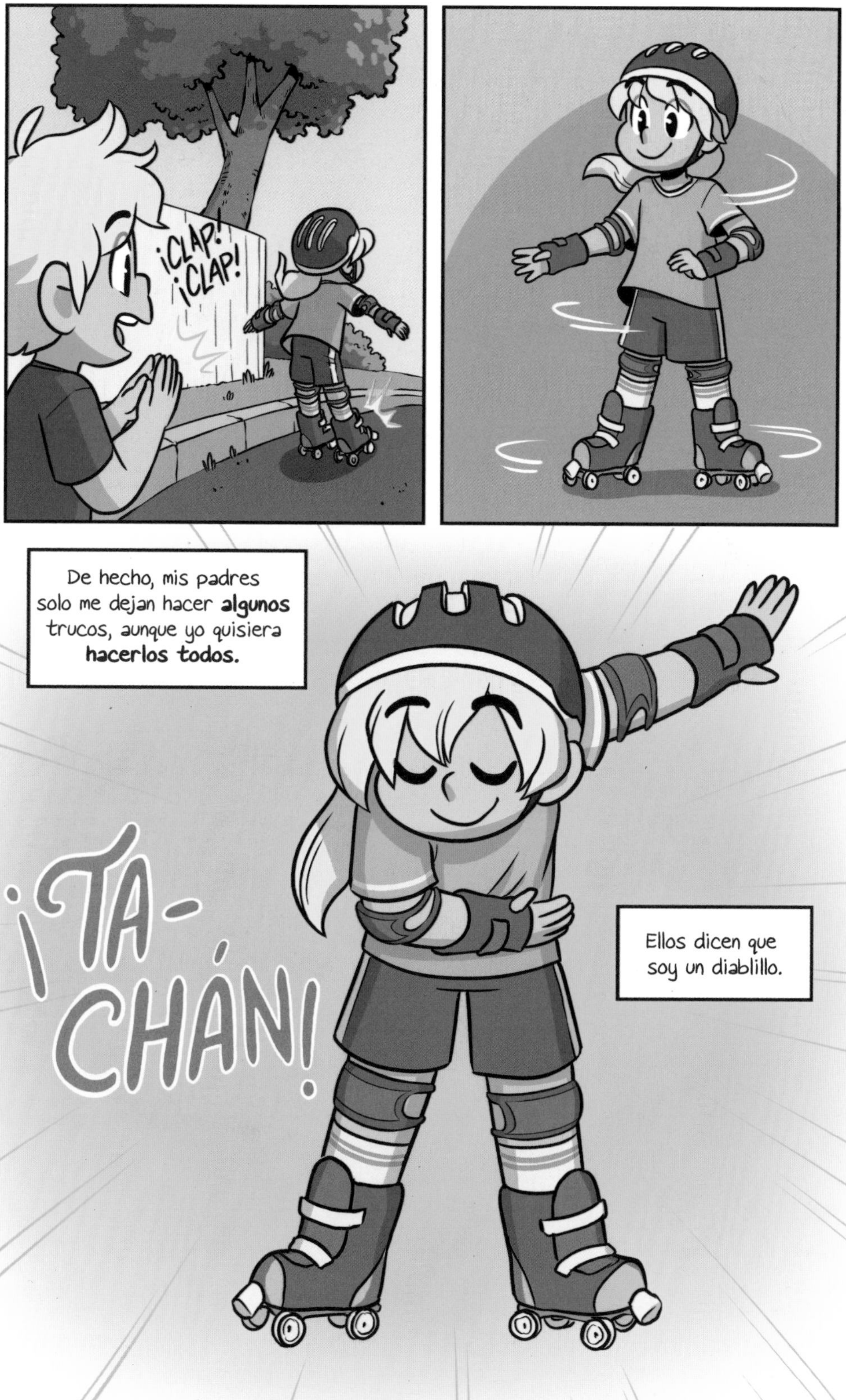
¡CLAP! ¡CLAP!
De hecho, mis padres solo me dejan hacer **algunos** trucos, aunque yo quisiera **hacerlos todos.**
¡TA-CHÁN!
Ellos dicen que soy un diablillo.

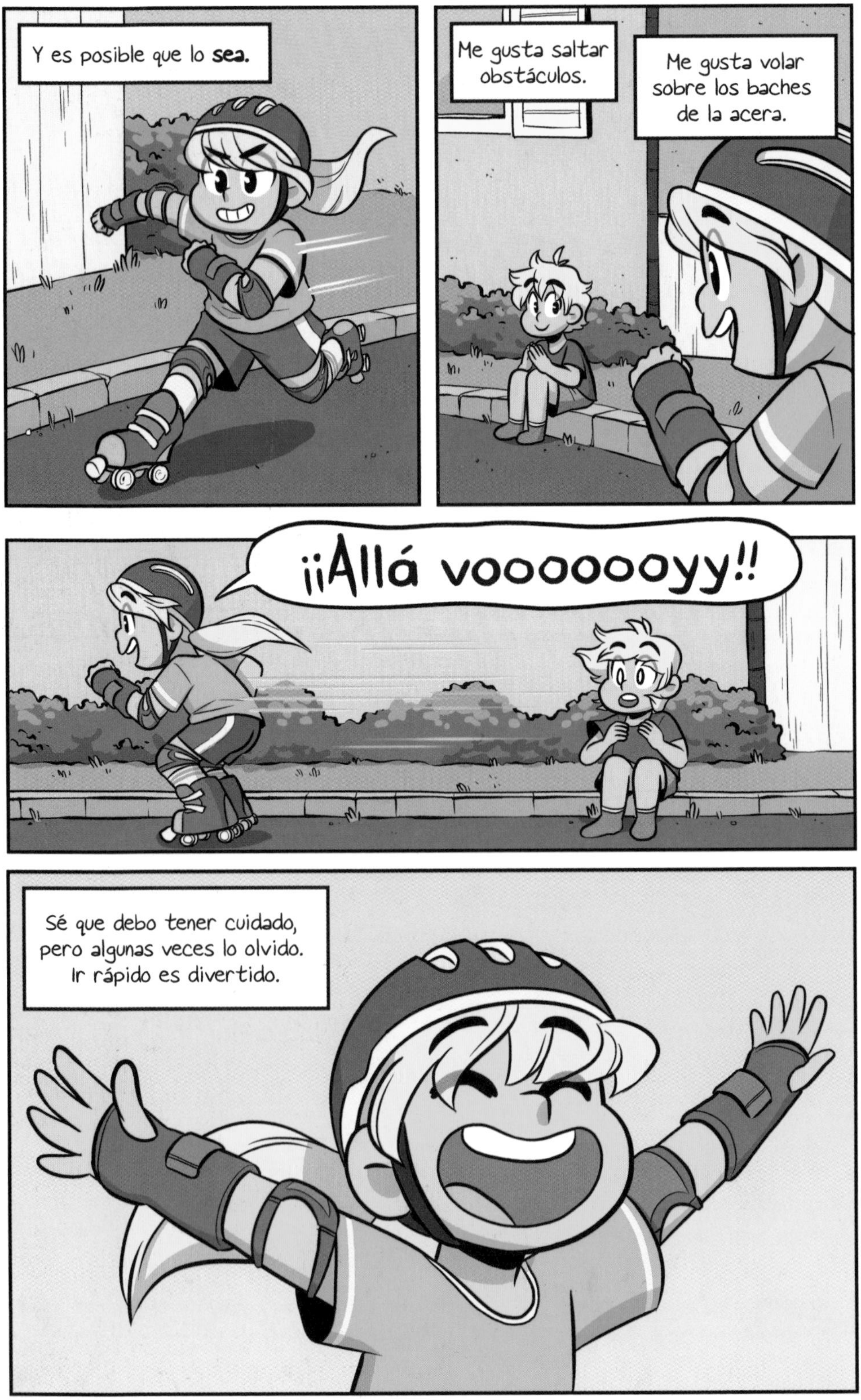
Y es posible que lo **sea.**
Me gusta saltar obstáculos.
Me gusta volar sobre los baches de la acera.
¡¡Allá voooooyy!!
Sé que debo tener cuidado, pero algunas veces lo olvido. Ir rápido es divertido.

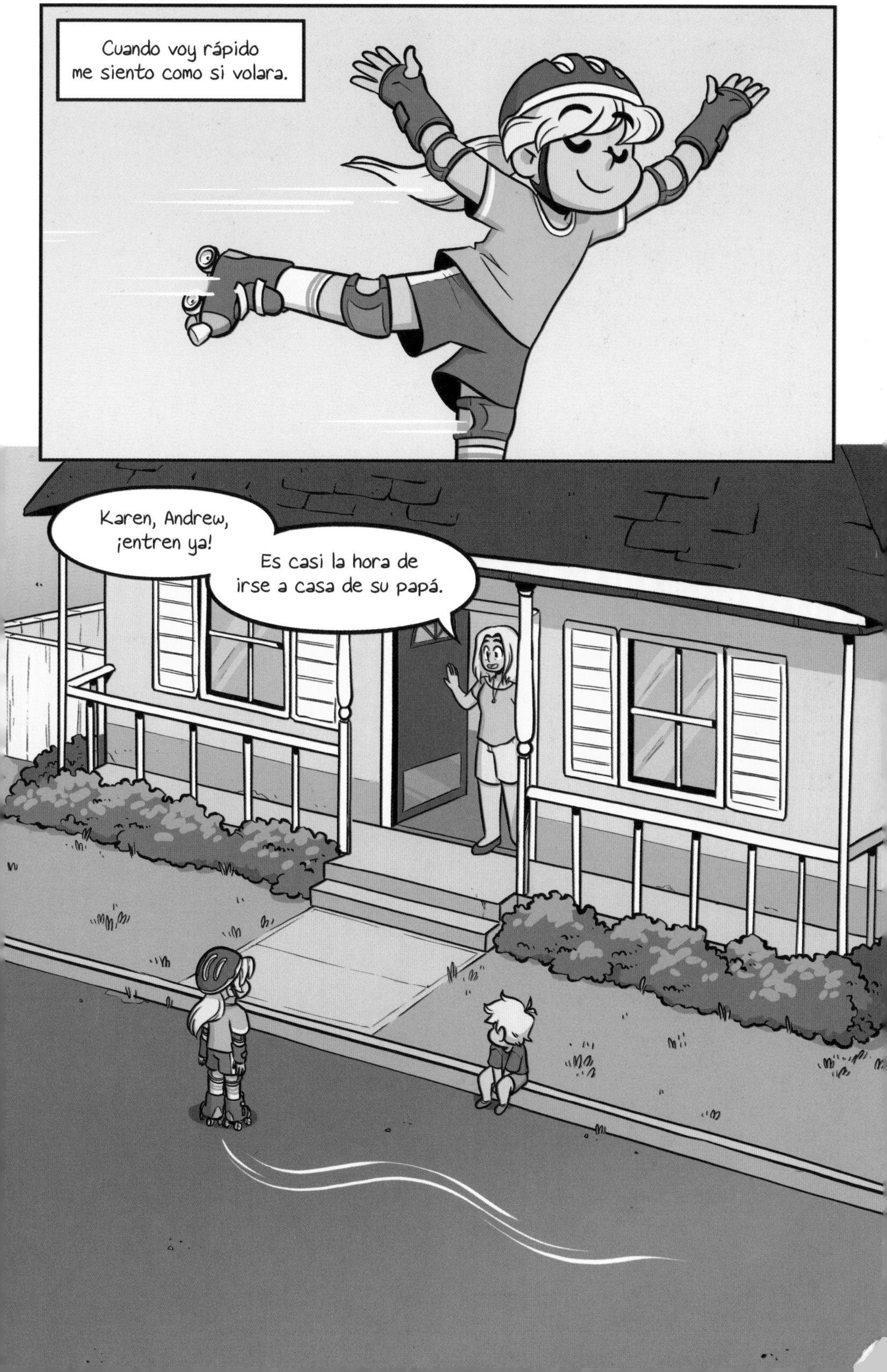
Cuando voy rápido me siento como si volara.
Karen, Andrew, ¡entren ya!
Es casi la hora de irse a casa de su papá.

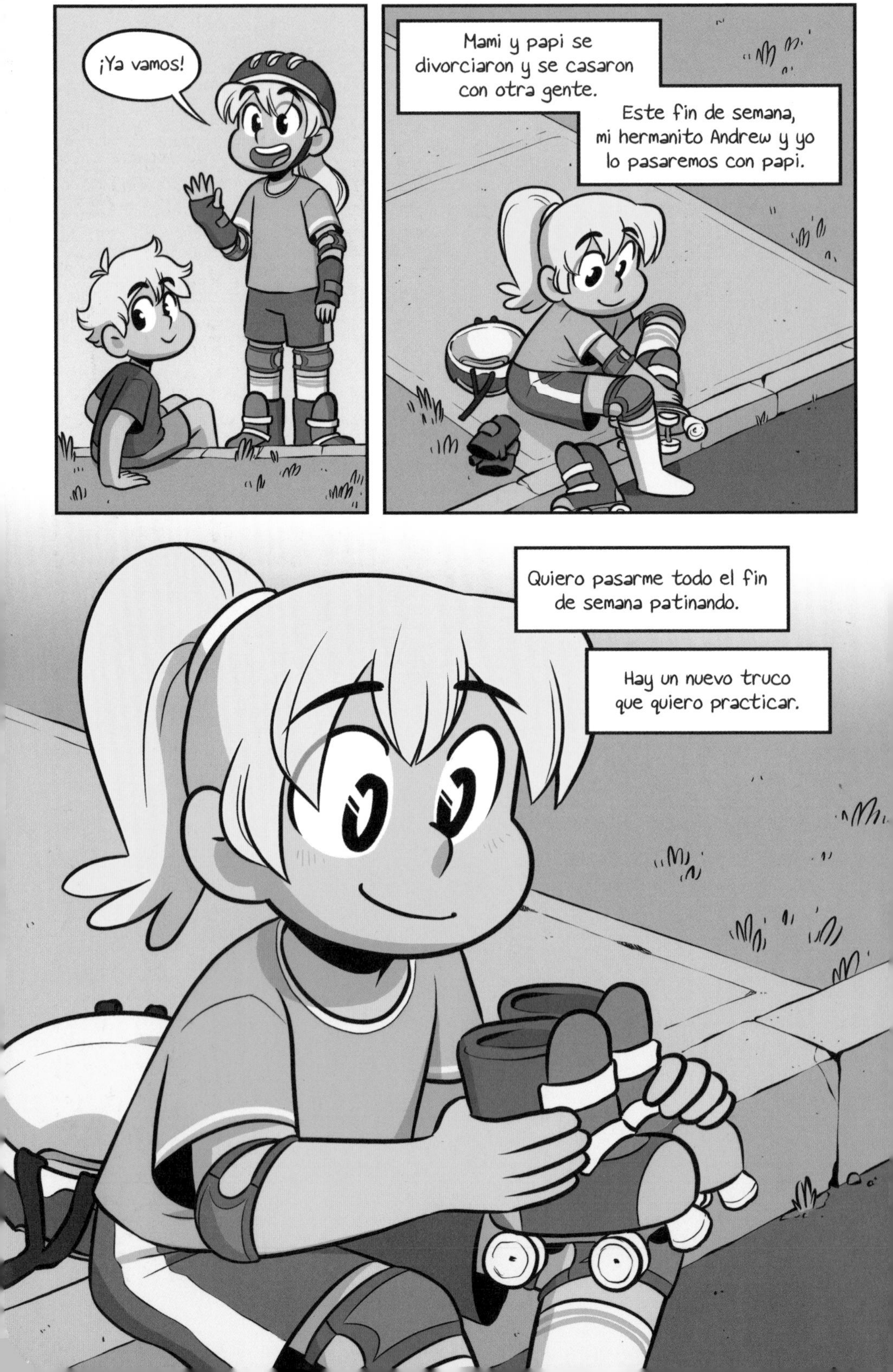
¡Ya vamos!
Mami y papi se divorciaron y se casaron con otra gente.
Este fin de semana, mi hermanito Andrew y yo lo pasaremos con papi.
Quiero pasarme todo el fin de semana patinando.
Hay un nuevo truco que quiero practicar.

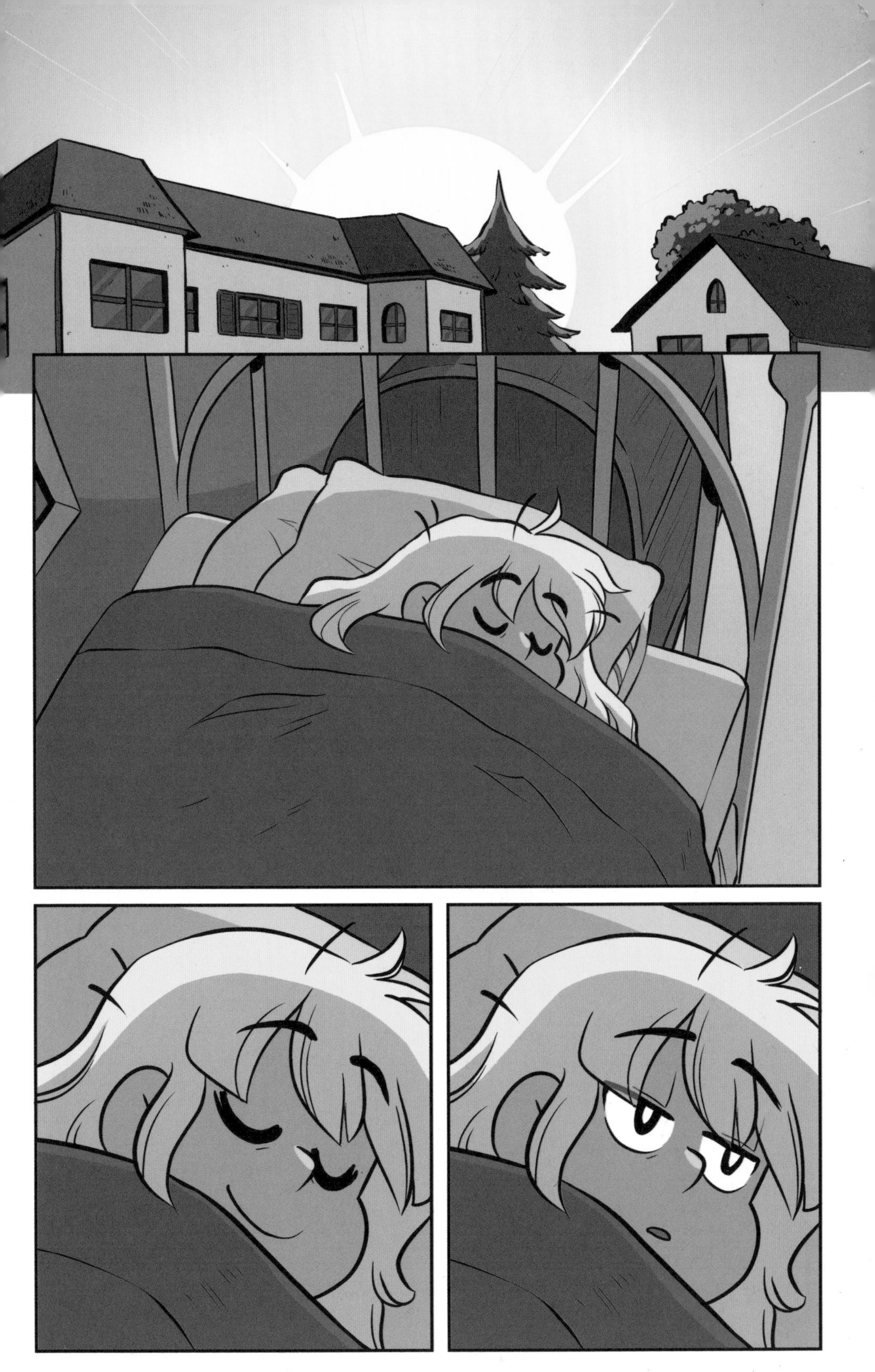

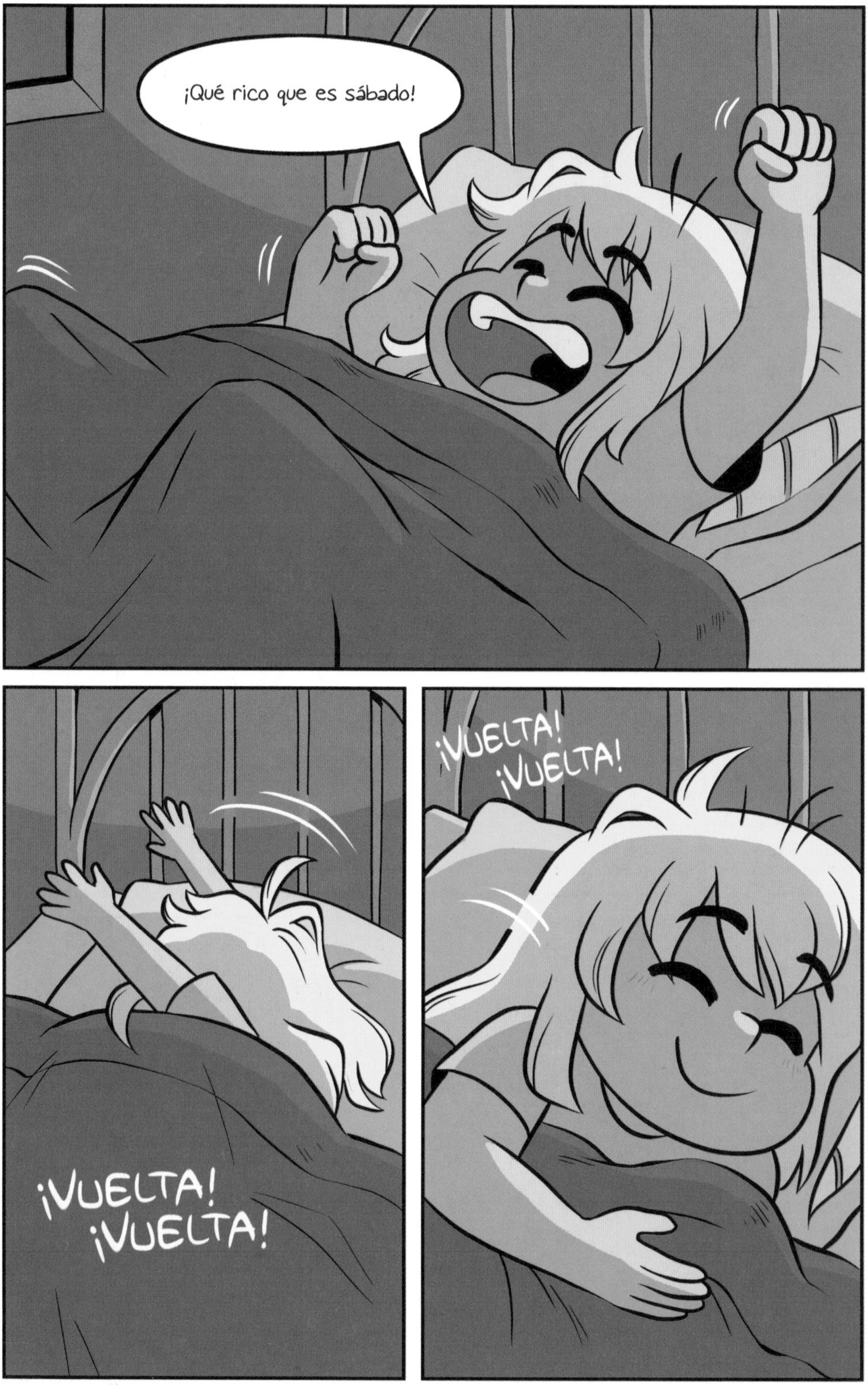
¡Qué rico que es sábado!
¡VUELTA! ¡VUELTA!
¡VUELTA! ¡VUELTA!

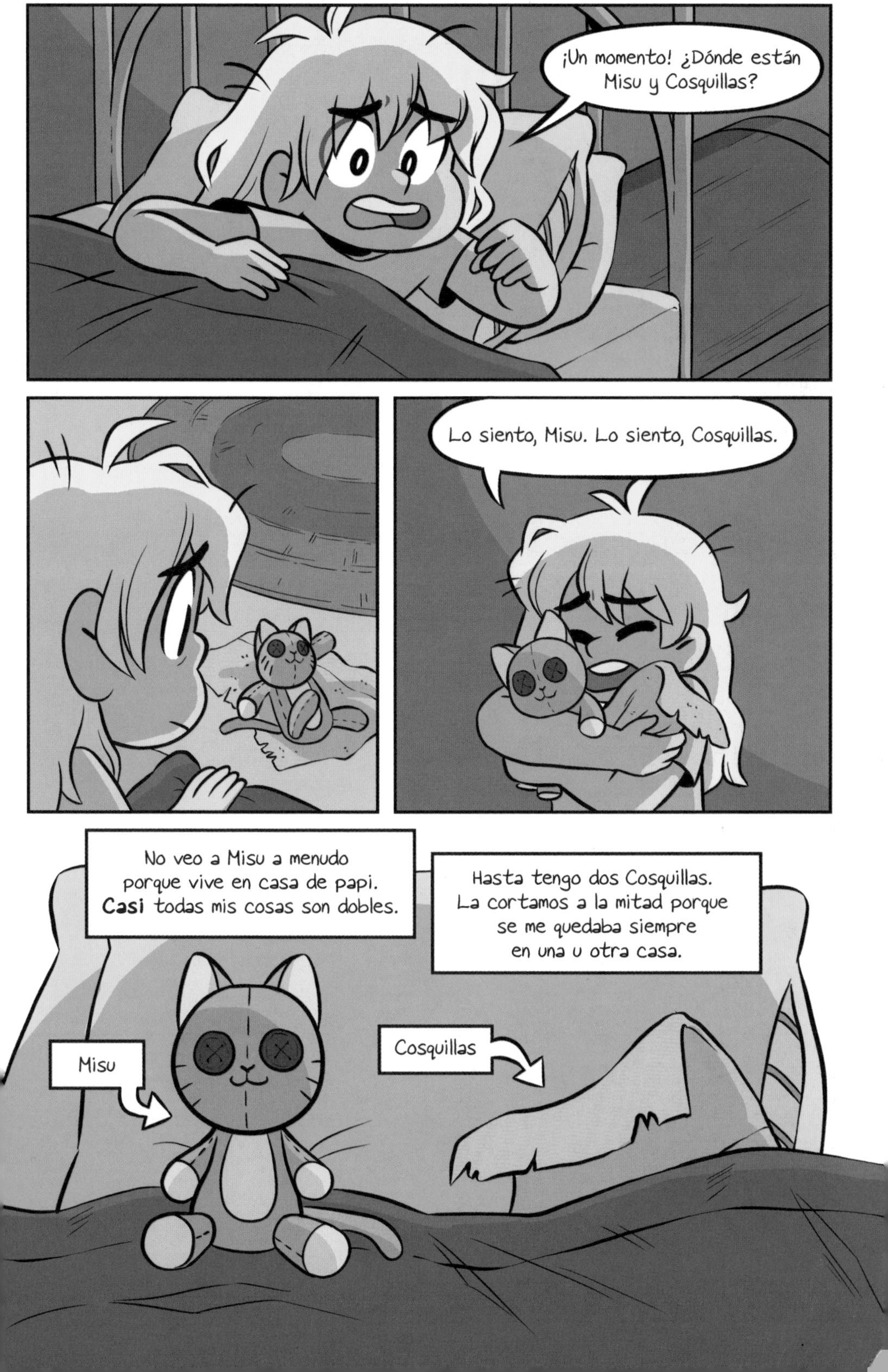
¡Un momento! ¿Dónde están Misu y Cosquillas?
Lo siento, Misu. Lo siento, Cosquillas.
No veo a Misu a menudo porque vive en casa de papi. **Casi** todas mis cosas son dobles.
Hasta tengo dos Cosquillas. La cortamos a la mitad porque se me quedaba siempre en una u otra casa.
Misu
Cosquillas

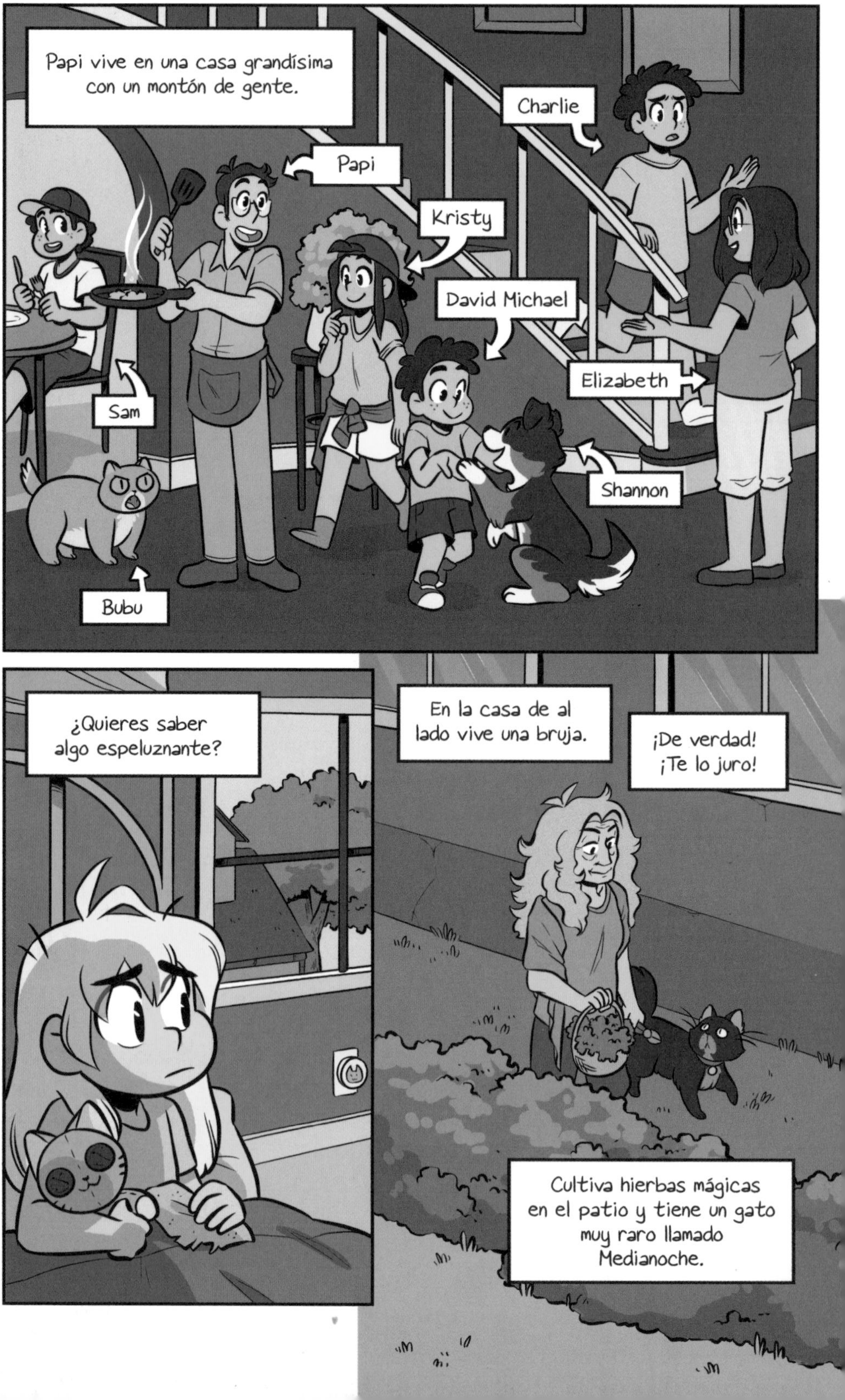
Papi vive en una casa grandísima con un montón de gente.
Charlie
Papi
Kristy
David Michael
Elizabeth
Sam
Shannon
Bubu
¿Quieres saber algo espeluznante?
En la casa de al lado vive una bruja.
¡De verdad! ¡Te lo juro!
Cultiva hierbas mágicas en el patio y tiene un gato muy raro llamado Medianoche.

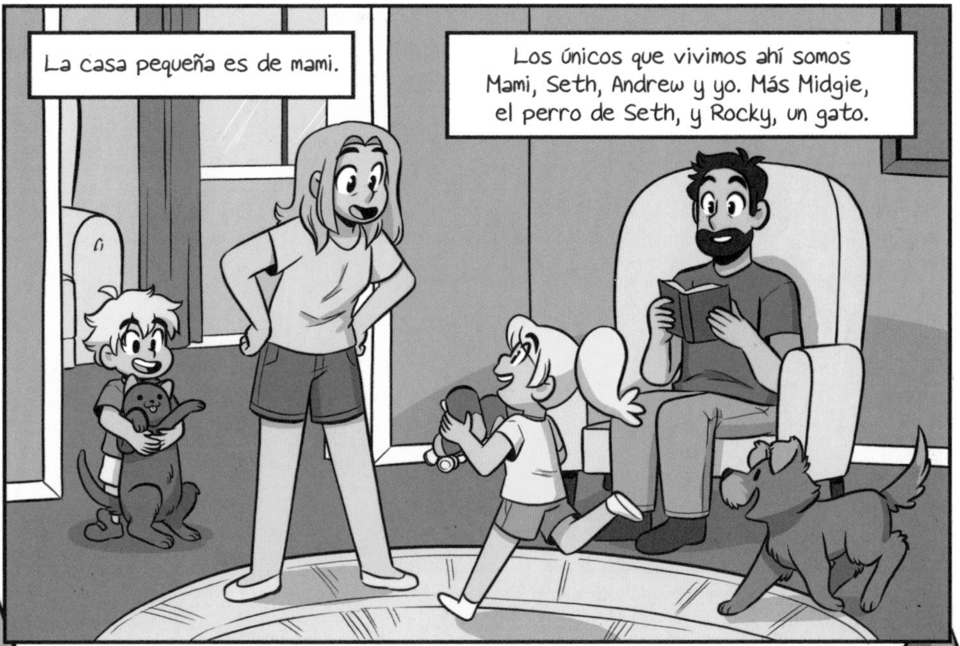
La casa pequeña es de mami.
Los únicos que vivimos ahí somos Mami, Seth, Andrew y yo. Más Midgie, el perro de Seth, y Rocky, un gato.

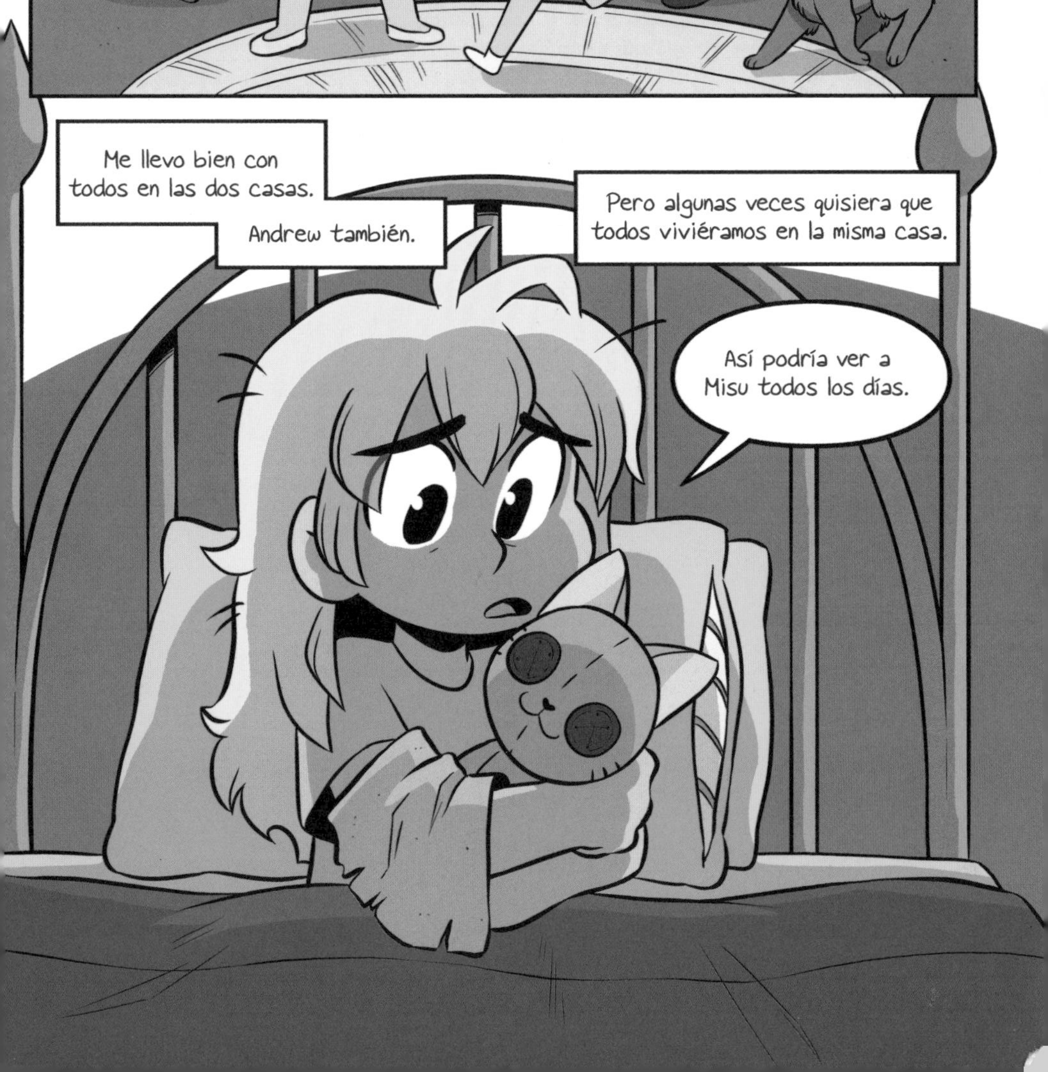
Me llevo bien con todos en las dos casas.
Andrew también.
Pero algunas veces quisiera que todos viviéramos en la misma casa.
Así podría ver a Misu todos los días.

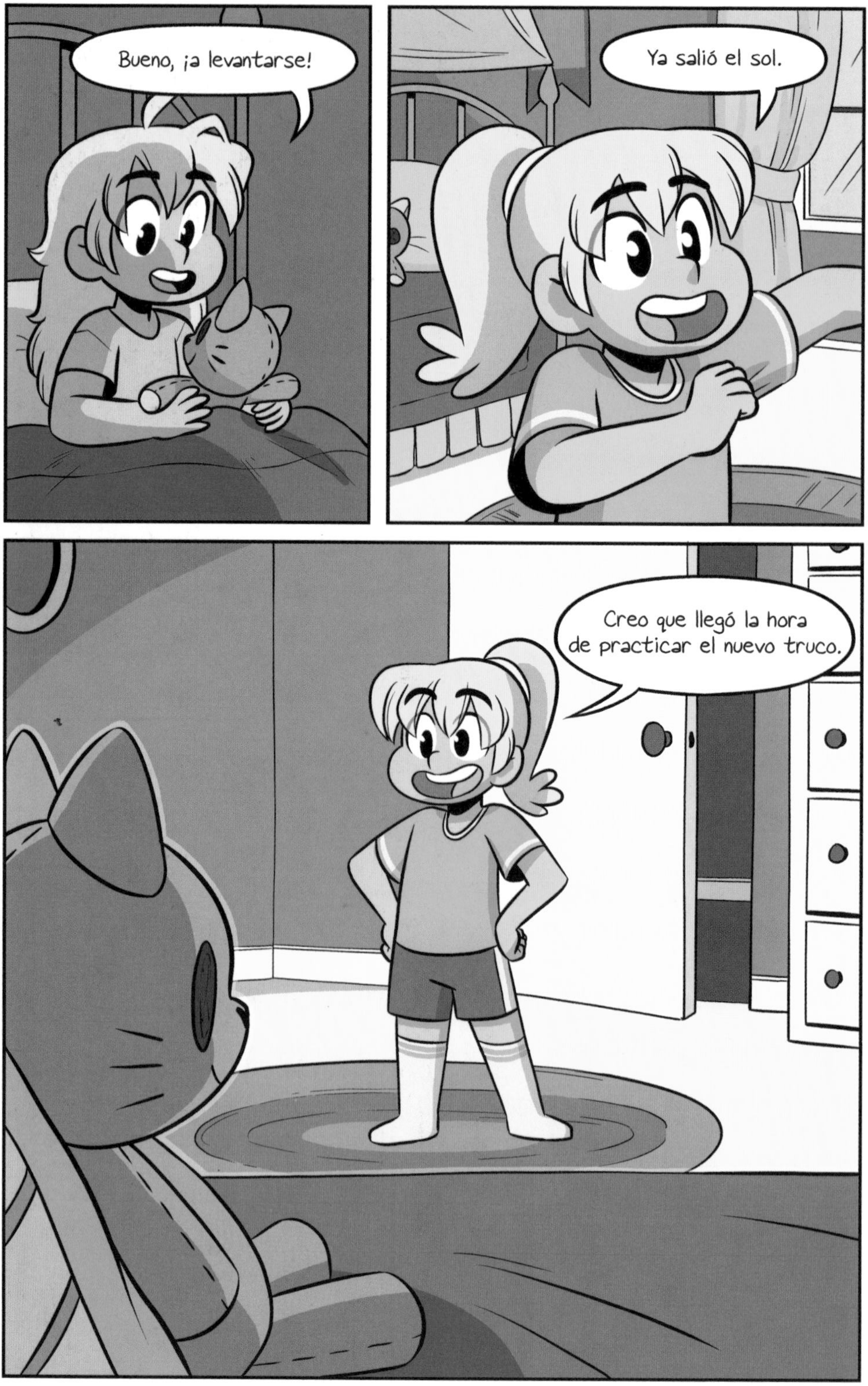
Bueno, ¡a levantarse!
Ya salió el sol.
Creo que llegó la hora de practicar el nuevo truco.

CAPÍTULO 2

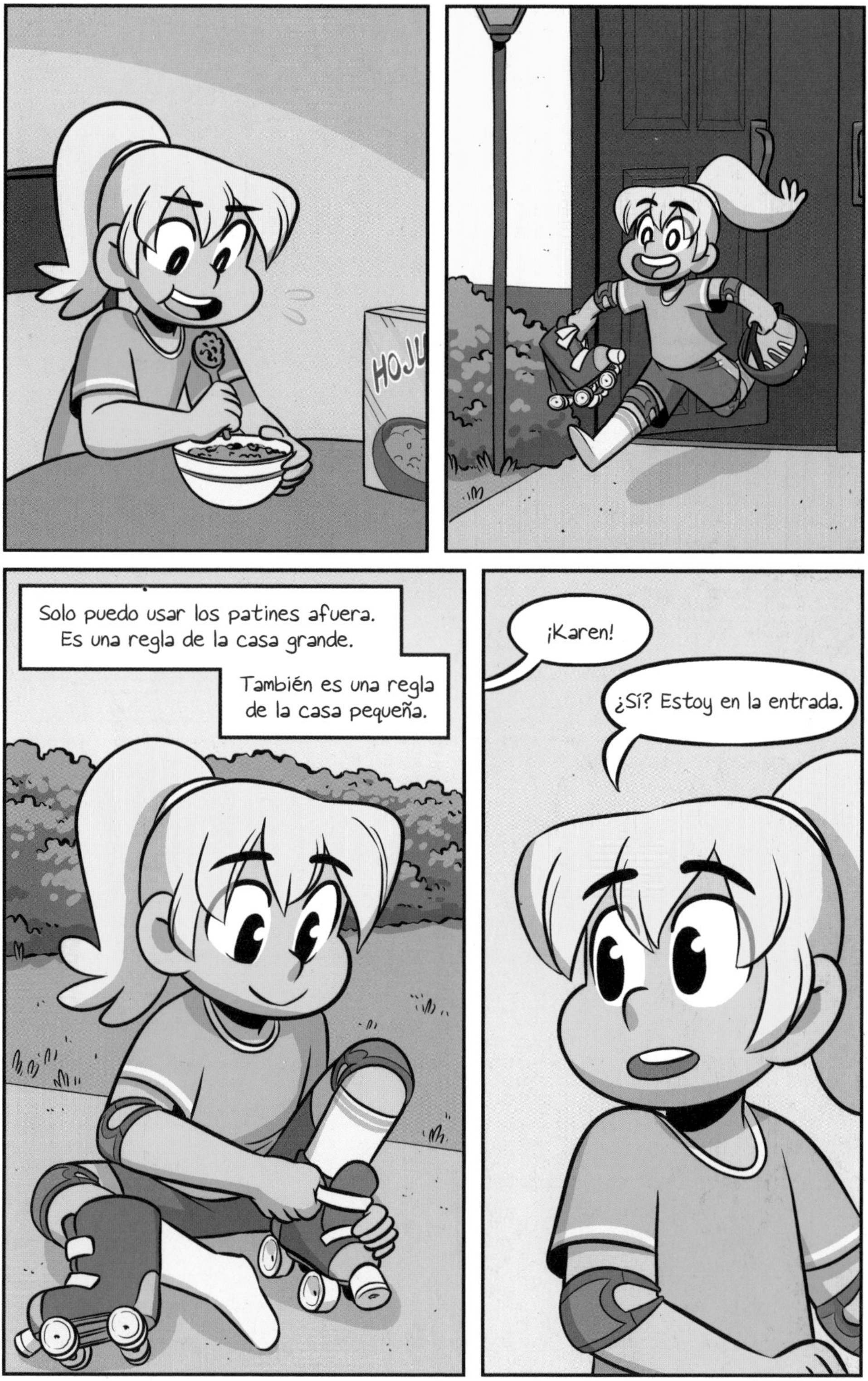
Solo puedo usar los patines afuera.
Es una regla de la casa grande.
También es una regla de la casa pequeña.
¡Karen!
¿Sí? Estoy en la entrada.

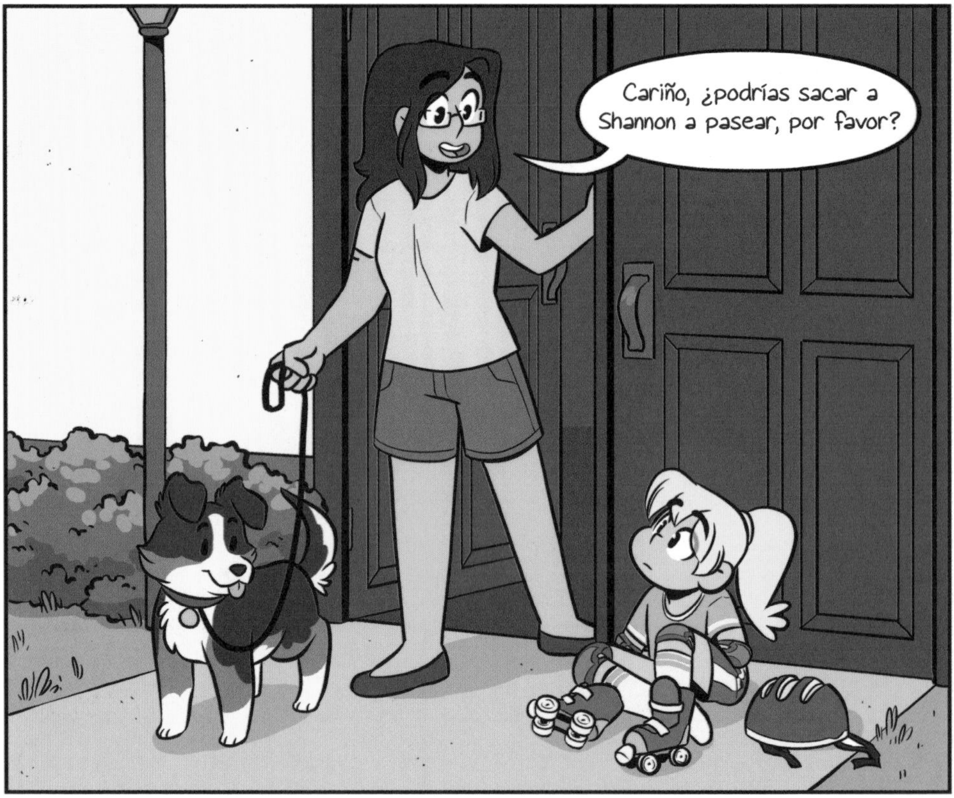
Cariño, ¿podrías sacar a Shannon a pasear, por favor?

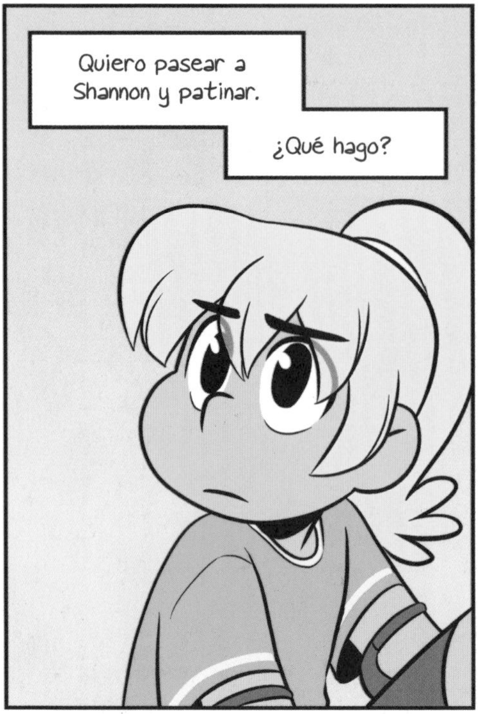
Quiero pasear a Shannon y patinar.
¿Qué hago?

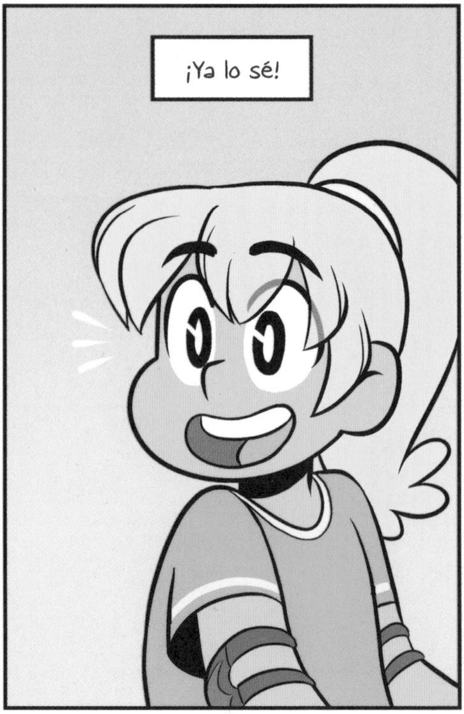
¡Ya lo sé!

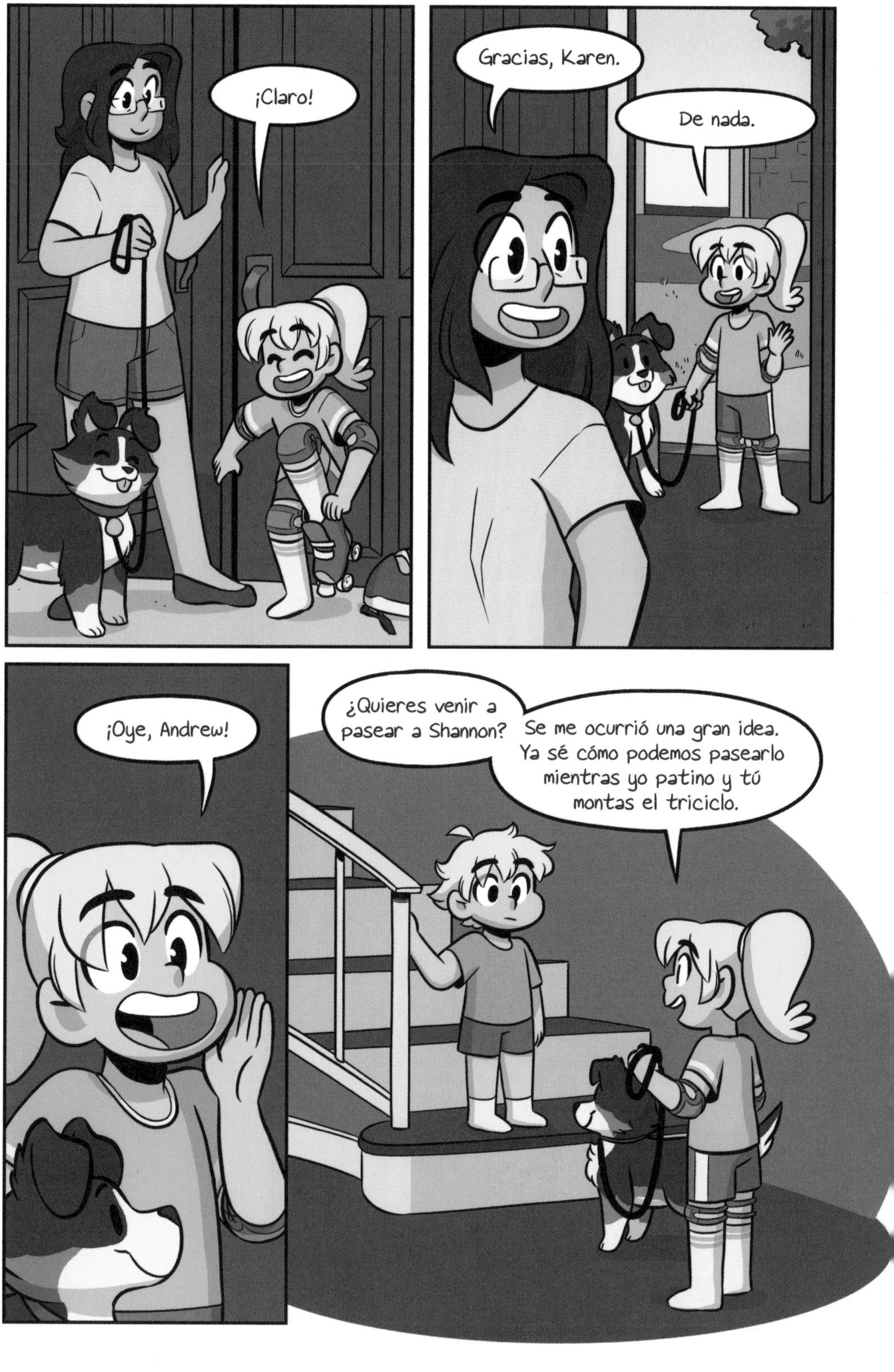
¡Claro!
Gracias, Karen.
De nada.
¡Oye, Andrew!
¿Quieres venir a pasear a Shannon?
Se me ocurrió una gran idea. Ya sé cómo podemos pasearlo mientras yo patino y tú montas el triciclo.

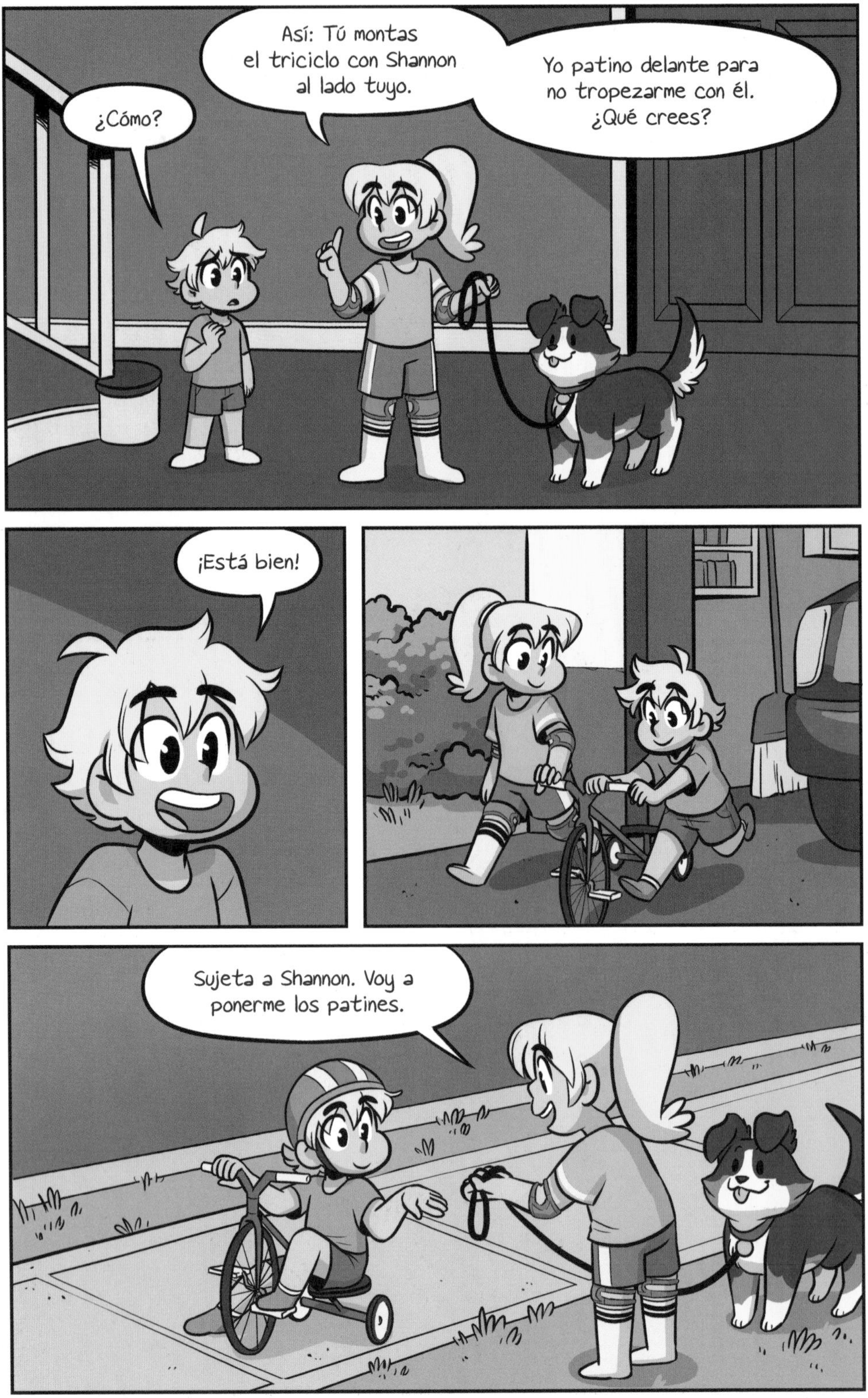
¿Cómo?
Así: Tú montas el triciclo con Shannon al lado tuyo.
Yo patino delante para no tropezarme con él. ¿Qué crees?
¡Está bien!
Sujeta a Shannon. Voy a ponerme los patines.

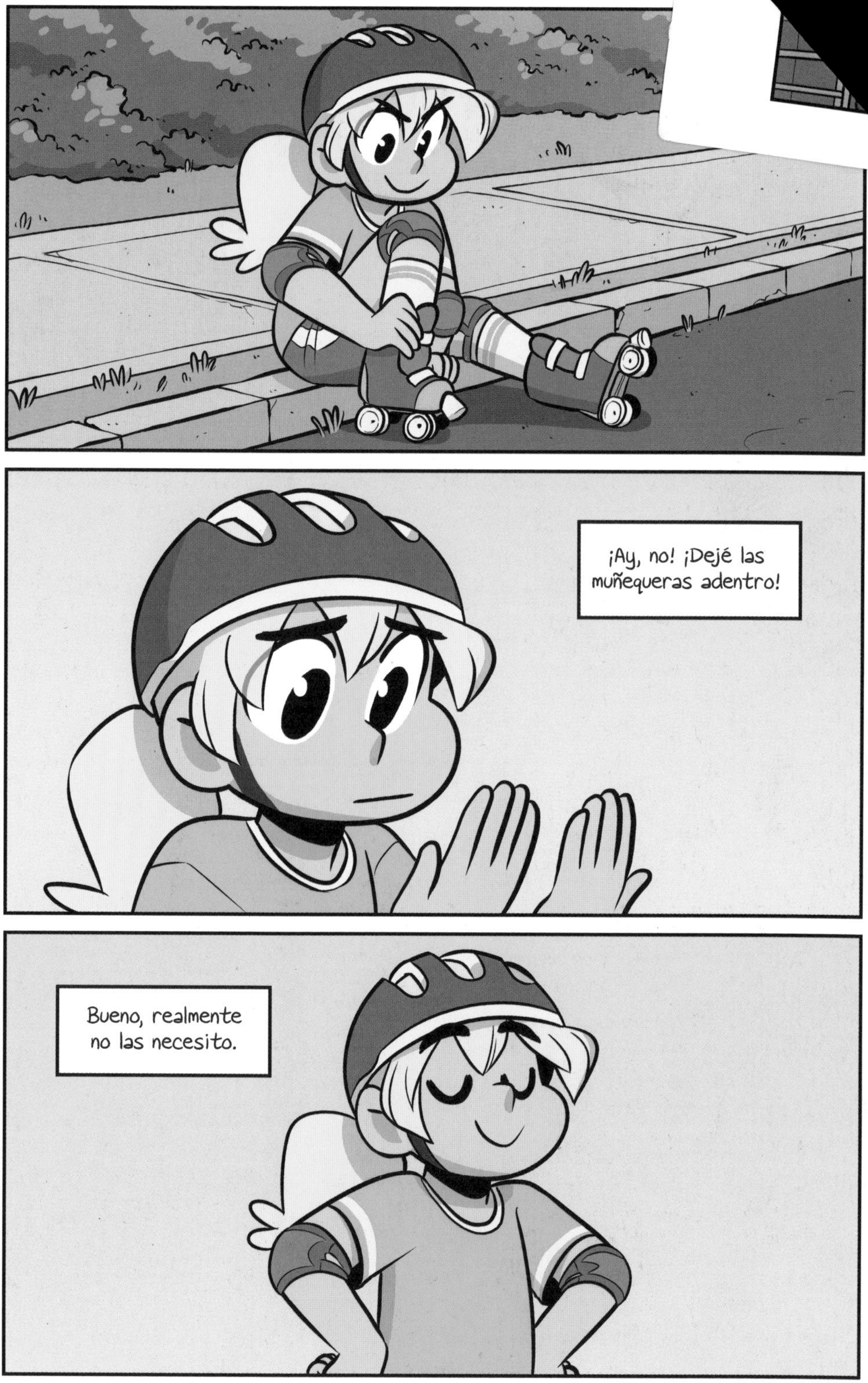
¡Ay, no! ¡Dejé las muñequeras adentro!
Bueno, realmente no las necesito.

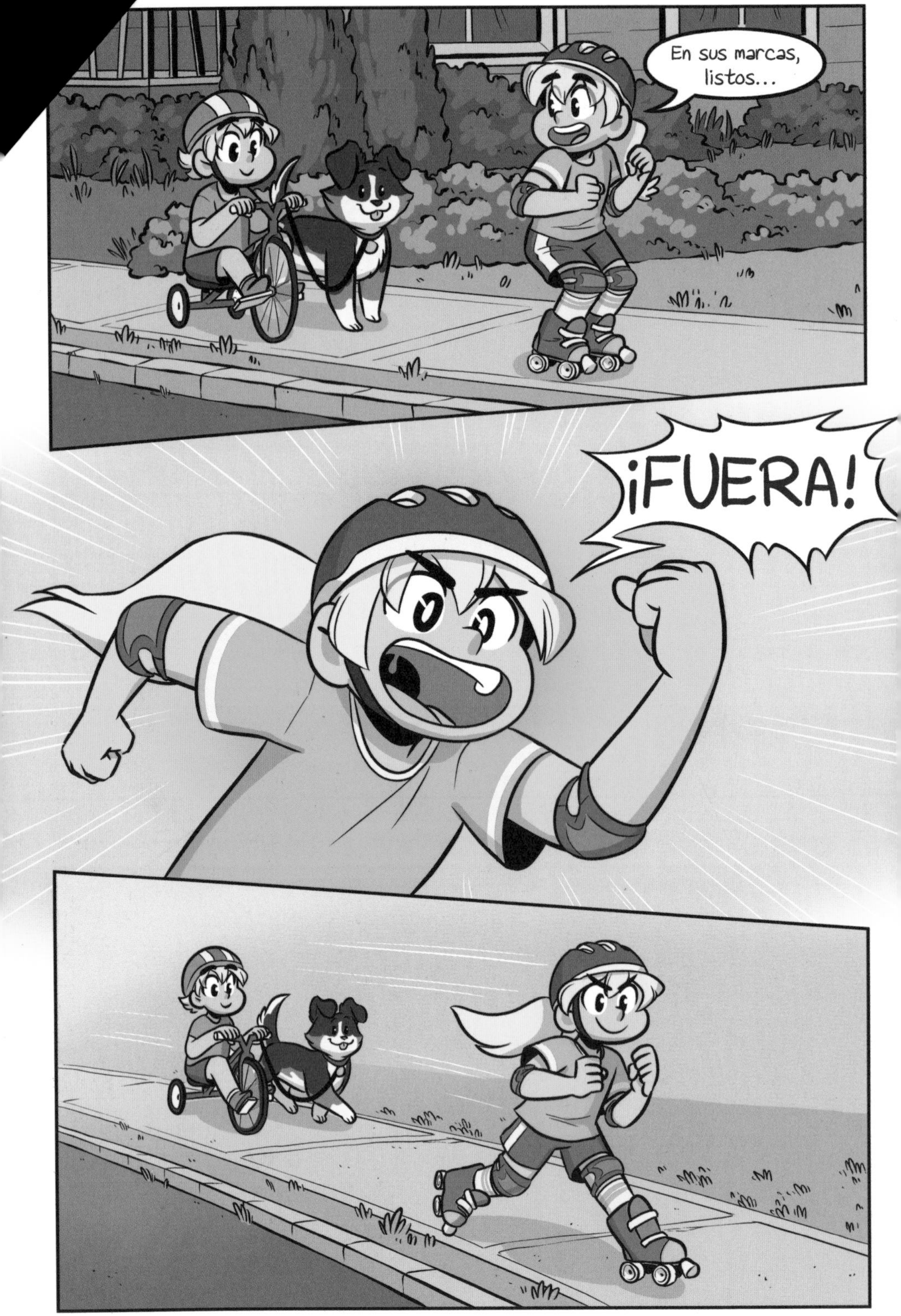
En sus marcas,
listos...
¡FUERA!

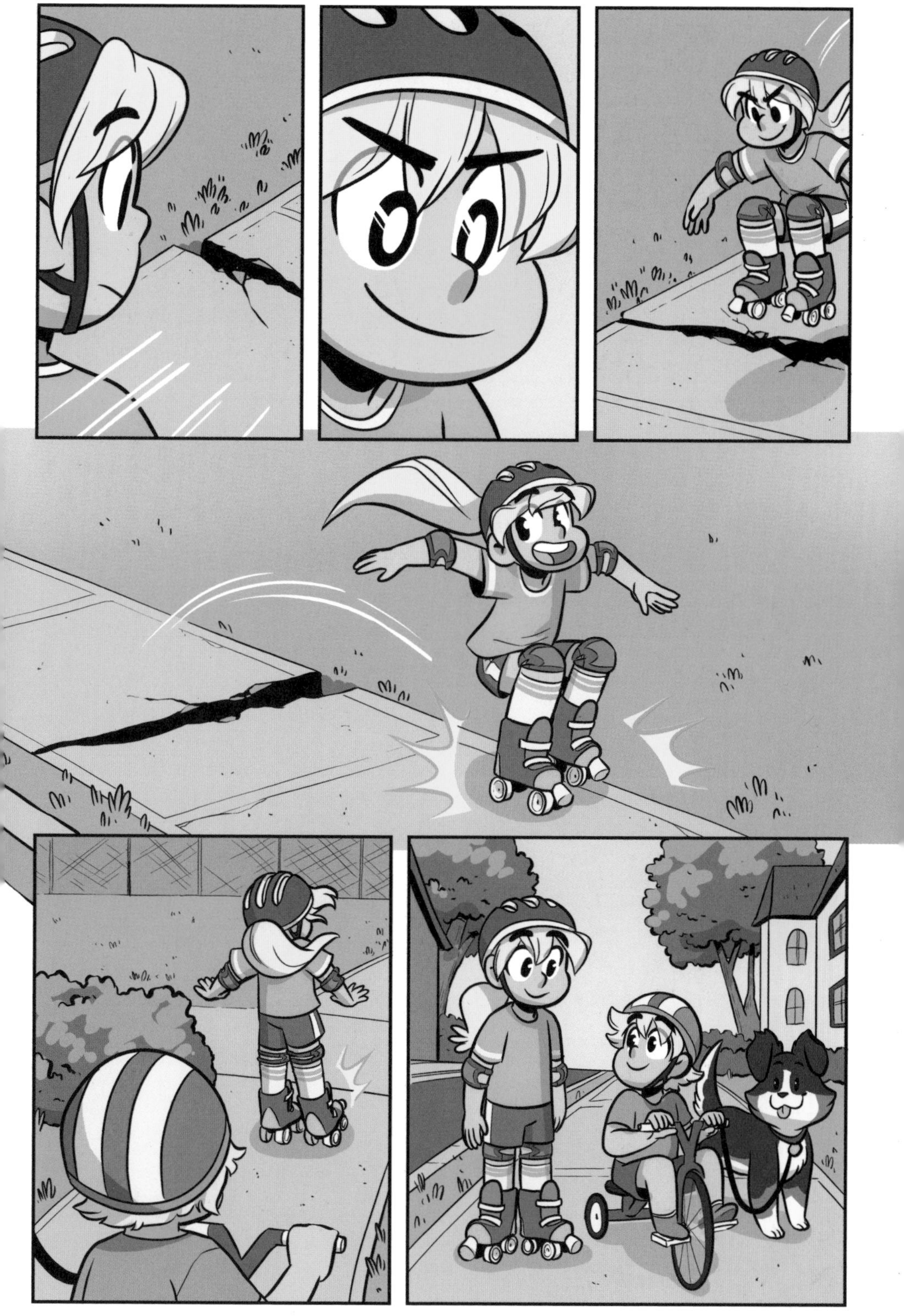

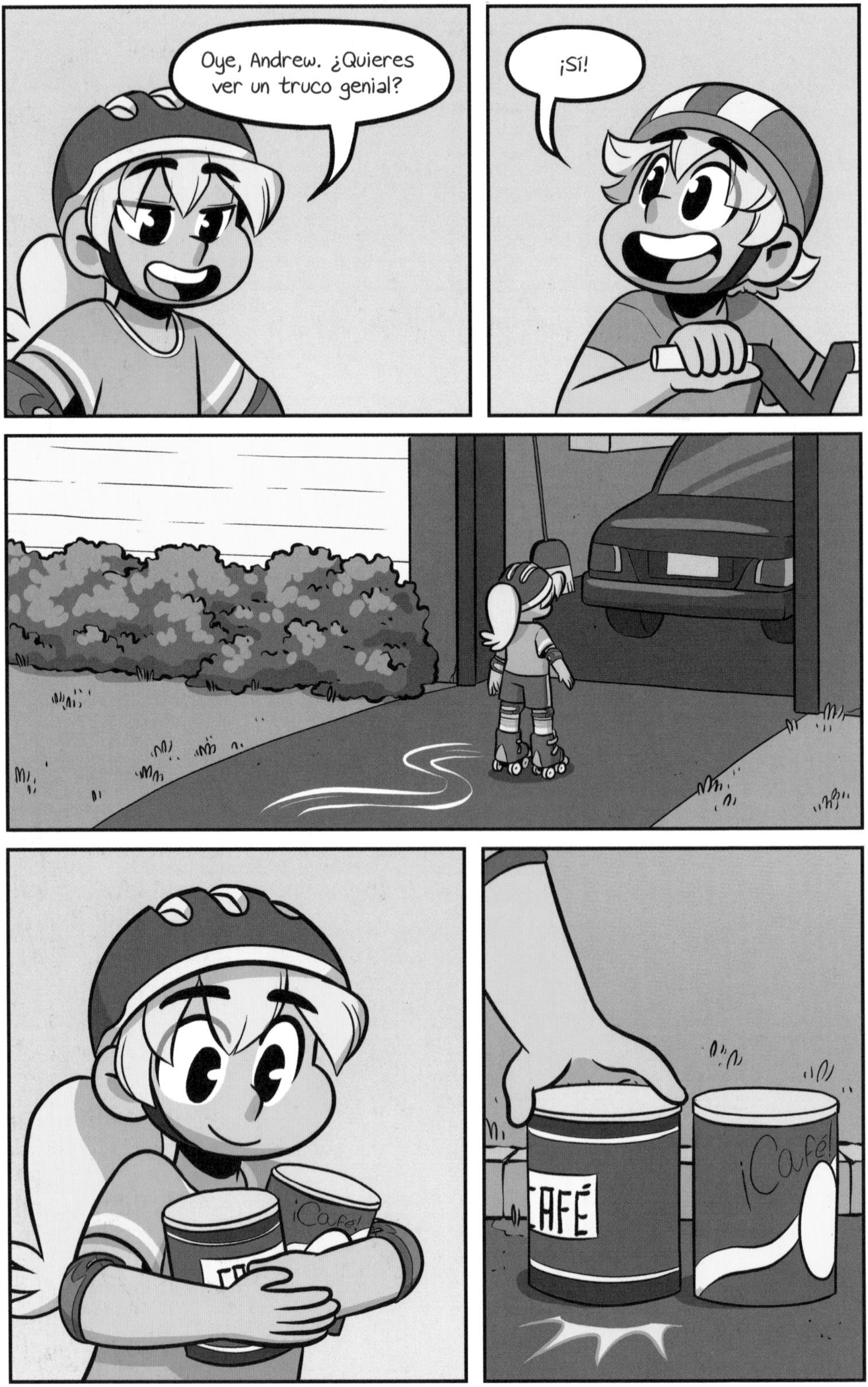
Oye, Andrew. ¿Quieres ver un truco genial?
¡SÍ!
¡Café!
CAFÉ
¡Café!

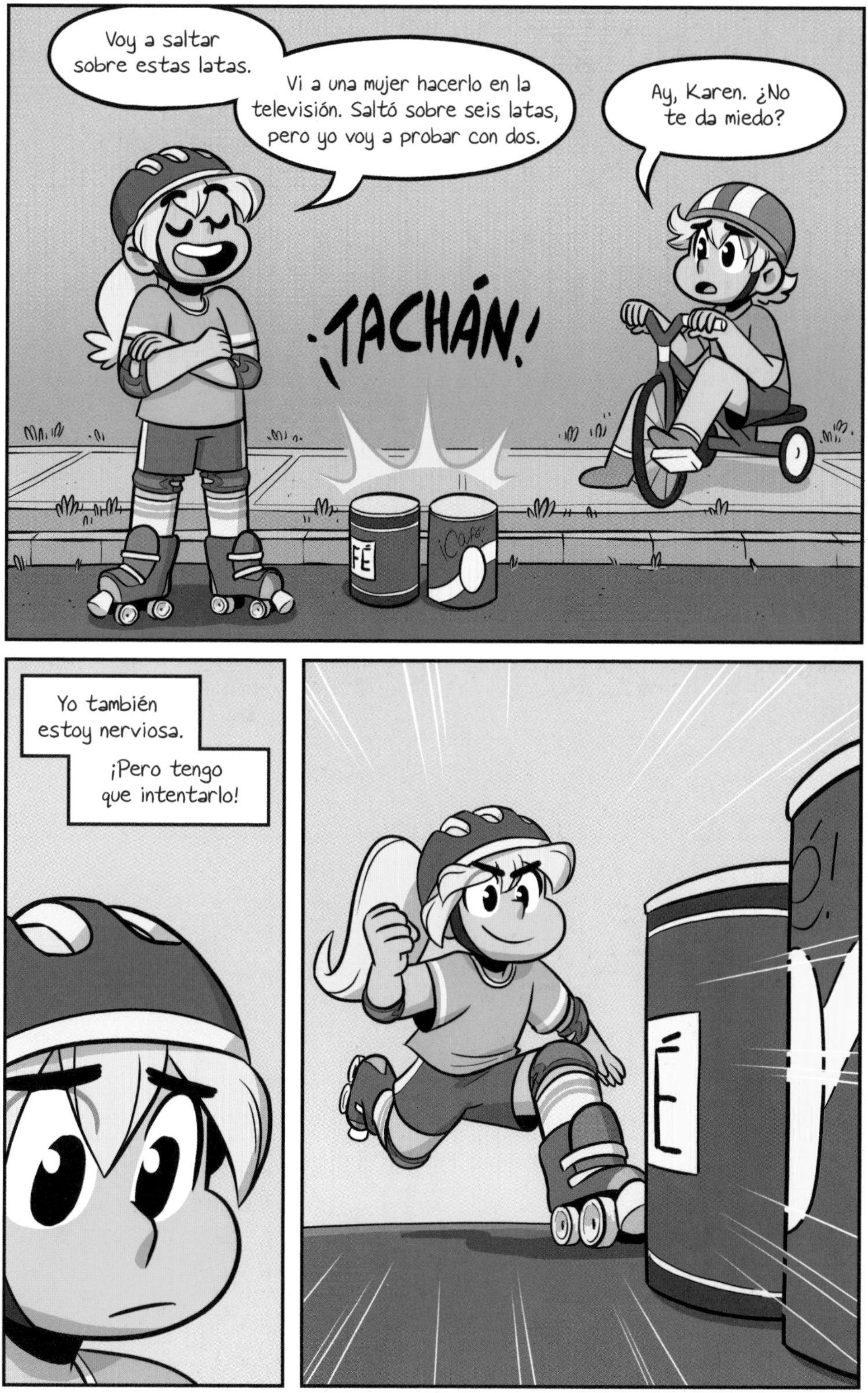
Voy a saltar sobre estas latas.
Vi a una mujer hacerlo en la televisión. Saltó sobre seis latas, pero yo voy a probar con dos.
Ay, Karen. ¿No te da miedo?
¡TACHÁN!
FÉ
¡Café!
Yo también estoy nerviosa.
¡Pero tengo que intentarlo!
É

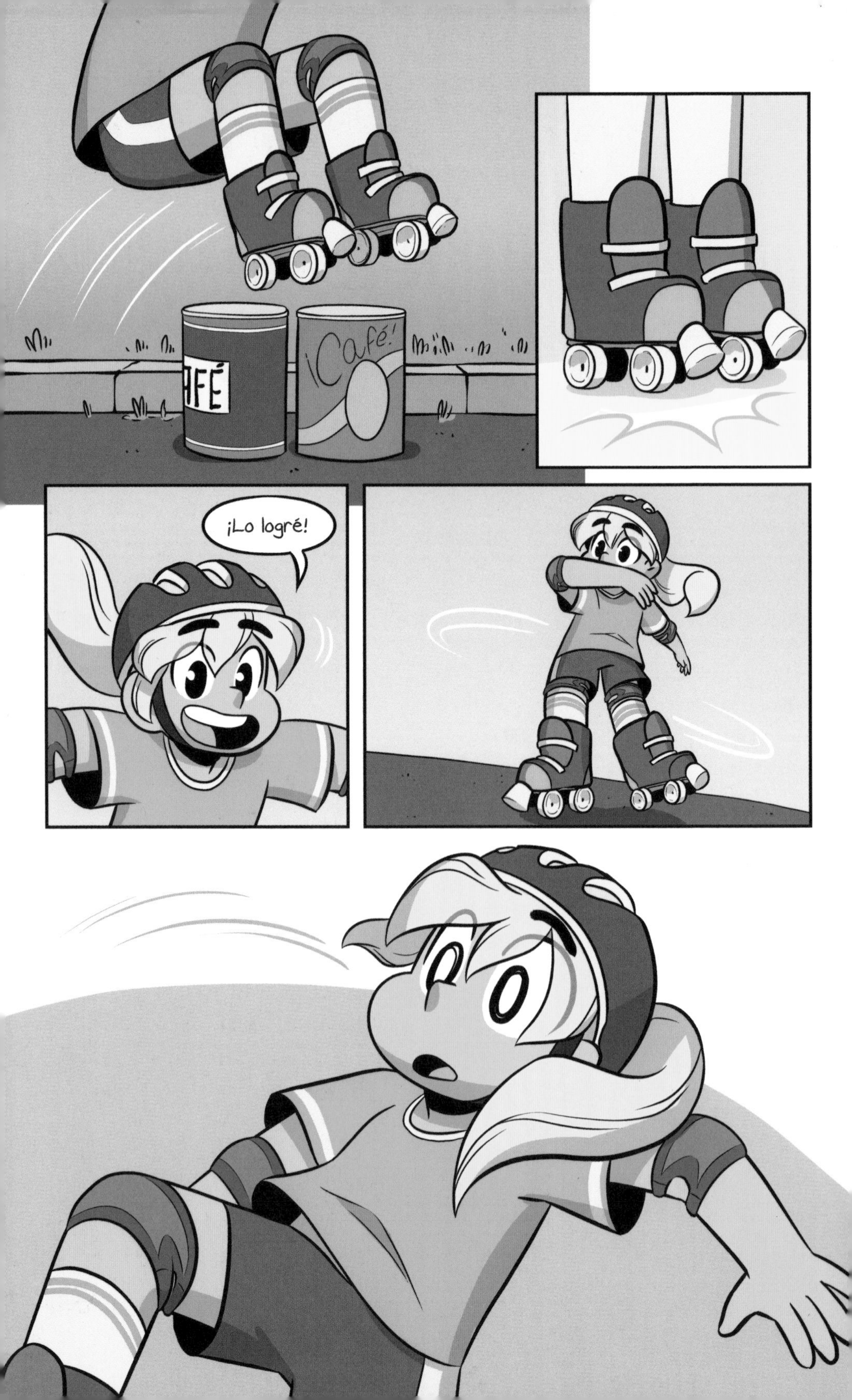
AFÉ
¡Café!
¡Lo logré!

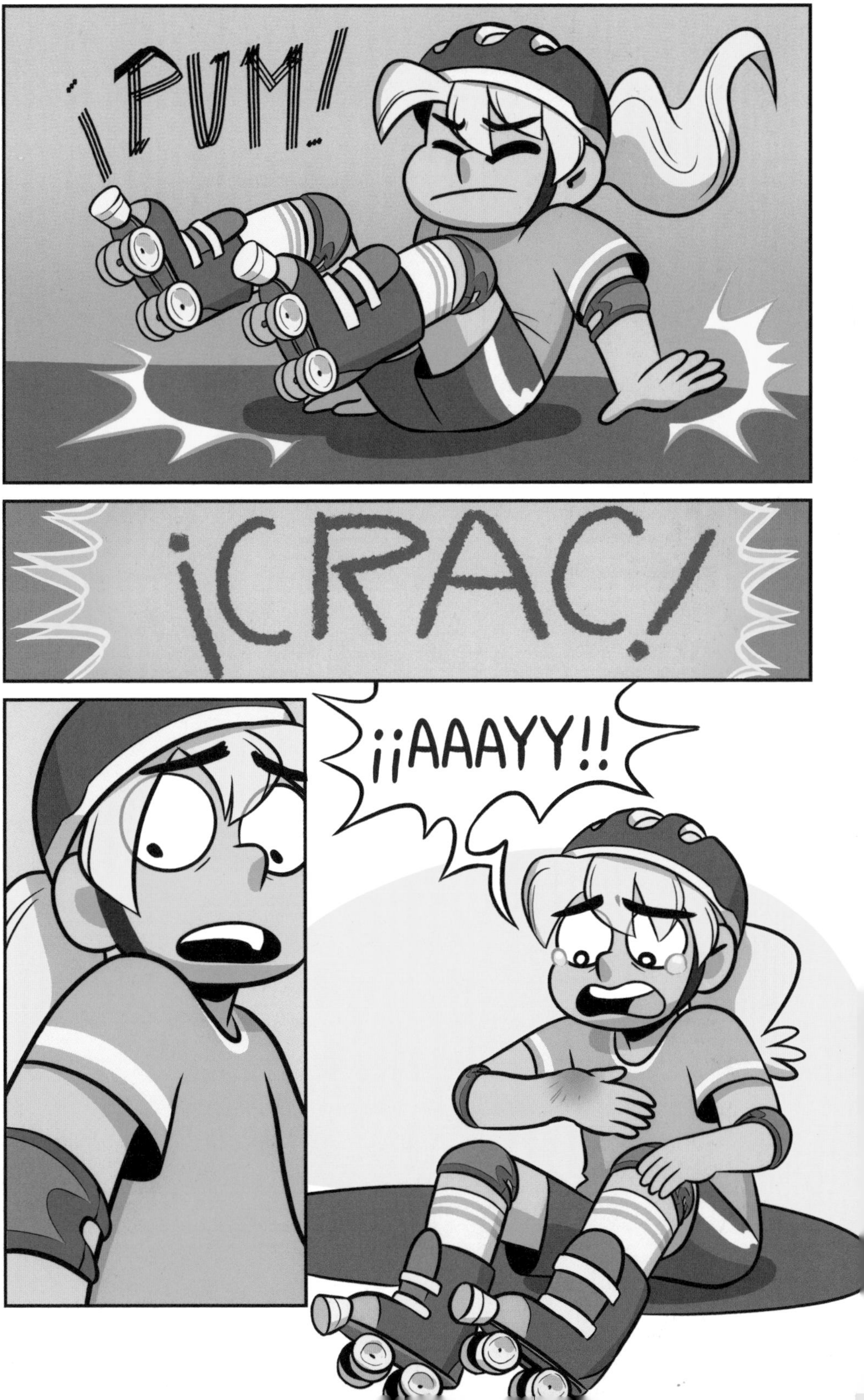
¡PUM!
¡CRAC!
¡¡AAAYY!!

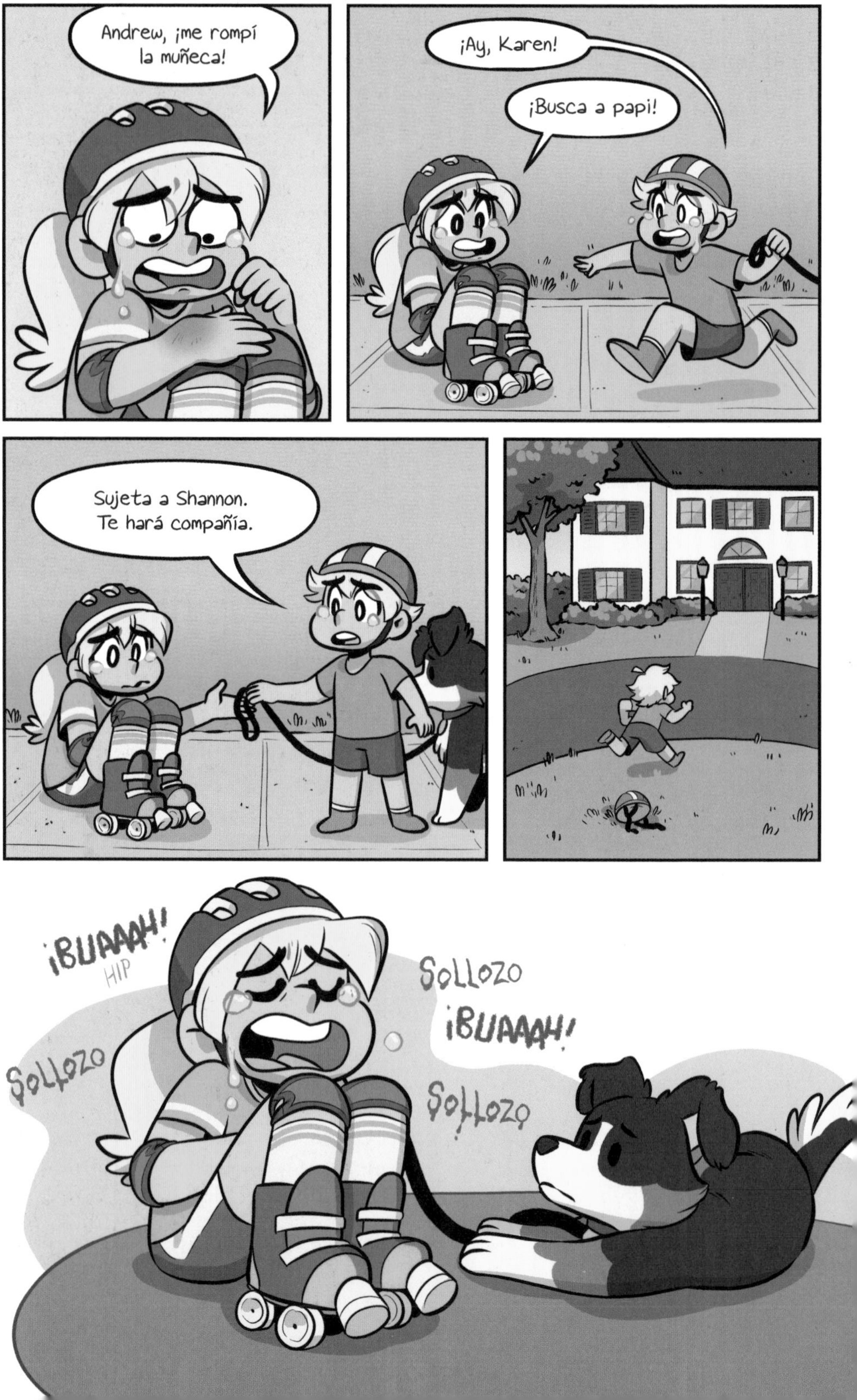
Andrew, ¡me rompí la muñeca!
¡Ay, Karen!
¡Busca a papi!
Sujeta a Shannon. Te hará compañía.
¡BUAAAH!
HIP
SOLLOZO
¡BUAAAH!
SOLLOZO
SOLLOZO

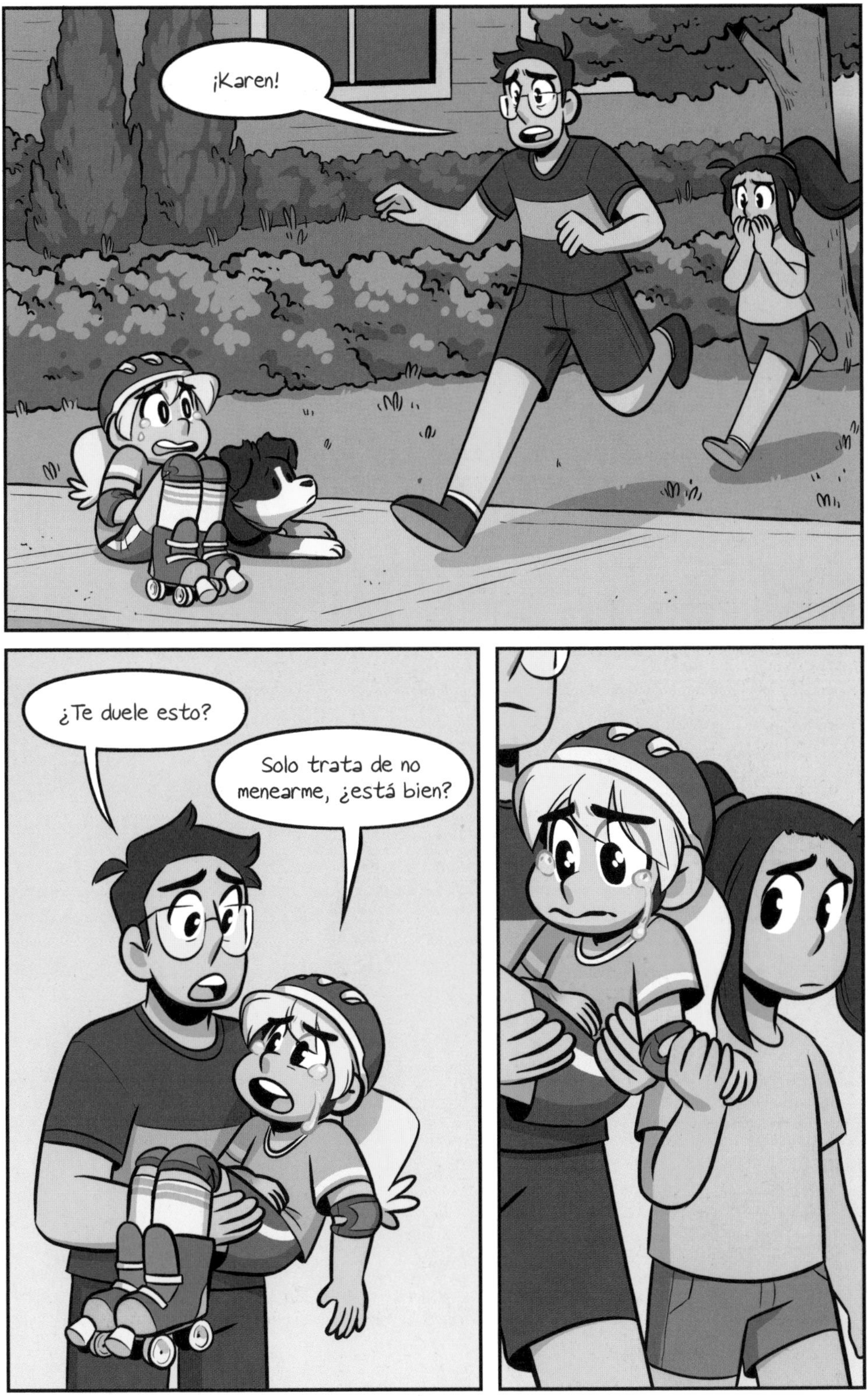
¡Karen!
¿Te duele esto?
Solo trata de no menearme, ¿está bien?

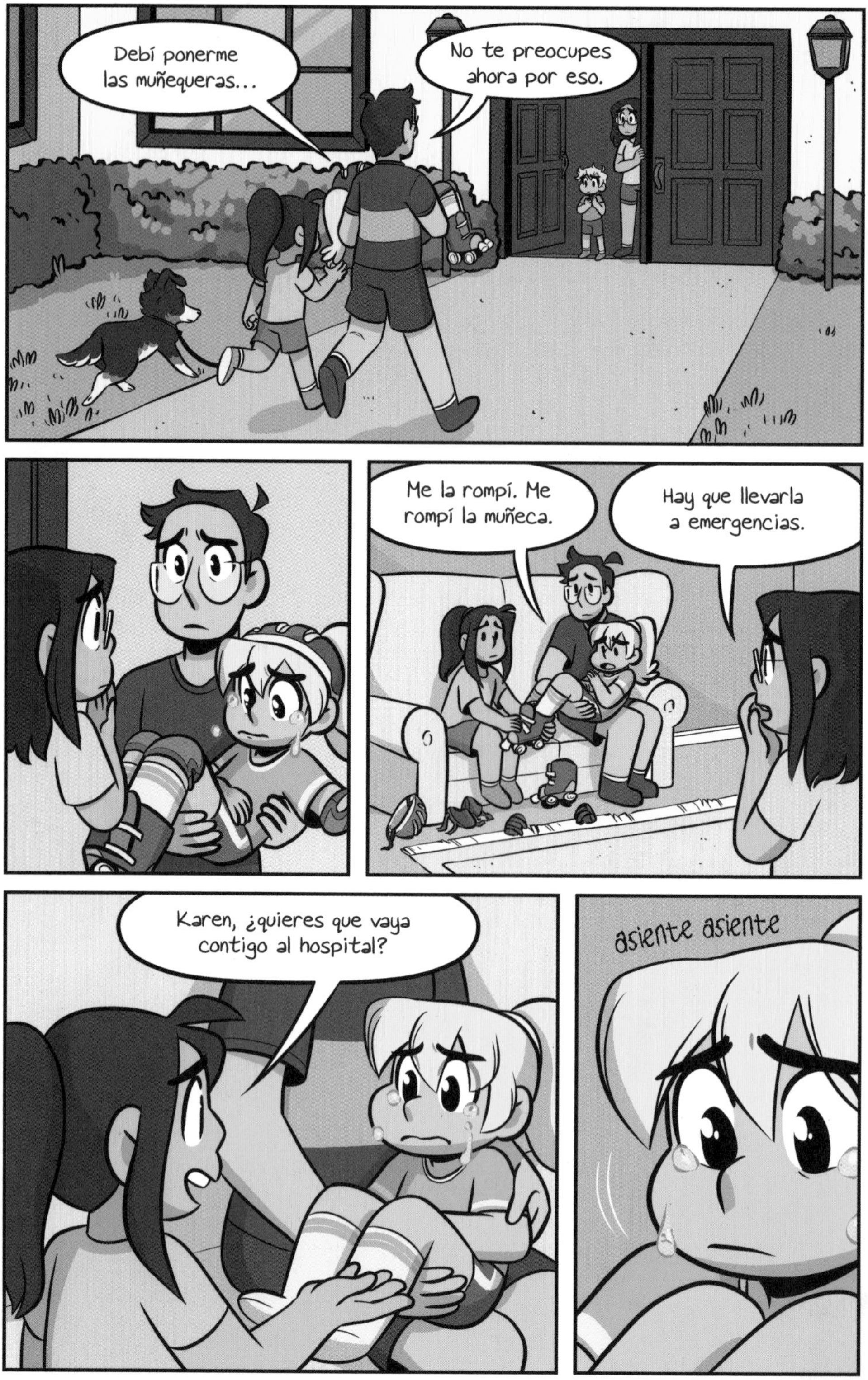
Debí ponerme las muñequeras...
No te preocupes ahora por eso.
Me la rompí. Me rompí la muñeca.
Hay que llevarla a emergencias.
Karen, ¿quieres que vaya contigo al hospital?
asiente asiente

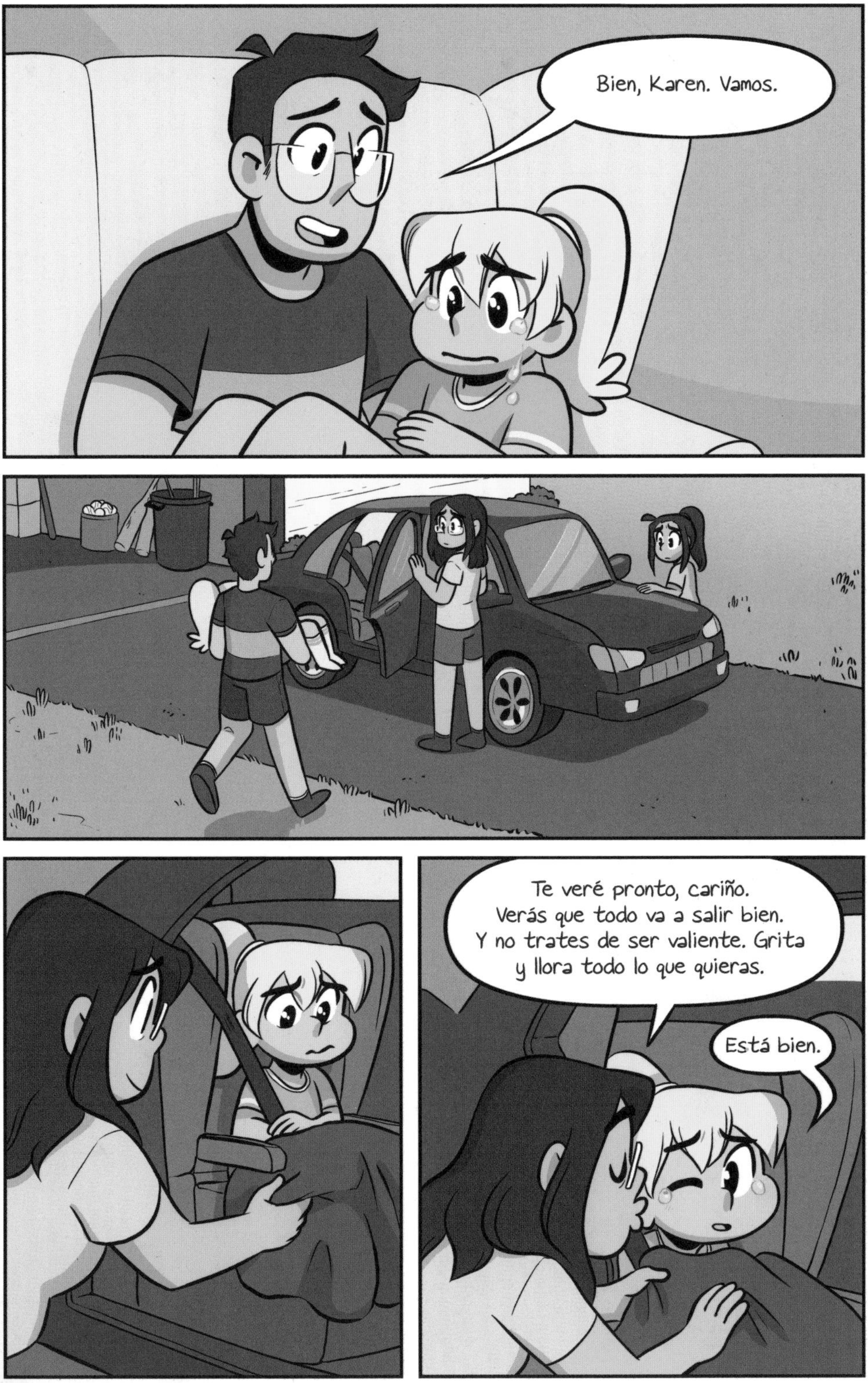
Bien, Karen. Vamos.
Te veré pronto, cariño. Verás que todo va a salir bien. Y no trates de ser valiente. Grita y llora todo lo que quieras.
Está bien.

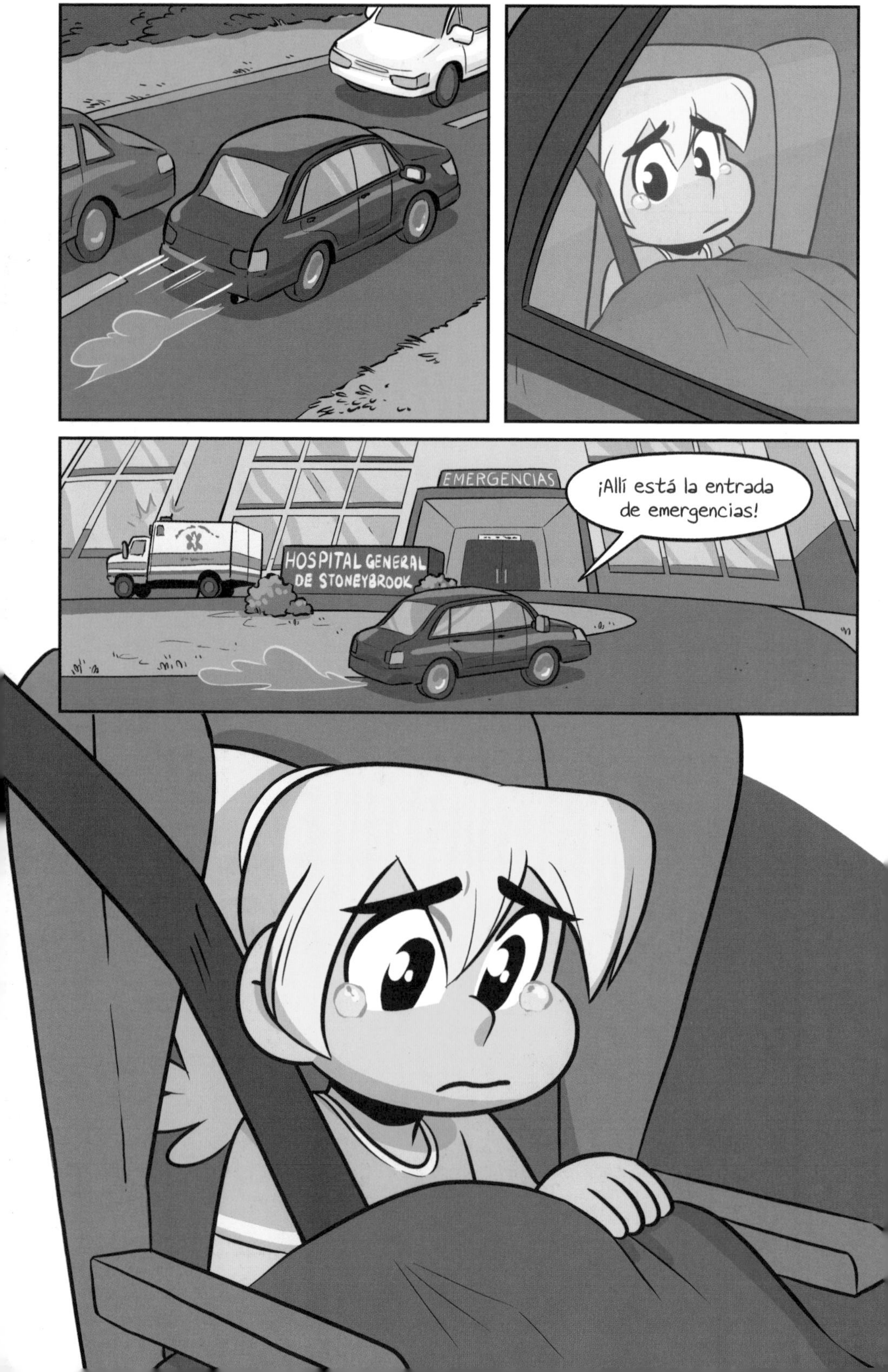
EMERGENCIAS
HOSPITAL GENERAL DE STONEYBROOK
¡Allí está la entrada de emergencias!

CAPÍTULO 3

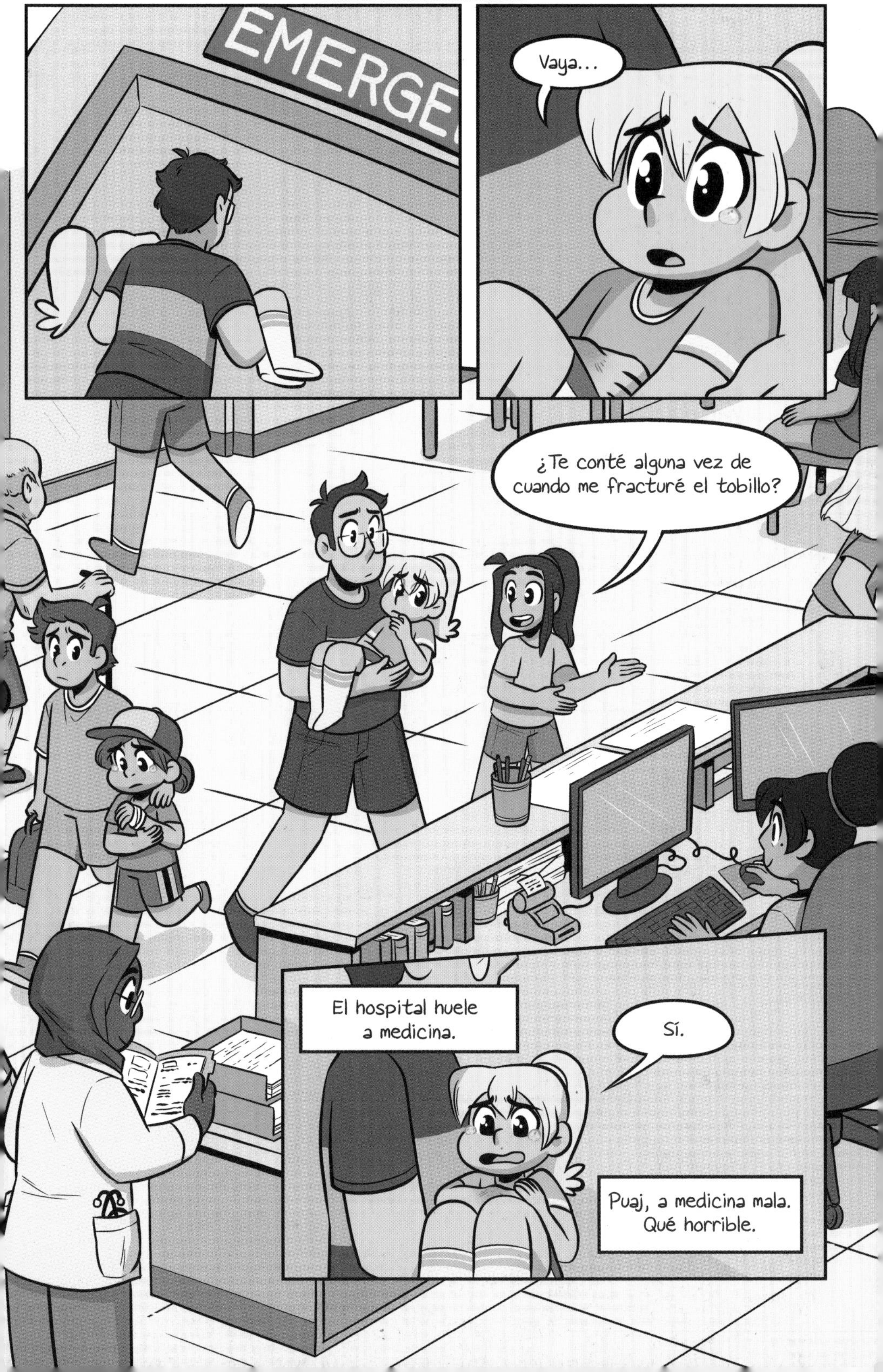

EMERGE
Vaya...
¿Te conté alguna vez de cuando me fracturé el tobillo?
El hospital huele a medicina.
Sí.
Puaj, a medicina mala. Qué horrible.

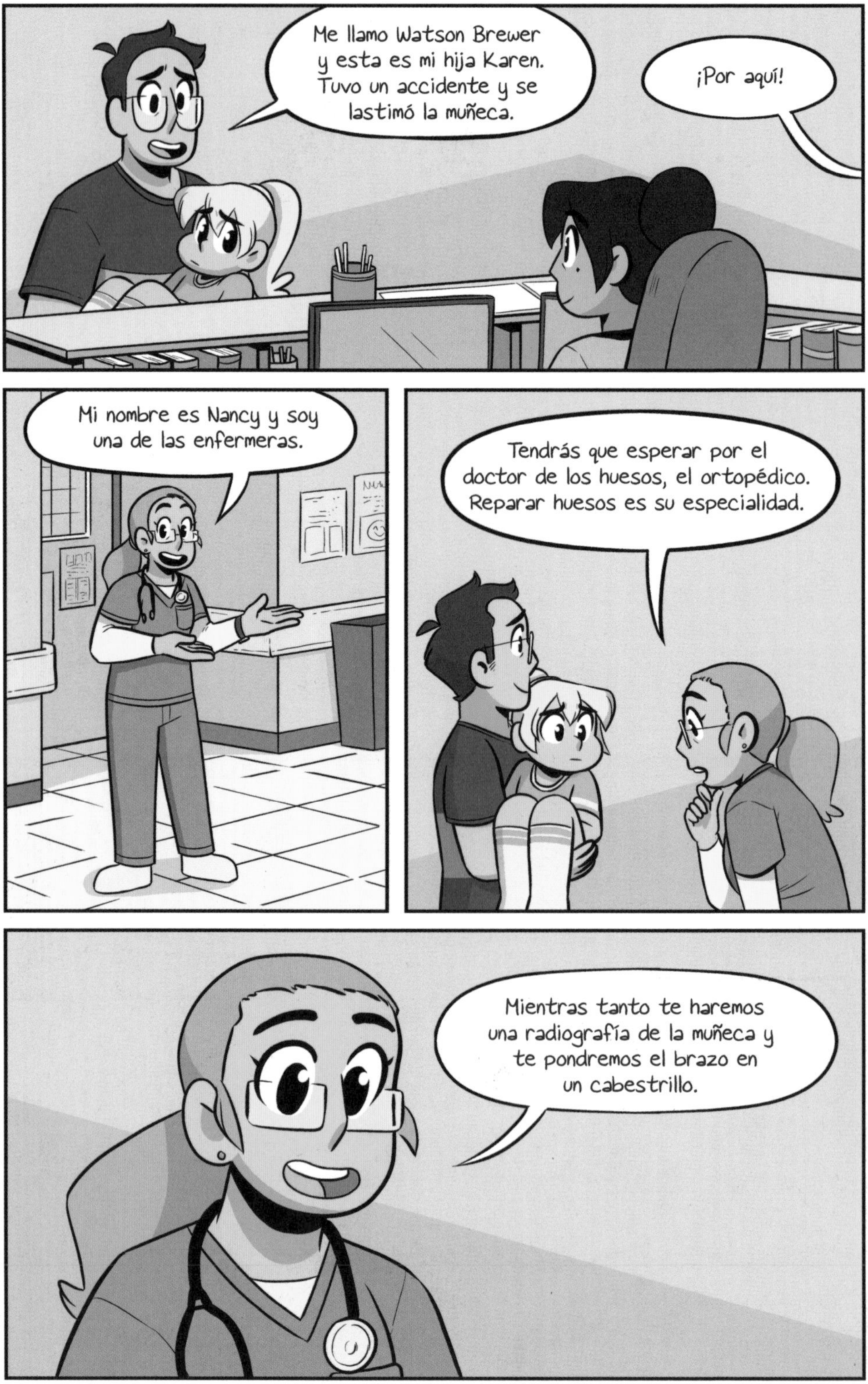
Me llamo Watson Brewer y esta es mi hija Karen. Tuvo un accidente y se lastimó la muñeca.
¡Por aquí!
Mi nombre es Nancy y soy una de las enfermeras.
Tendrás que esperar por el doctor de los huesos, el ortopédico. Reparar huesos es su especialidad.
Mientras tanto te haremos una radiografía de la muñeca y te pondremos el brazo en un cabestrillo.

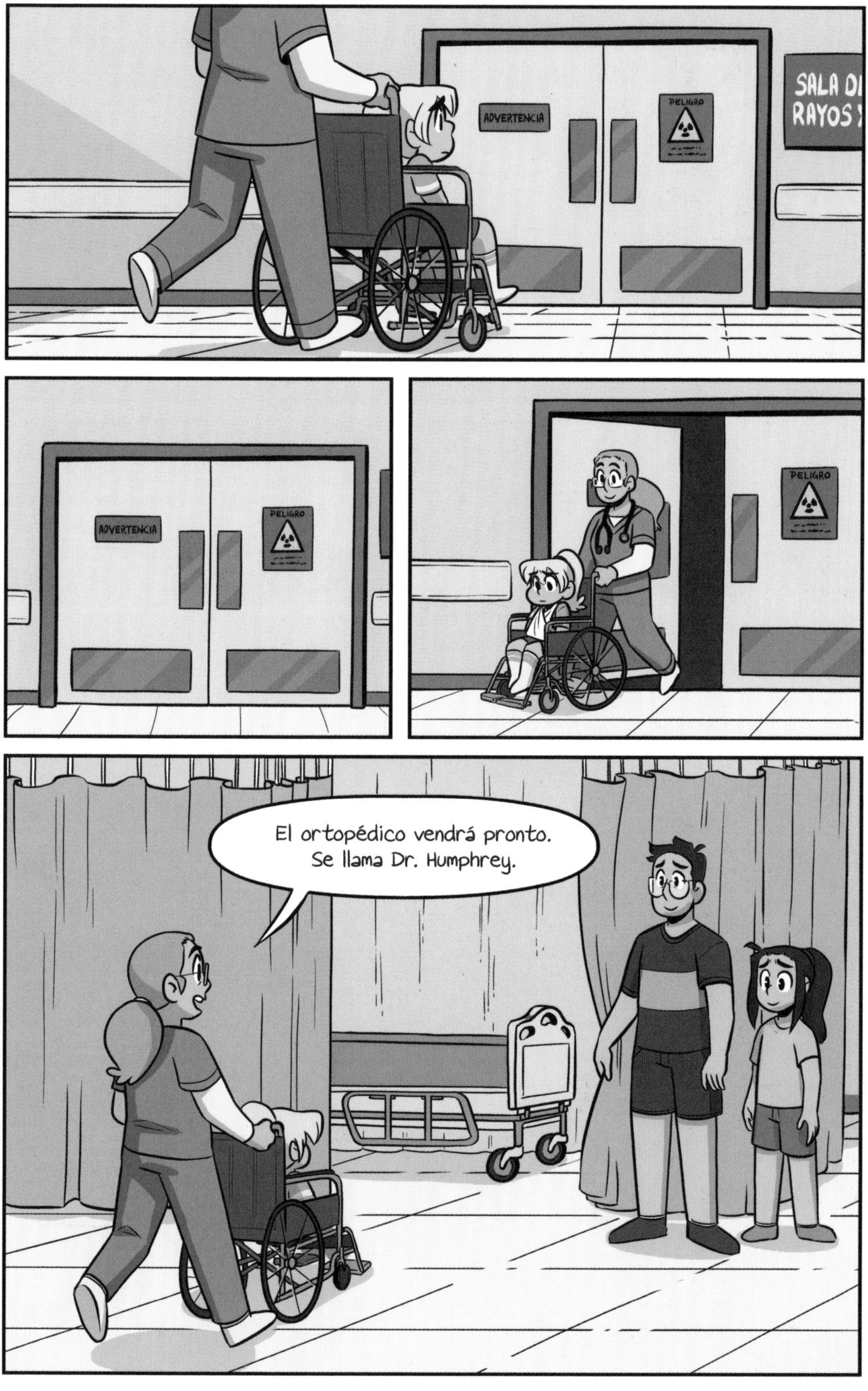
SALA D
RAYOS
ADVERTENCIA
PELIGRO
ADVERTENCIA
PELIGRO
PELIGRO
El ortopédico vendrá pronto. Se llama Dr. Humphrey.

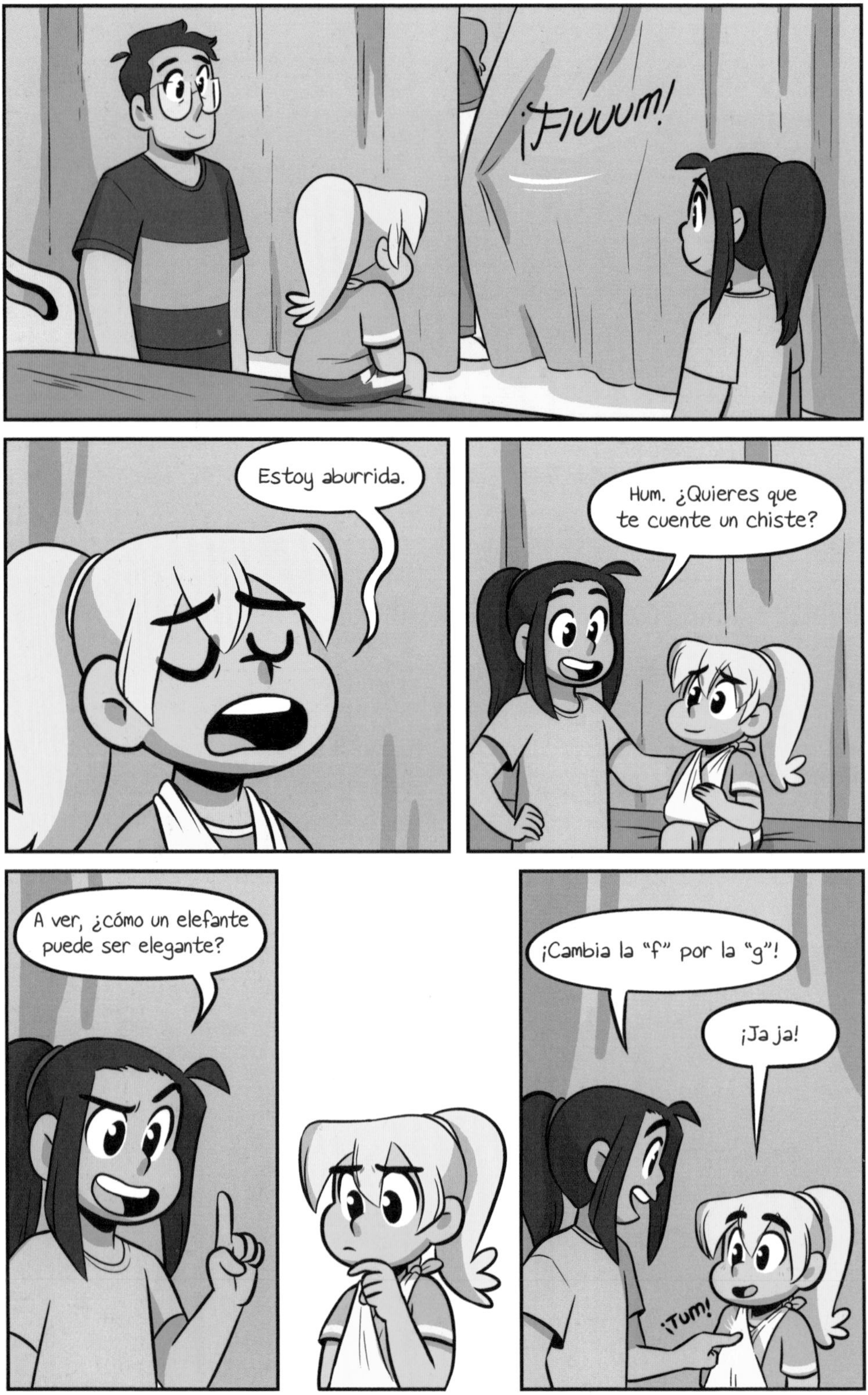
¡Fiuuum!
Estoy aburrida.
Hum. ¿Quieres que te cuente un chiste?
A ver, ¿cómo un elefante puede ser elegante?
¡Cambia la "f" por la "g"!
¡Ja ja!
¡Tum!

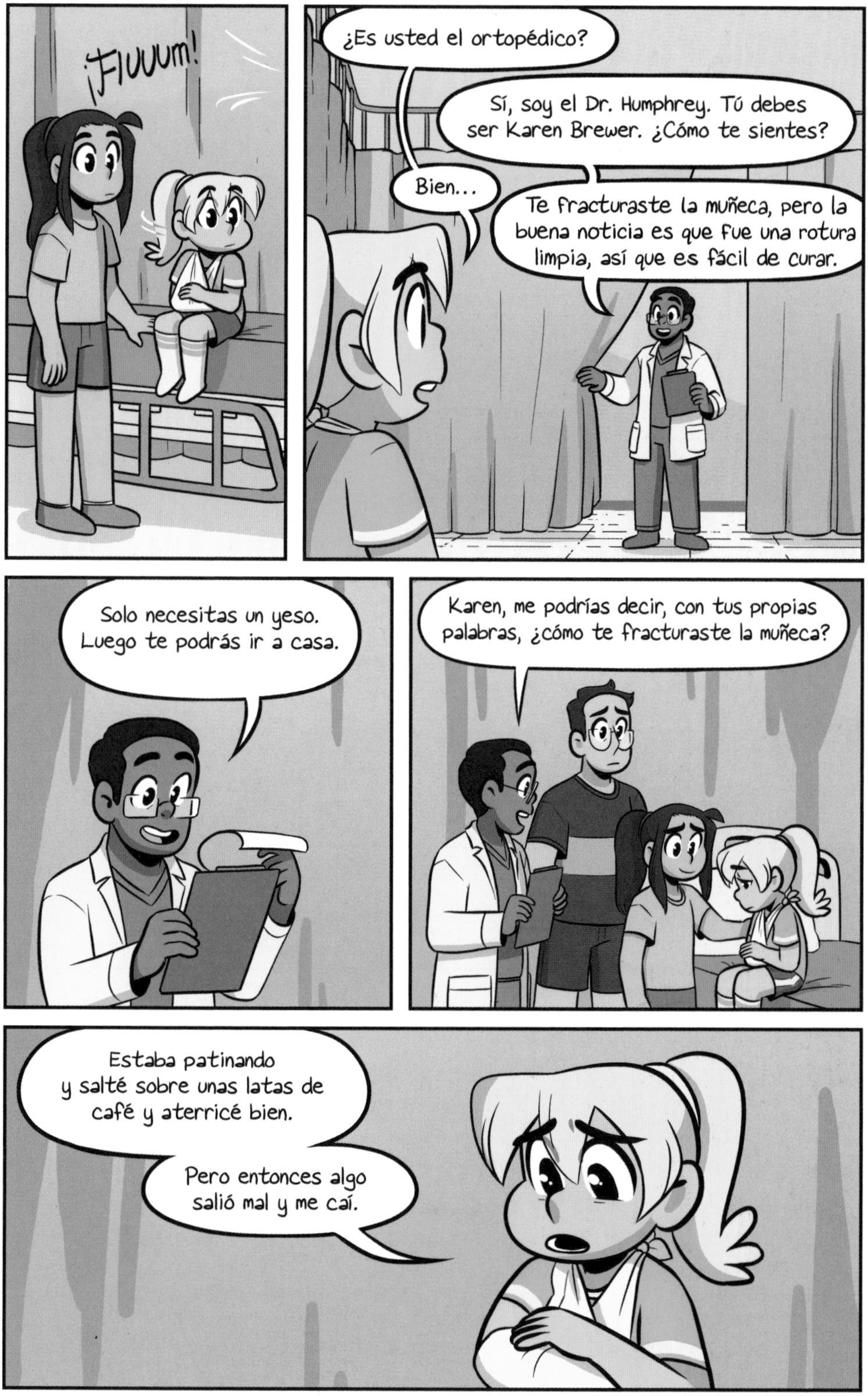
¡Fiuuum!
¿Es usted el ortopédico?
Sí, soy el Dr. Humphrey. Tú debes ser Karen Brewer. ¿Cómo te sientes?
Bien...
Te fracturaste la muñeca, pero la buena noticia es que fue una rotura limpia, así que es fácil de curar.
Solo necesitas un yeso. Luego te podrás ir a casa.
Karen, me podrías decir, con tus propias palabras, ¿cómo te fracturaste la muñeca?
Estaba patinando y salté sobre unas latas de café y aterricé bien.
Pero entonces algo salió mal y me caí.

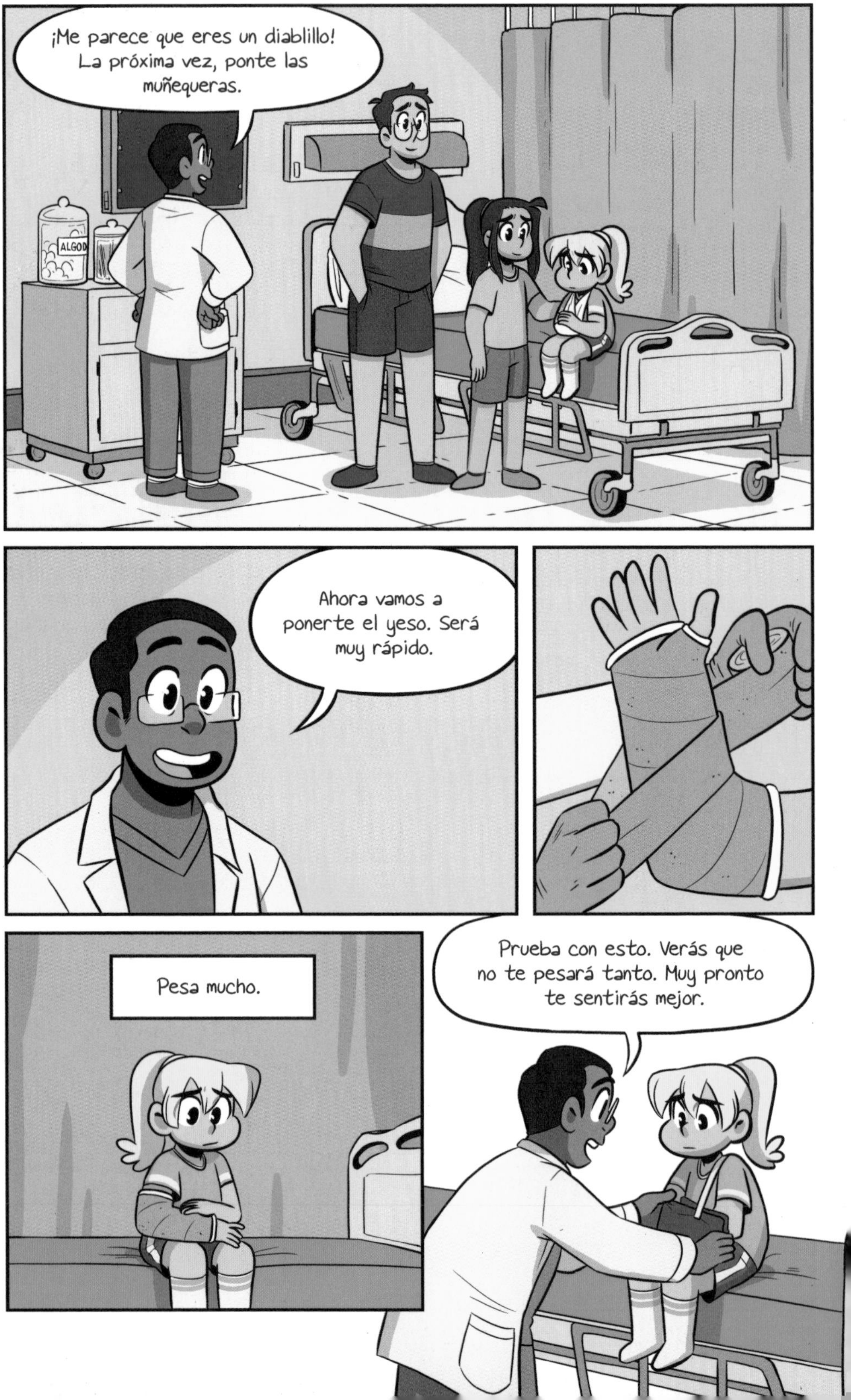
¡Me parece que eres un diablillo! La próxima vez, ponte las muñequeras.
ALGOD
Ahora vamos a ponerte el yeso. Será muy rápido.
Pesa mucho.
Prueba con esto. Verás que no te pesará tanto. Muy pronto te sentirás mejor.

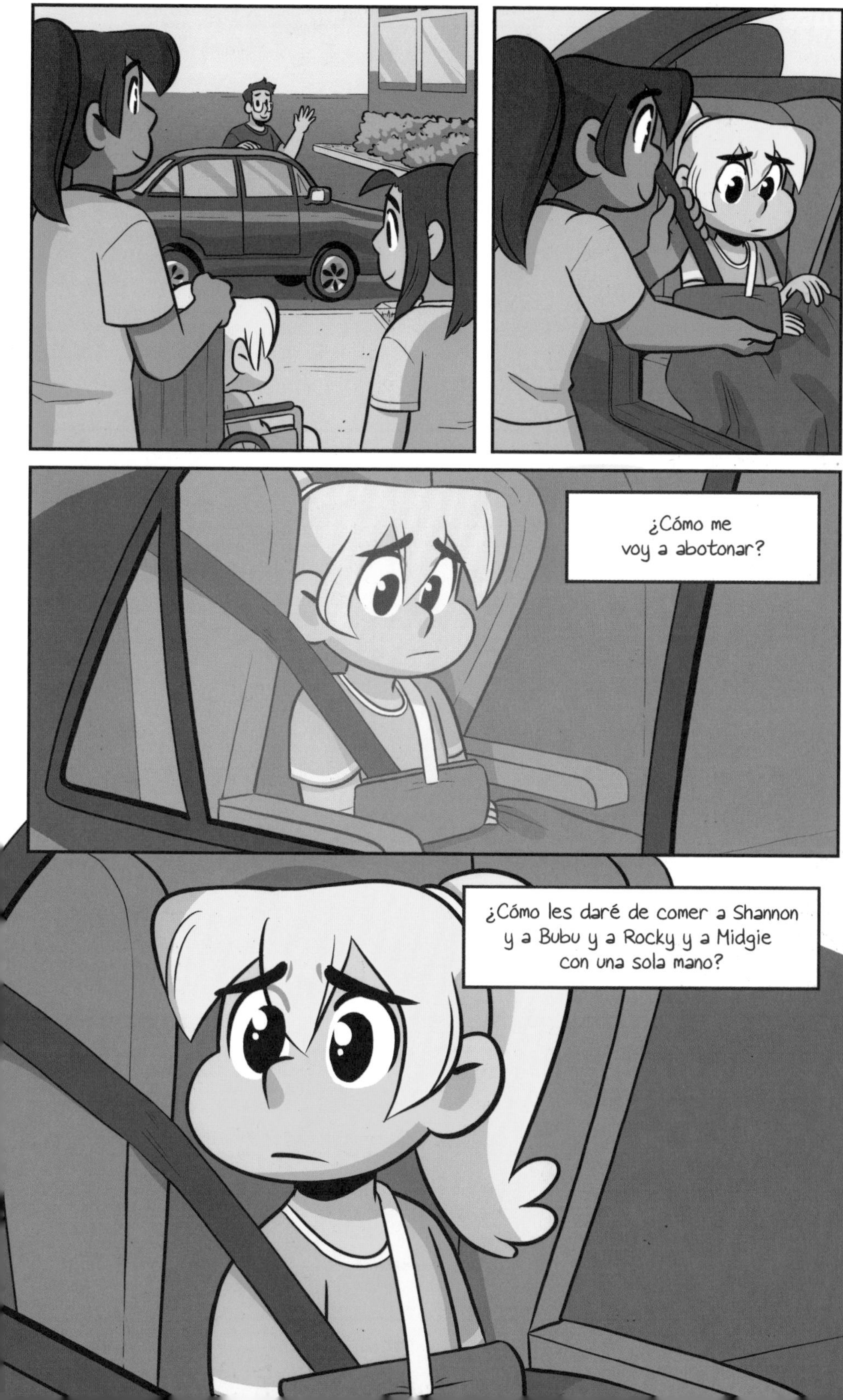
¿Cómo me voy a abotonar?
¿Cómo les daré de comer a Shannon y a Bubu y a Rocky y a Midgie con una sola mano?

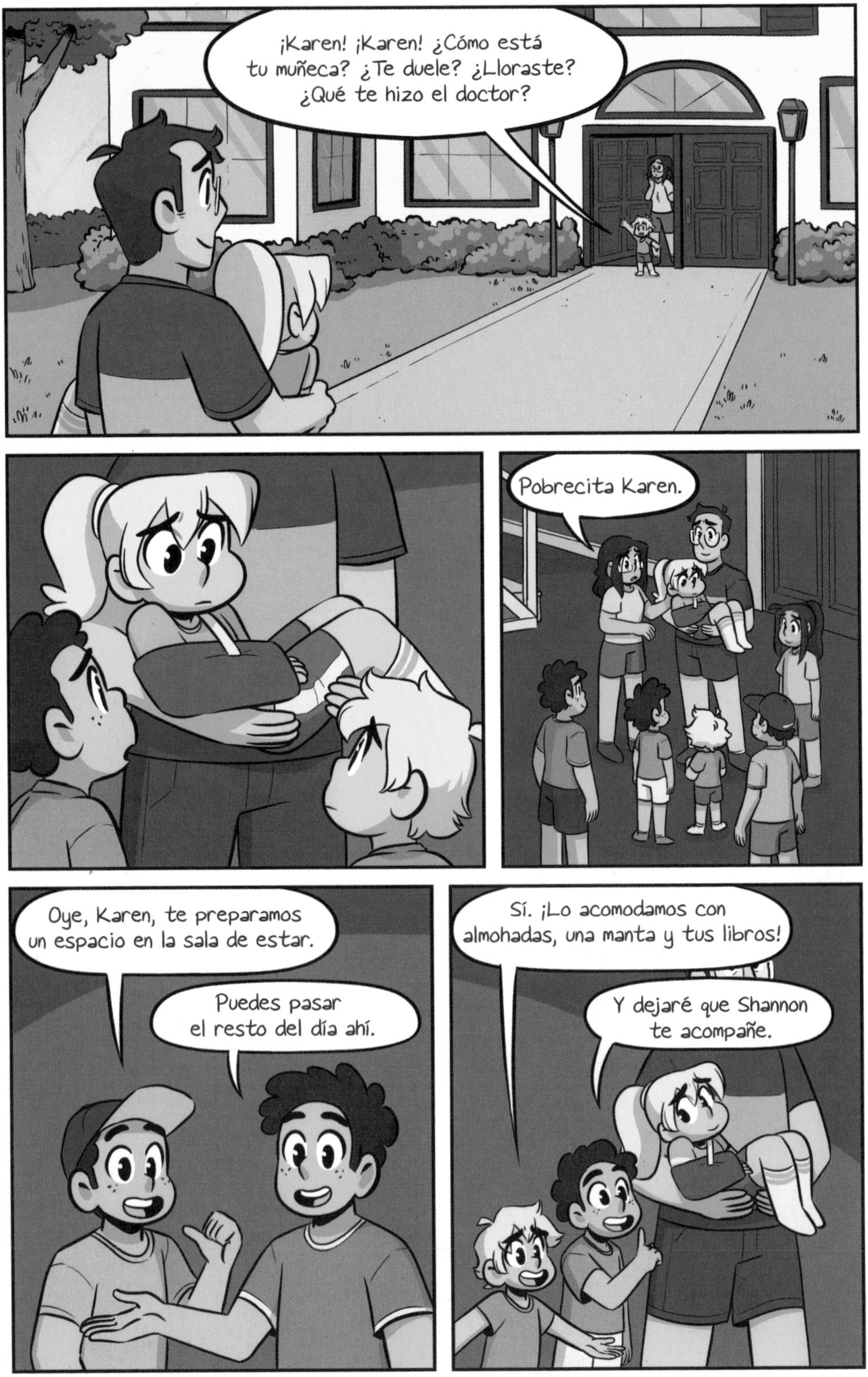
¡Karen! ¡Karen! ¿Cómo está tu muñeca? ¿Te duele? ¿Lloraste? ¿Qué te hizo el doctor?
Pobrecita Karen.
Oye, Karen, te preparamos un espacio en la sala de estar.
Puedes pasar el resto del día ahí.
Sí. ¡Lo acomodamos con almohadas, una manta y tus libros!
Y dejaré que Shannon te acompañe.

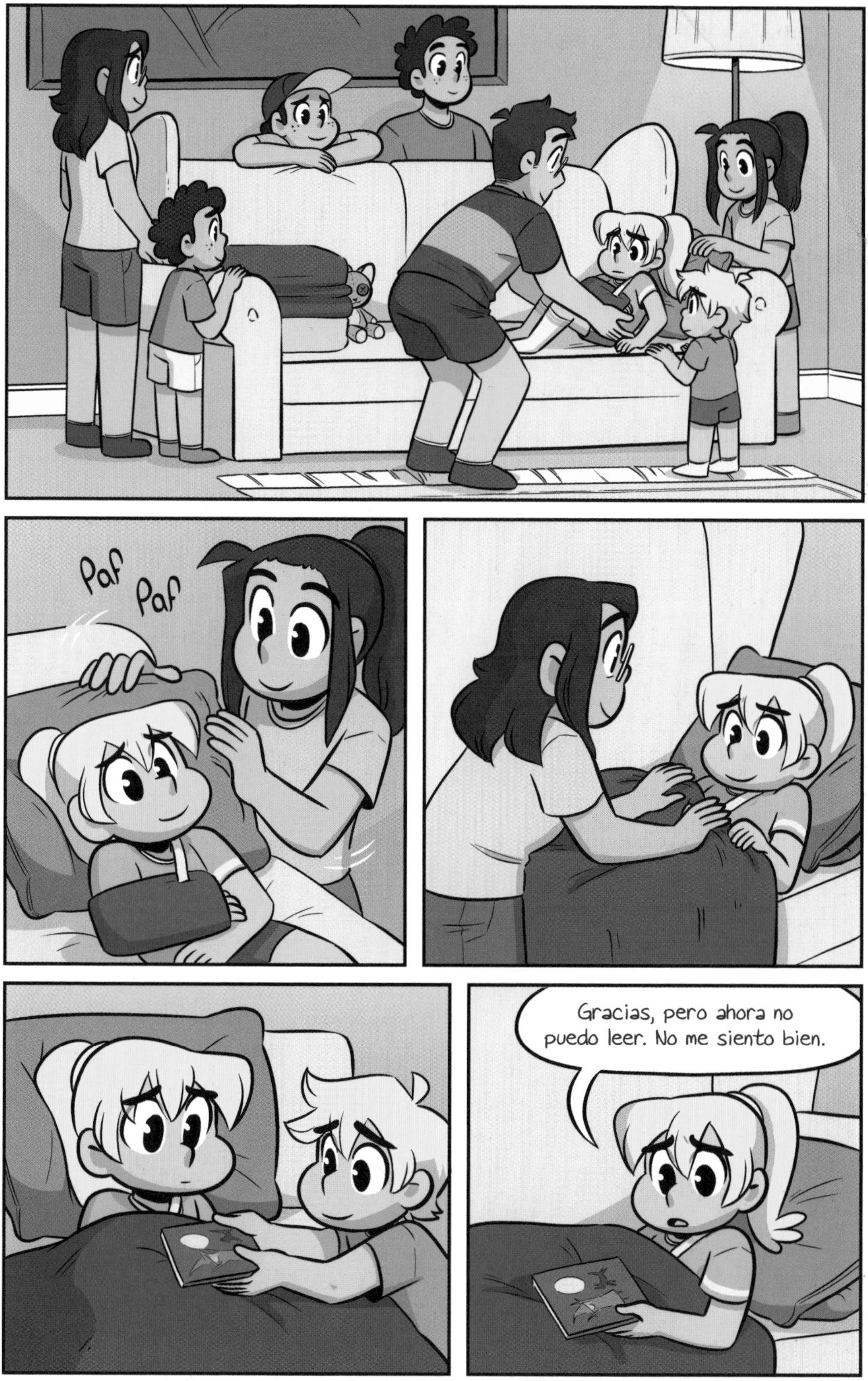
Paf
Paf
Gracias, pero ahora no puedo leer. No me siento bien.

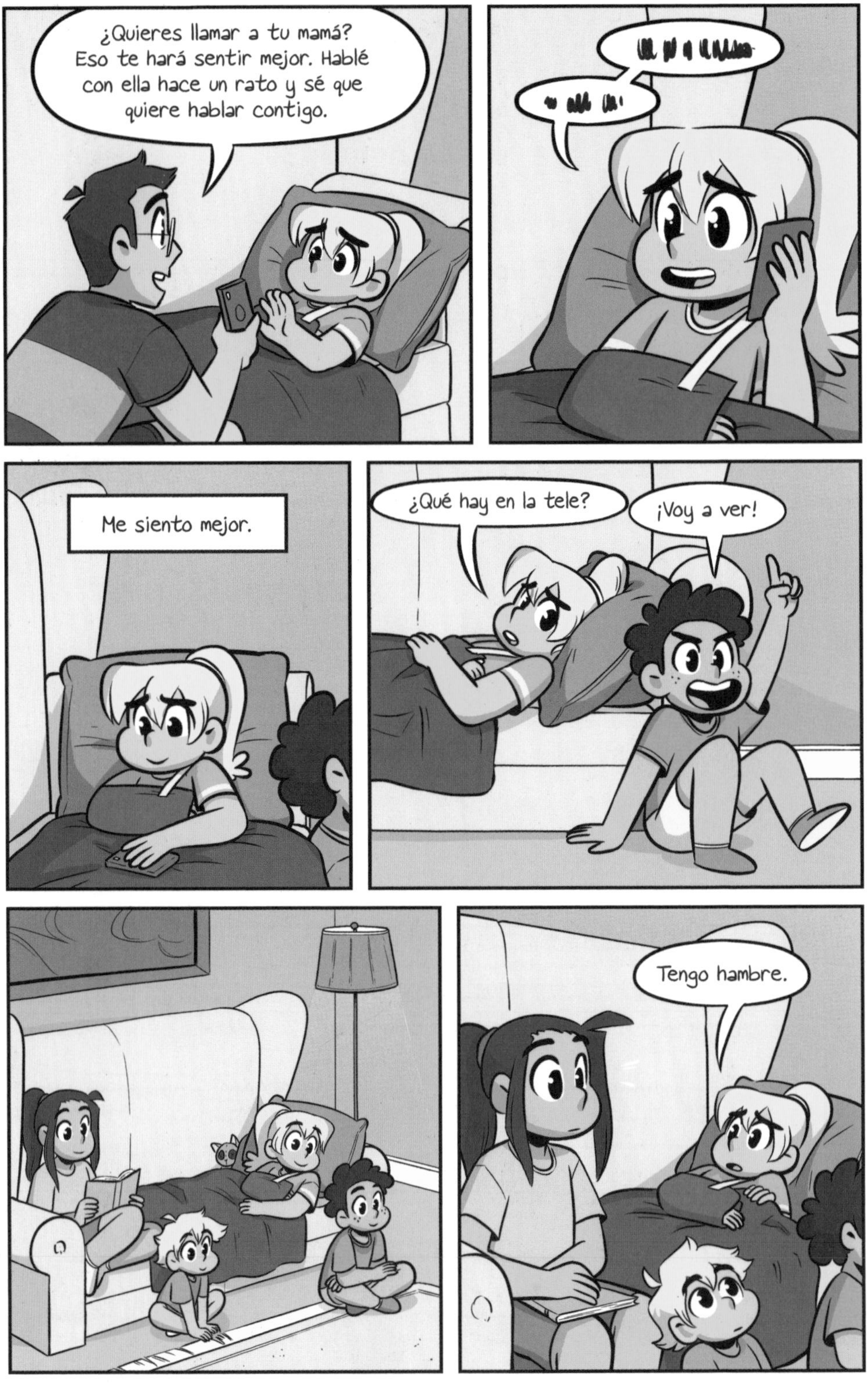
¿Quieres llamar a tu mamá? Eso te hará sentir mejor. Hablé con ella hace un rato y sé que quiere hablar contigo.
Me siento mejor.
¿Qué hay en la tele?
¡Voy a ver!
Tengo hambre.

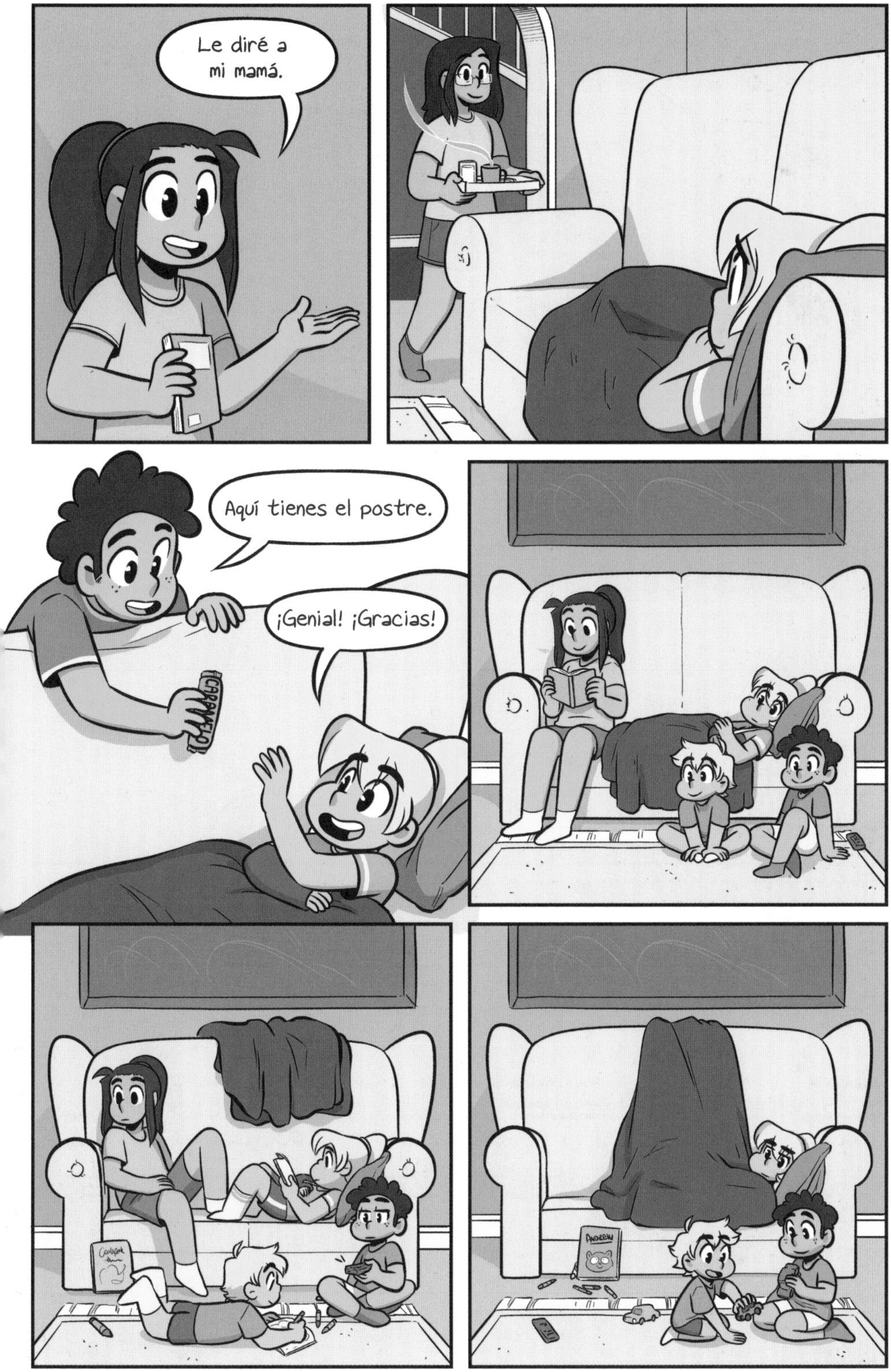
Le diré a mi mamá.
Aquí tienes el postre.
¡Genial! ¡Gracias!
¡CARAMELO!
ANDREW

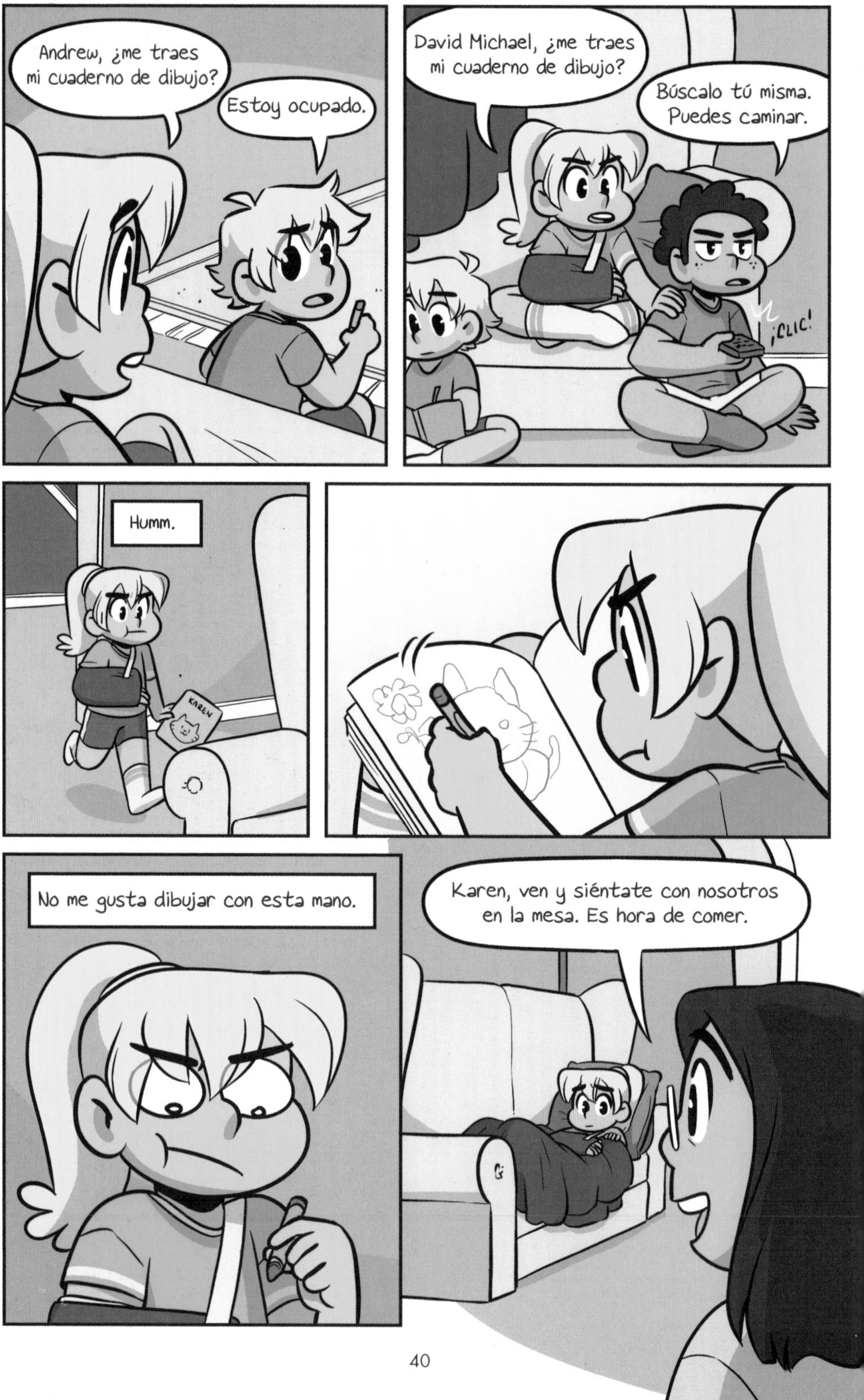
Andrew, ¿me traes mi cuaderno de dibujo?
Estoy ocupado.
David Michael, ¿me traes mi cuaderno de dibujo?
Búscalo tú misma. Puedes caminar.
¡CLIC!
Humm.
KAREN
No me gusta dibujar con esta mano.
Karen, ven y siéntate con nosotros en la mesa. Es hora de comer.

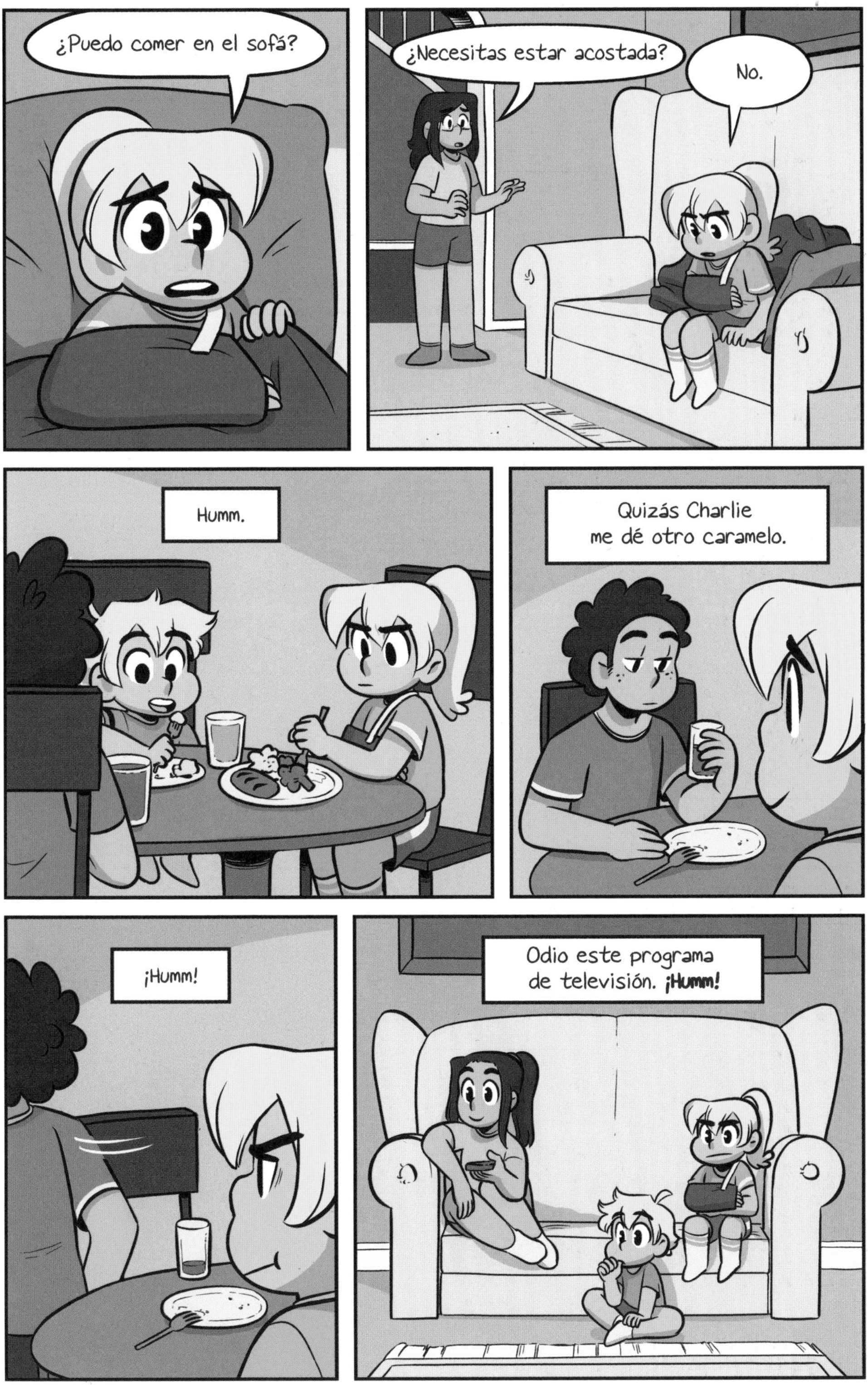
¿Puedo comer en el sofá?
¿Necesitas estar acostada?
No.
Humm.
Quizás Charlie me dé otro caramelo.
¡Humm!
Odio este programa de televisión. **¡Humm!**

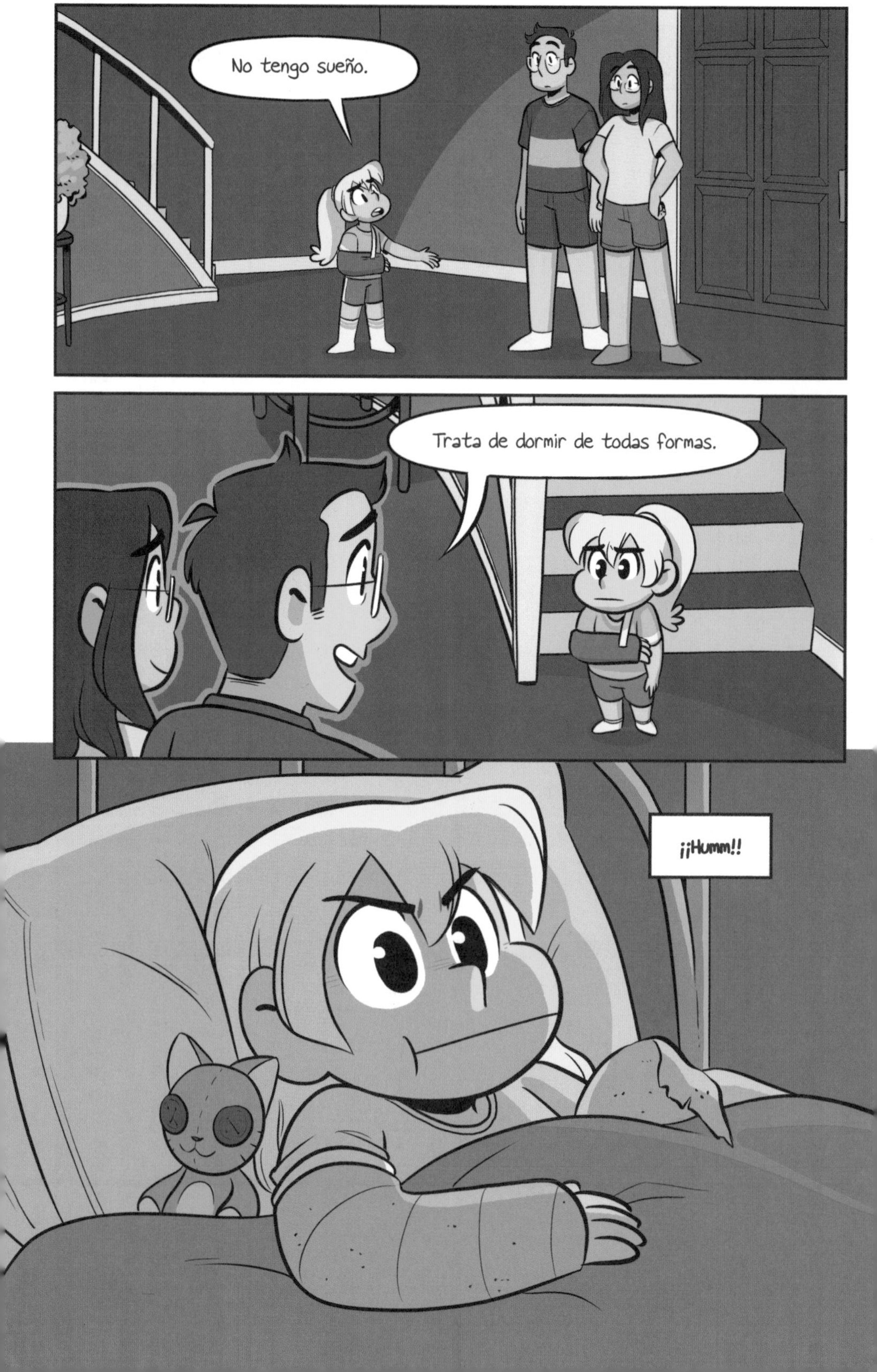
No tengo sueño.
Trata de dormir de todas formas.
¡¡Humm!!

CAPÍTULO 4

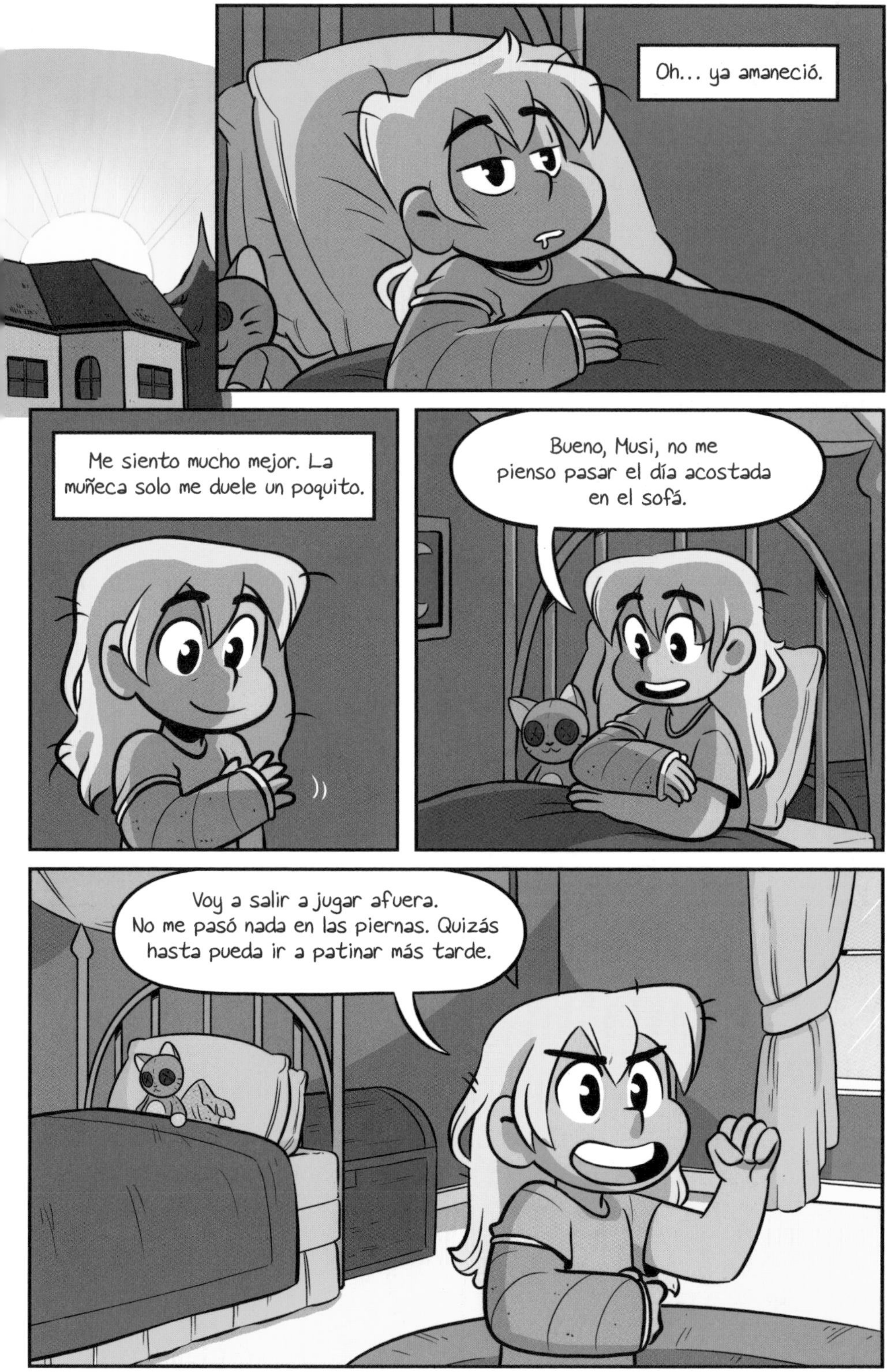
Oh… ya amaneció.
Me siento mucho mejor. La muñeca solo me duele un poquito.
Bueno, Musi, no me pienso pasar el día acostada en el sofá.
Voy a salir a jugar afuera. No me pasó nada en las piernas. Quizás hasta pueda ir a patinar más tarde.

Hoy lo haré todo yo sola. No necesito ayuda de nadie.

¡Qué difícil! ¡Me siento como si fuera una bebé!

¡¡POP!!

¡Lo logré!

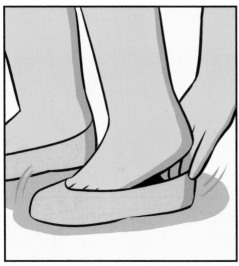

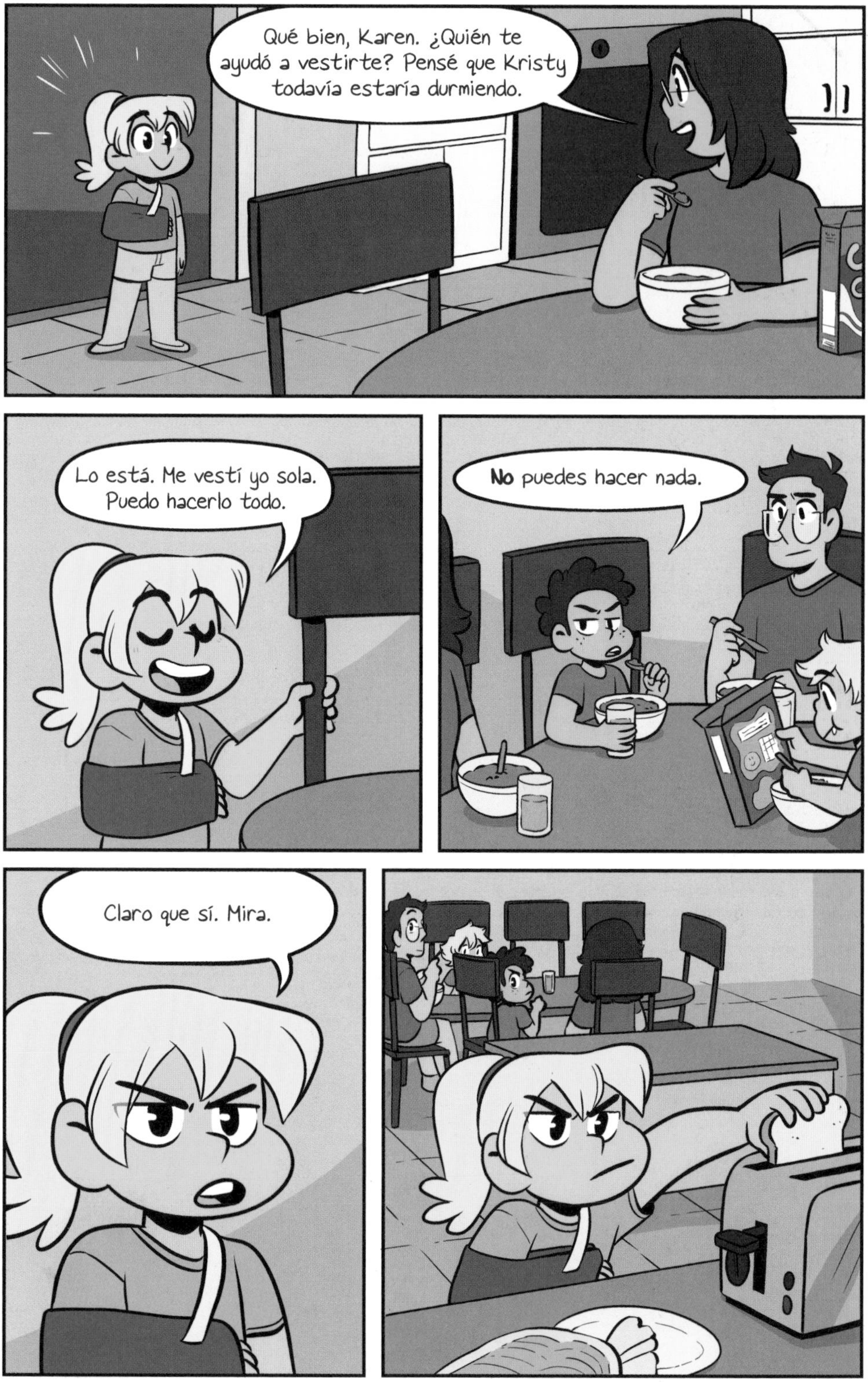
Qué bien, Karen. ¿Quién te ayudó a vestirte? Pensé que Kristy todavía estaría durmiendo.
Lo está. Me vestí yo sola. Puedo hacerlo todo.
No puedes hacer nada.
Claro que sí. Mira.

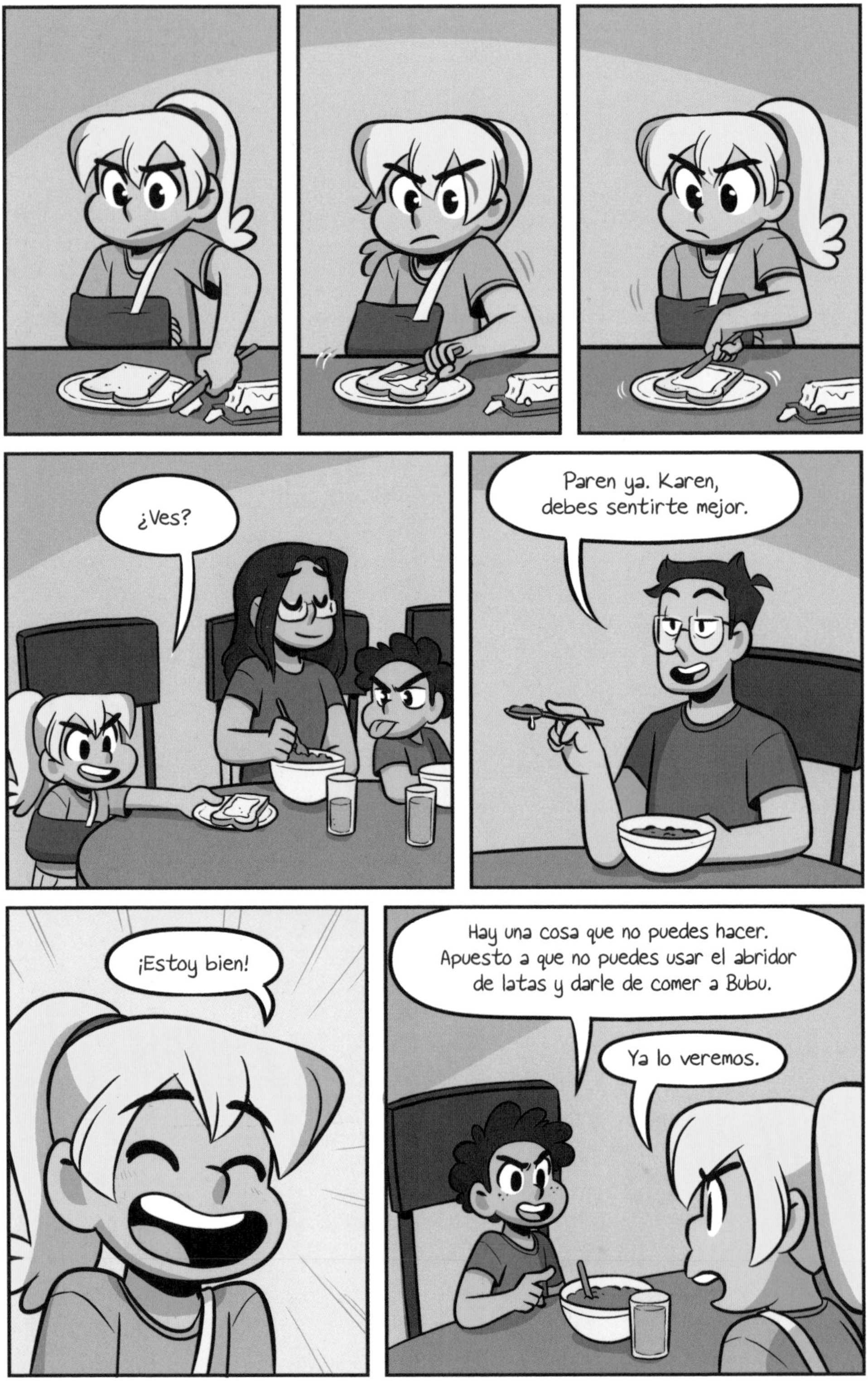

¿Ves?
Paren ya. Karen, debes sentirte mejor.
¡Estoy bien!
Hay una cosa que no puedes hacer. Apuesto a que no puedes usar el abridor de latas y darle de comer a Bubu.
Ya lo veremos.

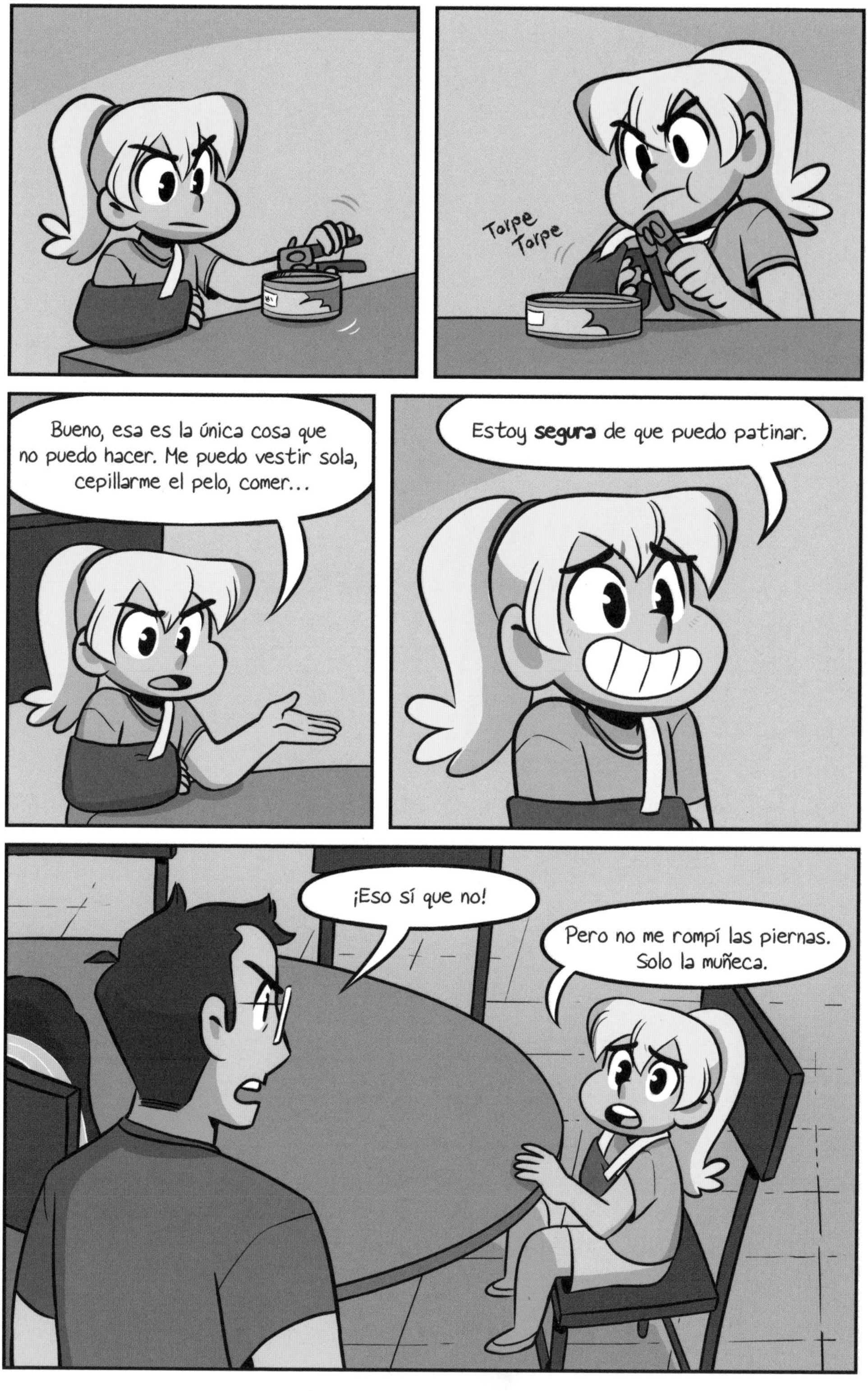

Torpe
Torpe
Bueno, esa es la única cosa que no puedo hacer. Me puedo vestir sola, cepillarme el pelo, comer…
Estoy **segura** de que puedo patinar.
¡Eso sí que no!
Pero no me rompí las piernas. Solo la muñeca.

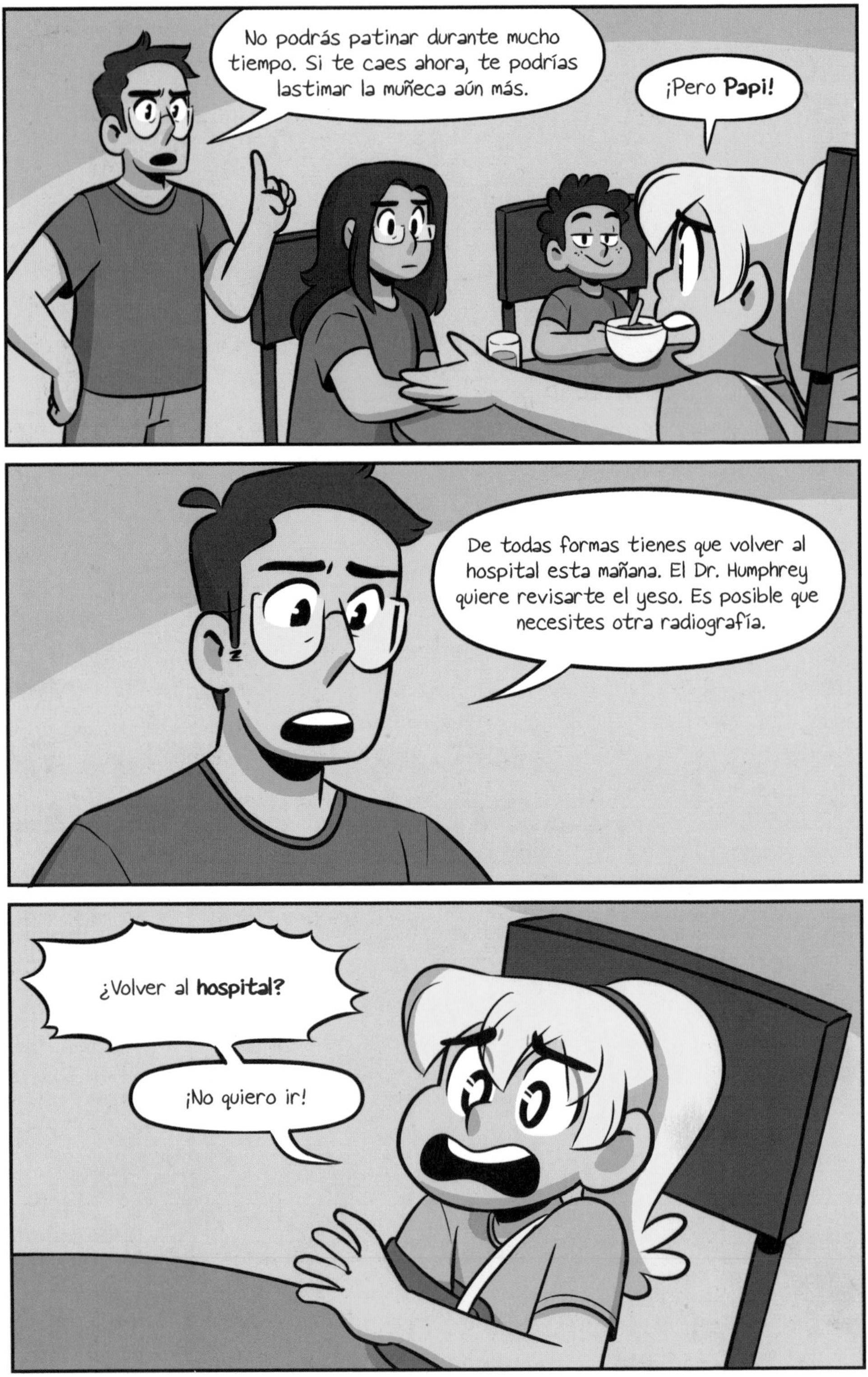
No podrás patinar durante mucho tiempo. Si te caes ahora, te podrías lastimar la muñeca aún más.
¡Pero **Papi!**
De todas formas tienes que volver al hospital esta mañana. El Dr. Humphrey quiere revisarte el yeso. Es posible que necesites otra radiografía.
¿Volver al **hospital?**
¡No quiero ir!

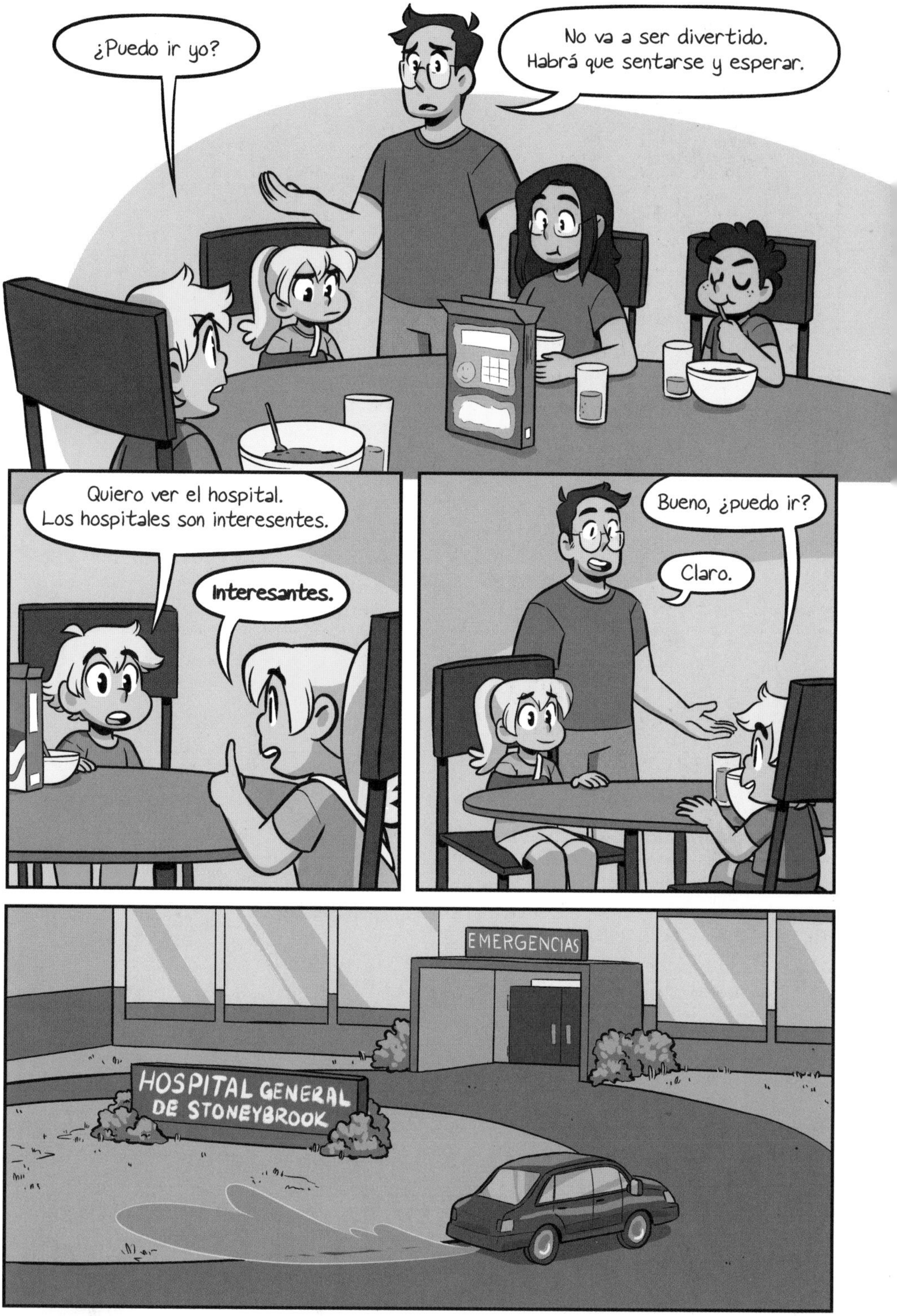
¿Puedo ir yo?
No va a ser divertido. Habrá que sentarse y esperar.
Quiero ver el hospital. Los hospitales son interesentes.
Interesantes.
Bueno, ¿puedo ir?
Claro.
EMERGENCIAS
HOSPITAL GENERAL DE STONEYBROOK

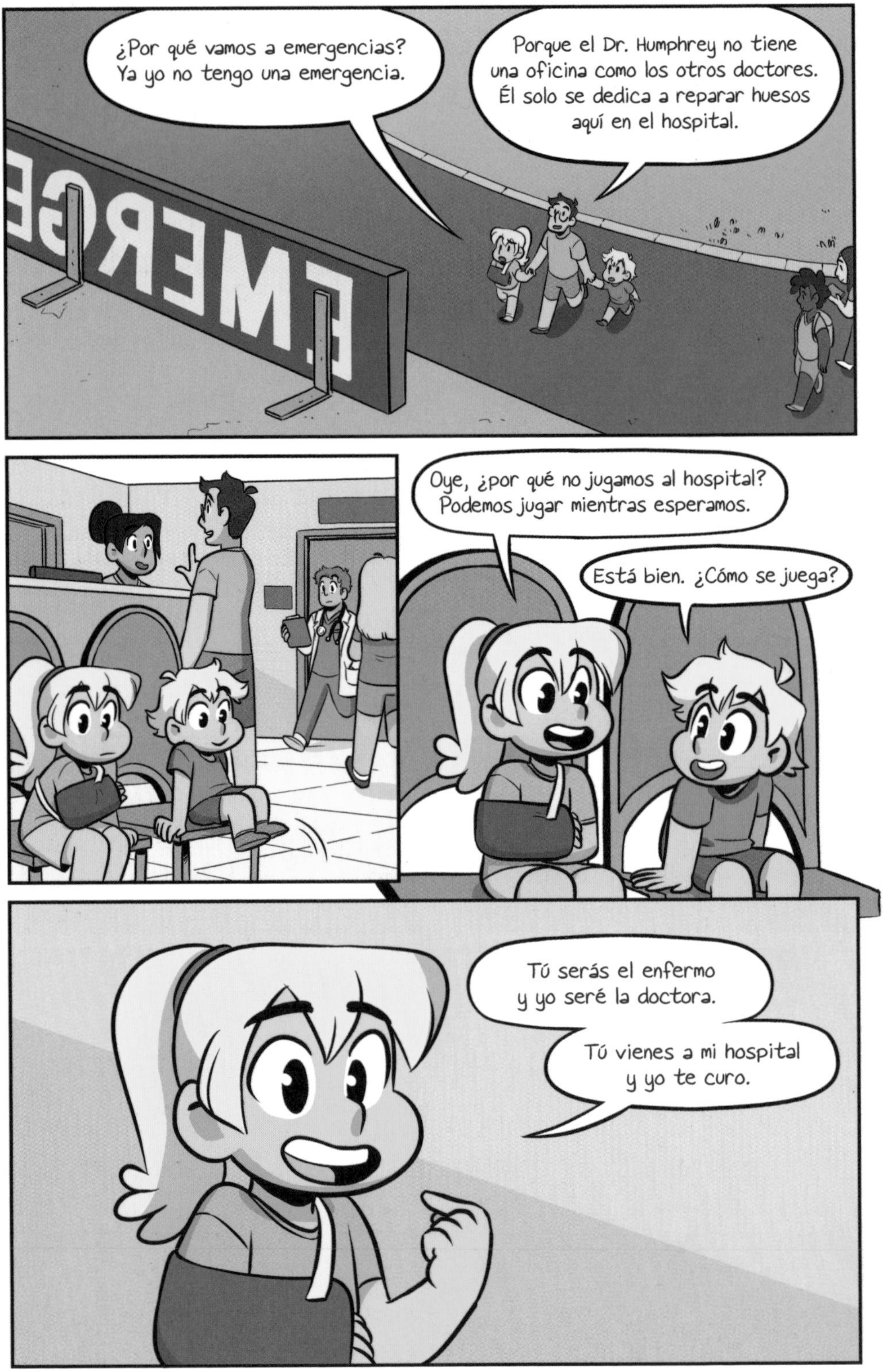
¿Por qué vamos a emergencias? Ya yo no tengo una emergencia.
Porque el Dr. Humphrey no tiene una oficina como los otros doctores. Él solo se dedica a reparar huesos aquí en el hospital.
EMERGE
Oye, ¿por qué no jugamos al hospital? Podemos jugar mientras esperamos.
Está bien. ¿Cómo se juega?
Tú serás el enfermo y yo seré la doctora.
Tú vienes a mi hospital y yo te curo.

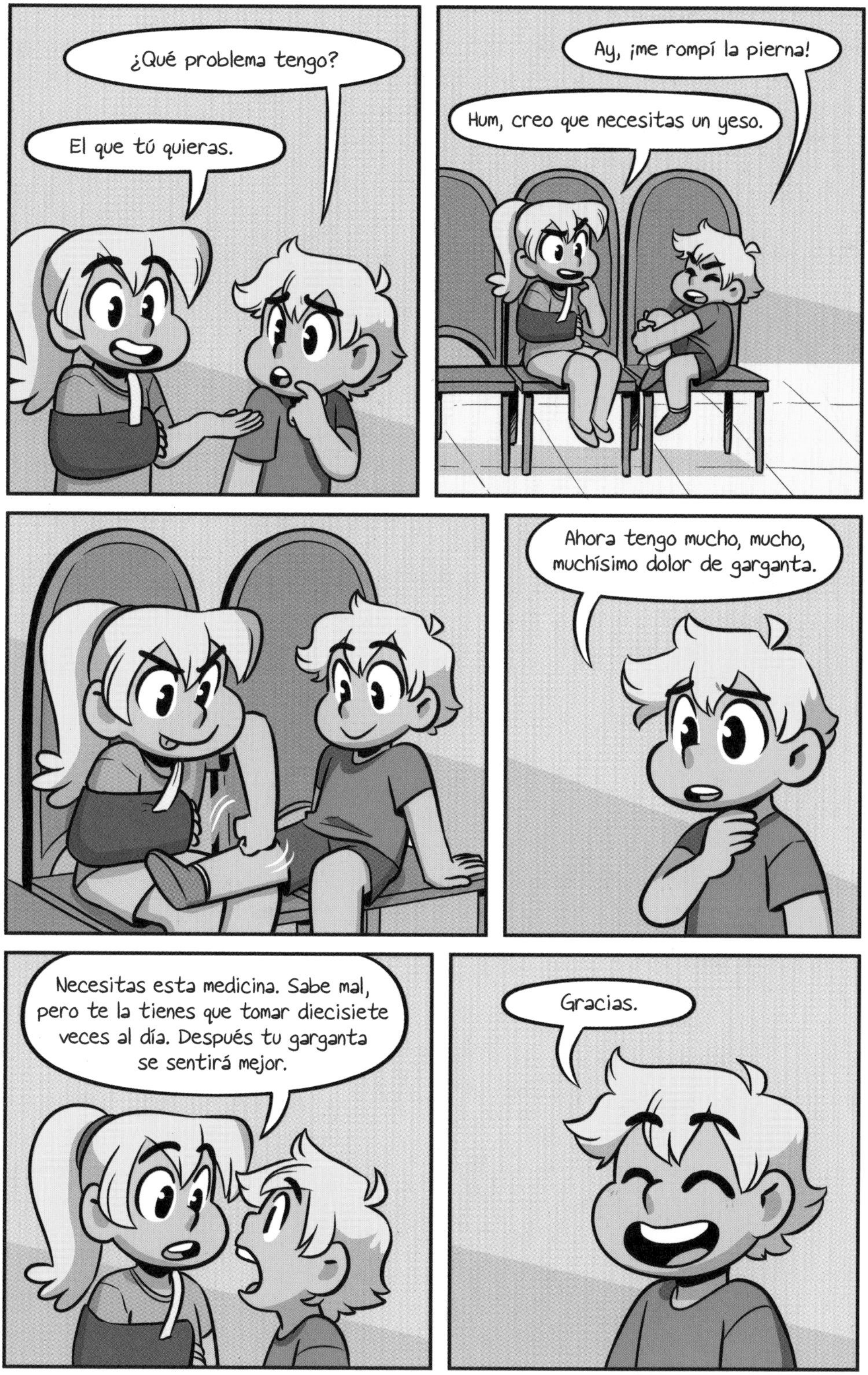
¿Qué problema tengo?
El que tú quieras.
Ay, ¡me rompí la pierna!
Hum, creo que necesitas un yeso.
Ahora tengo mucho, mucho, muchísimo dolor de garganta.
Necesitas esta medicina. Sabe mal, pero te la tienes que tomar diecisiete veces al día. Después tu garganta se sentirá mejor.
Gracias.

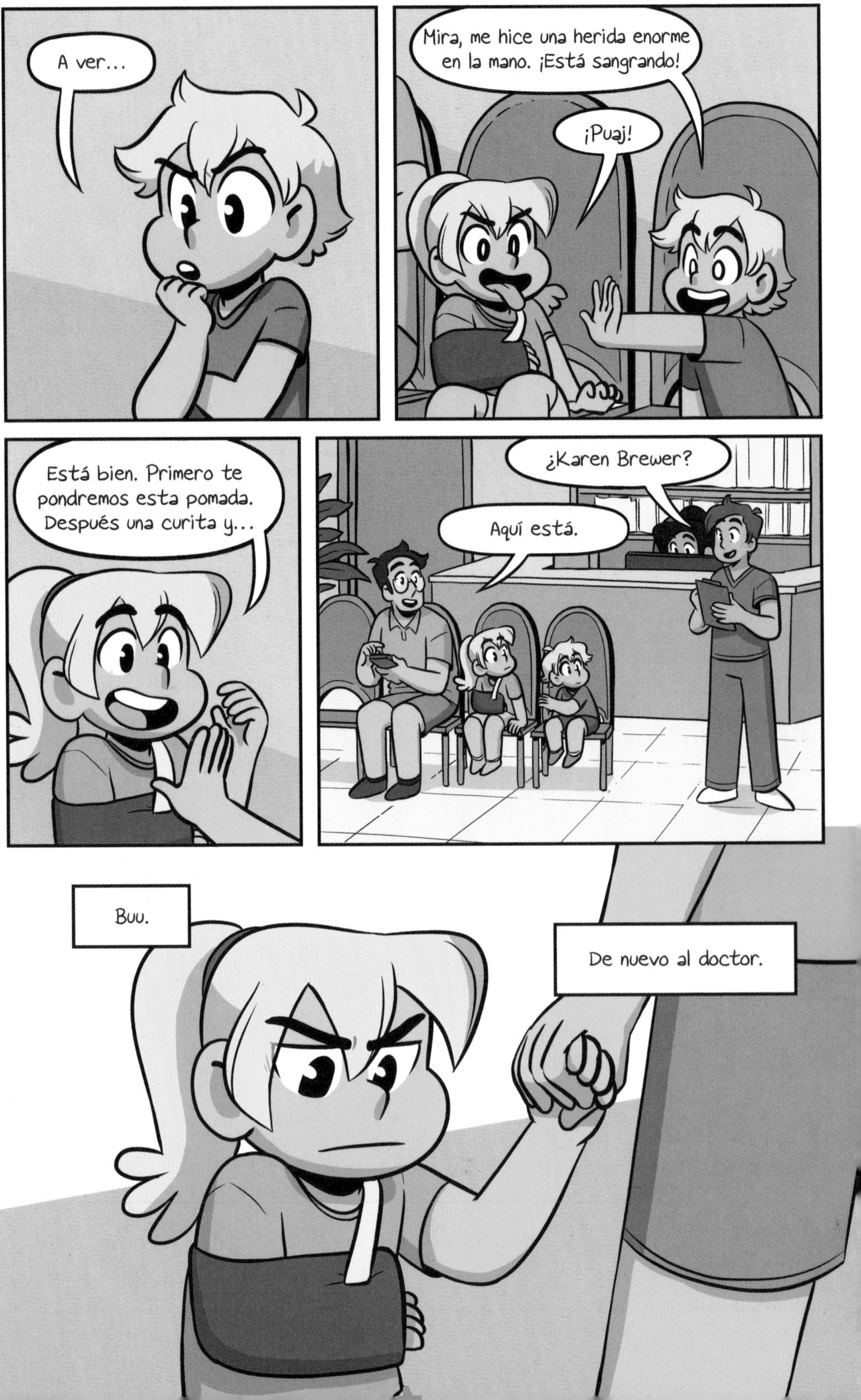
A ver...
Mira, me hice una herida enorme en la mano. ¡Está sangrando!
¡Puaj!
Está bien. Primero te pondremos esta pomada. Después una curita y...
¿Karen Brewer?
Aquí está.
Buu.
De nuevo al doctor.

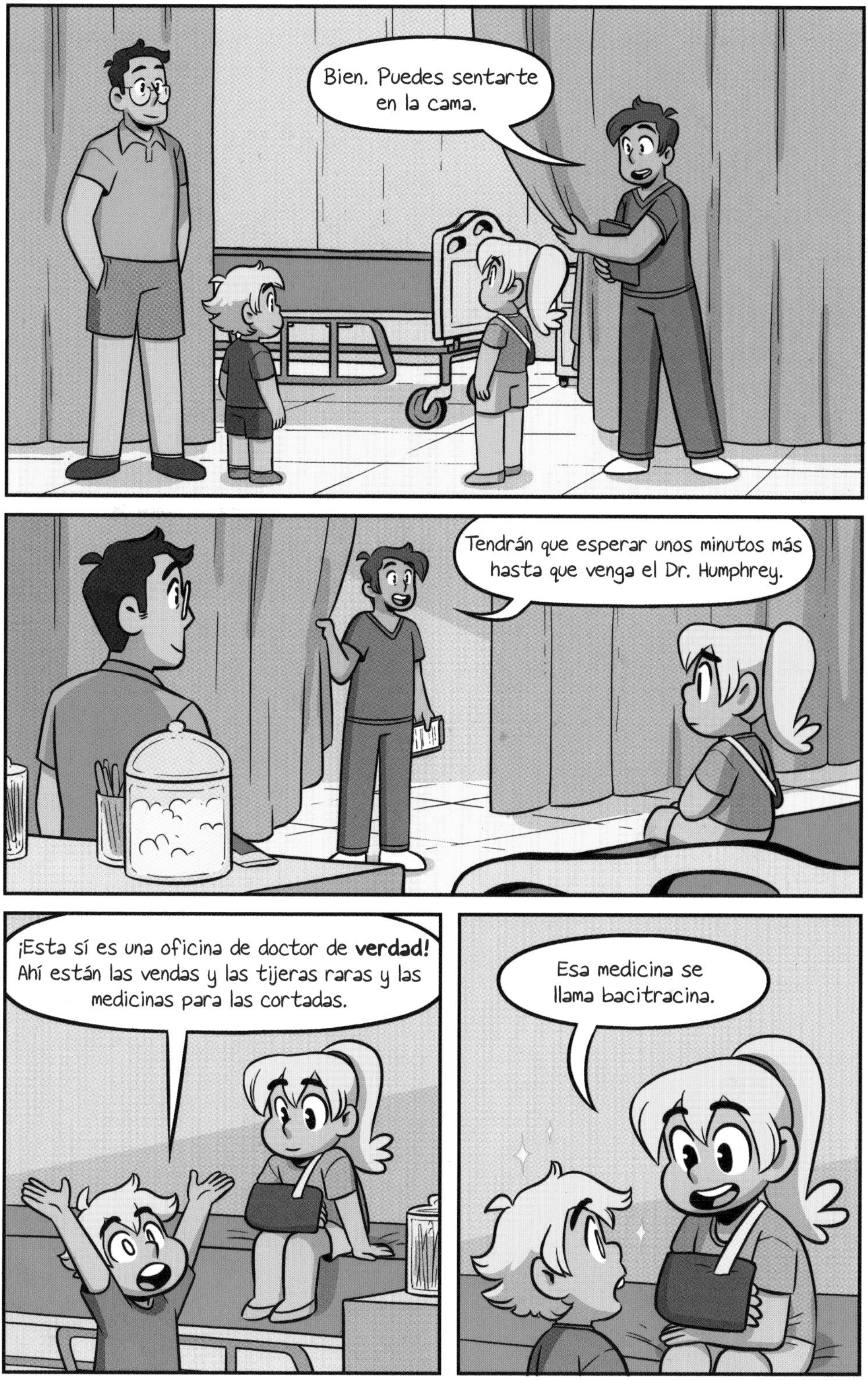
Bien. Puedes sentarte en la cama.
Tendrán que esperar unos minutos más hasta que venga el Dr. Humphrey.
¡Esta sí es una oficina de doctor de **verdad!** Ahí están las vendas y las tijeras raras y las medicinas para las cortadas.
Esa medicina se llama bacitracina.

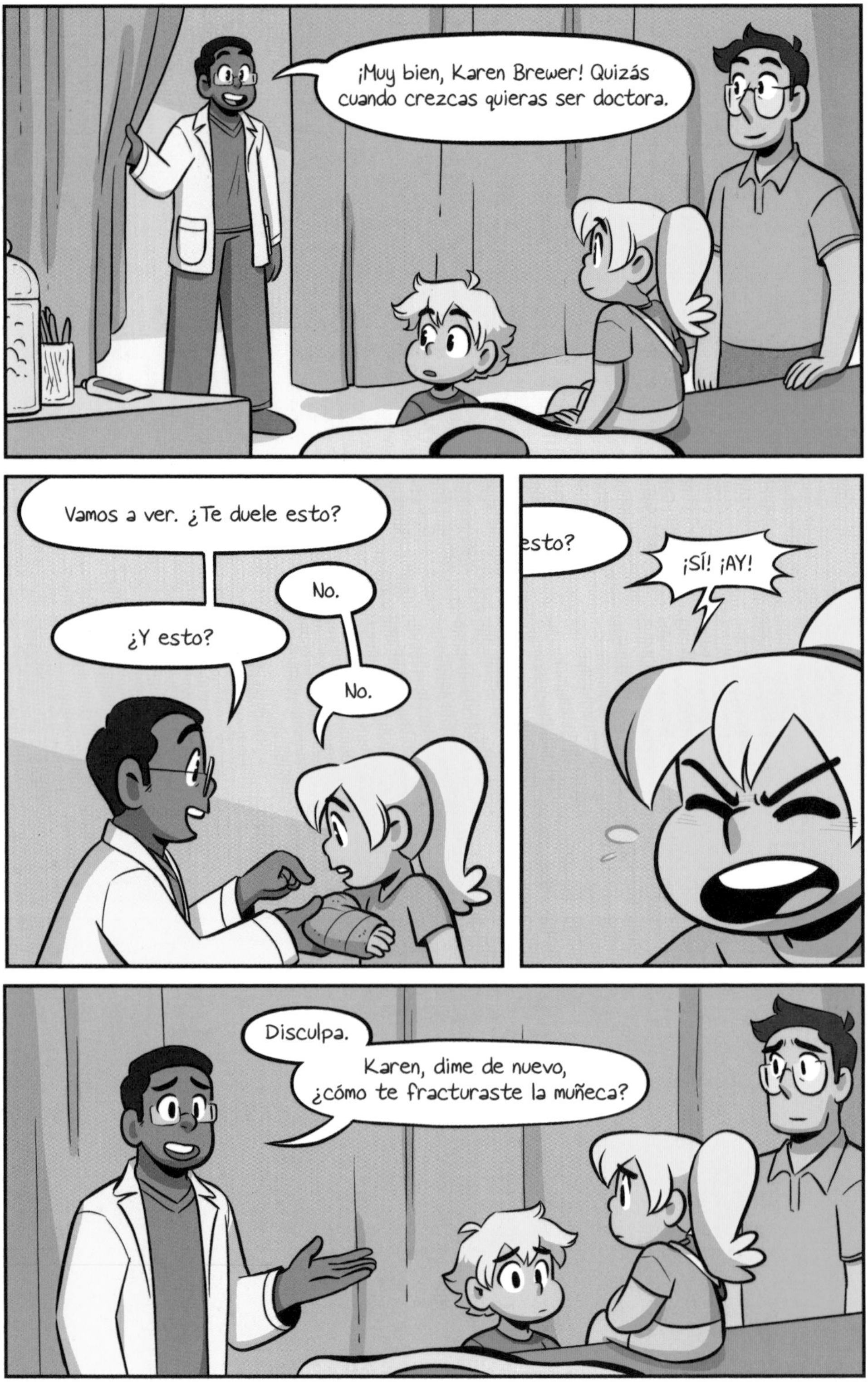
¡Muy bien, Karen Brewer! Quizás cuando crezcas quieras ser doctora.
Vamos a ver. ¿Te duele esto?
No.
¿Y esto?
No.
esto?
¡SÍ! ¡AY!
Disculpa.
Karen, dime de nuevo, ¿cómo te fracturaste la muñeca?

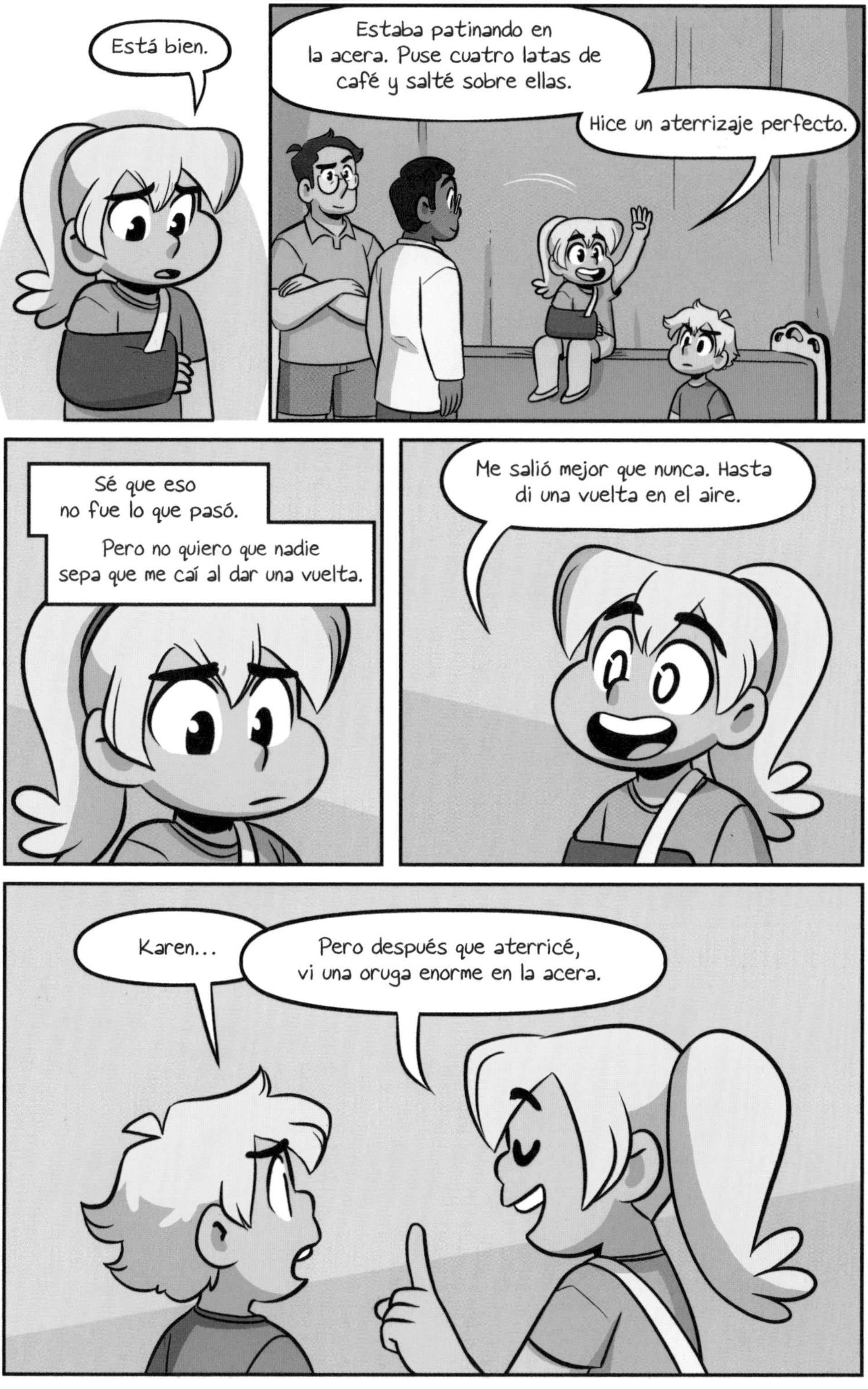
Está bien.
Estaba patinando en la acera. Puse cuatro latas de café y salté sobre ellas.
Hice un aterrizaje perfecto.
Sé que eso no fue lo que pasó.
Pero no quiero que nadie sepa que me caí al dar una vuelta.
Me salió mejor que nunca. Hasta di una vuelta en el aire.
Karen...
Pero después que aterricé, vi una oruga enorme en la acera.

¿Una oruga?

No quise pisarla, así que traté de saltarle por encima. Pero perdí el balance y me caí.

Puse las manos así. Me apoyé en ellas y...

así fue como me rompí la muñeca.

Humm, bien. Volvamos a la radiografía.

No había cuatro latas...

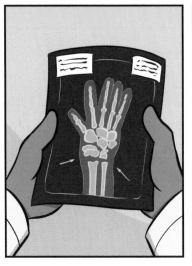

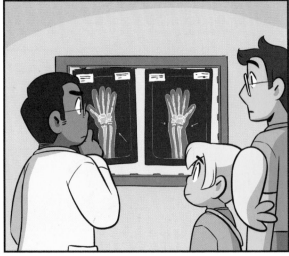

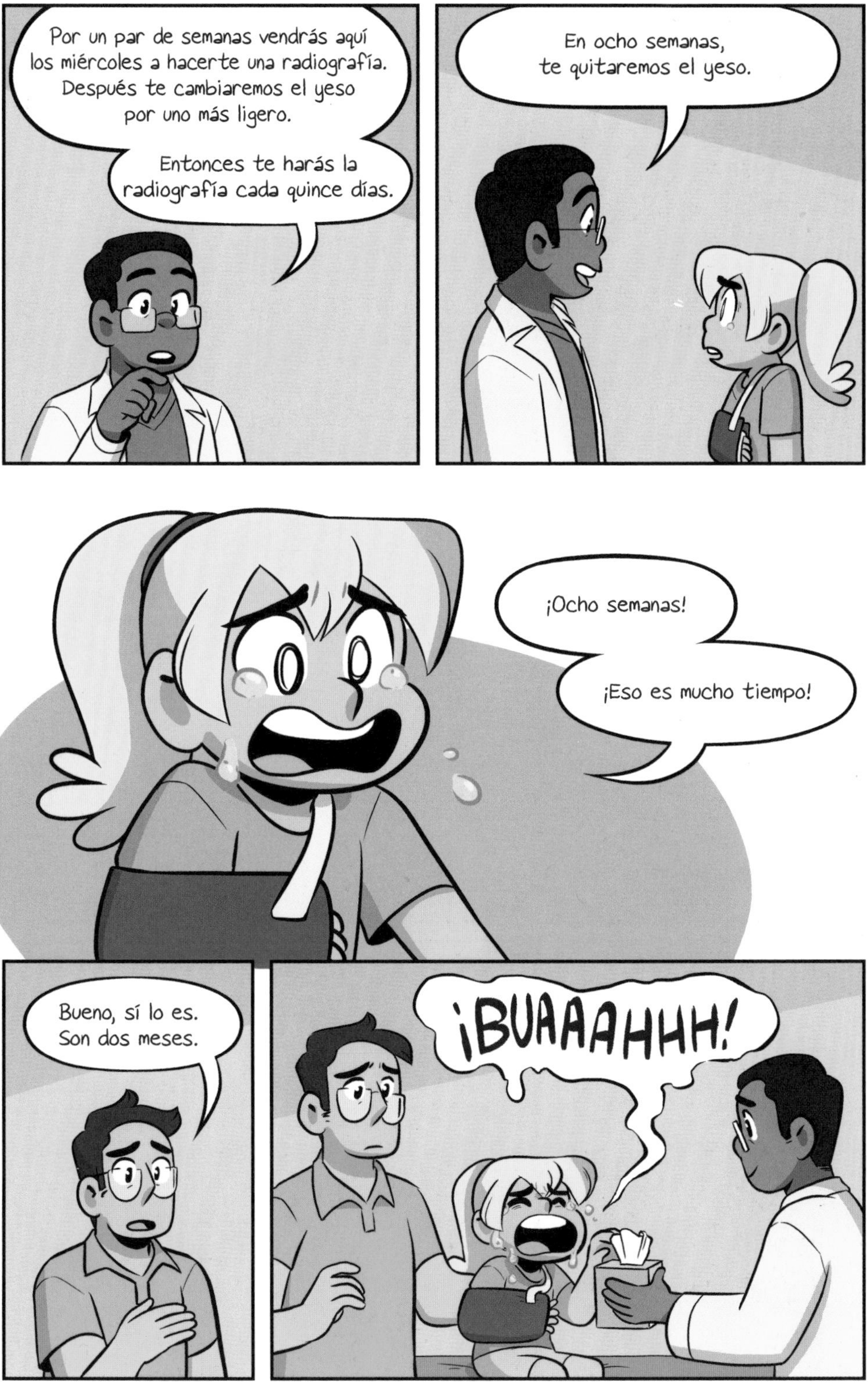
Por un par de semanas vendrás aquí los miércoles a hacerte una radiografía. Después te cambiaremos el yeso por uno más ligero.
Entonces te harás la radiografía cada quince días.
En ocho semanas, te quitaremos el yeso.
¡Ocho semanas!
¡Eso es mucho tiempo!
Bueno, sí lo es. Son dos meses.
¡BUAAAHHH!

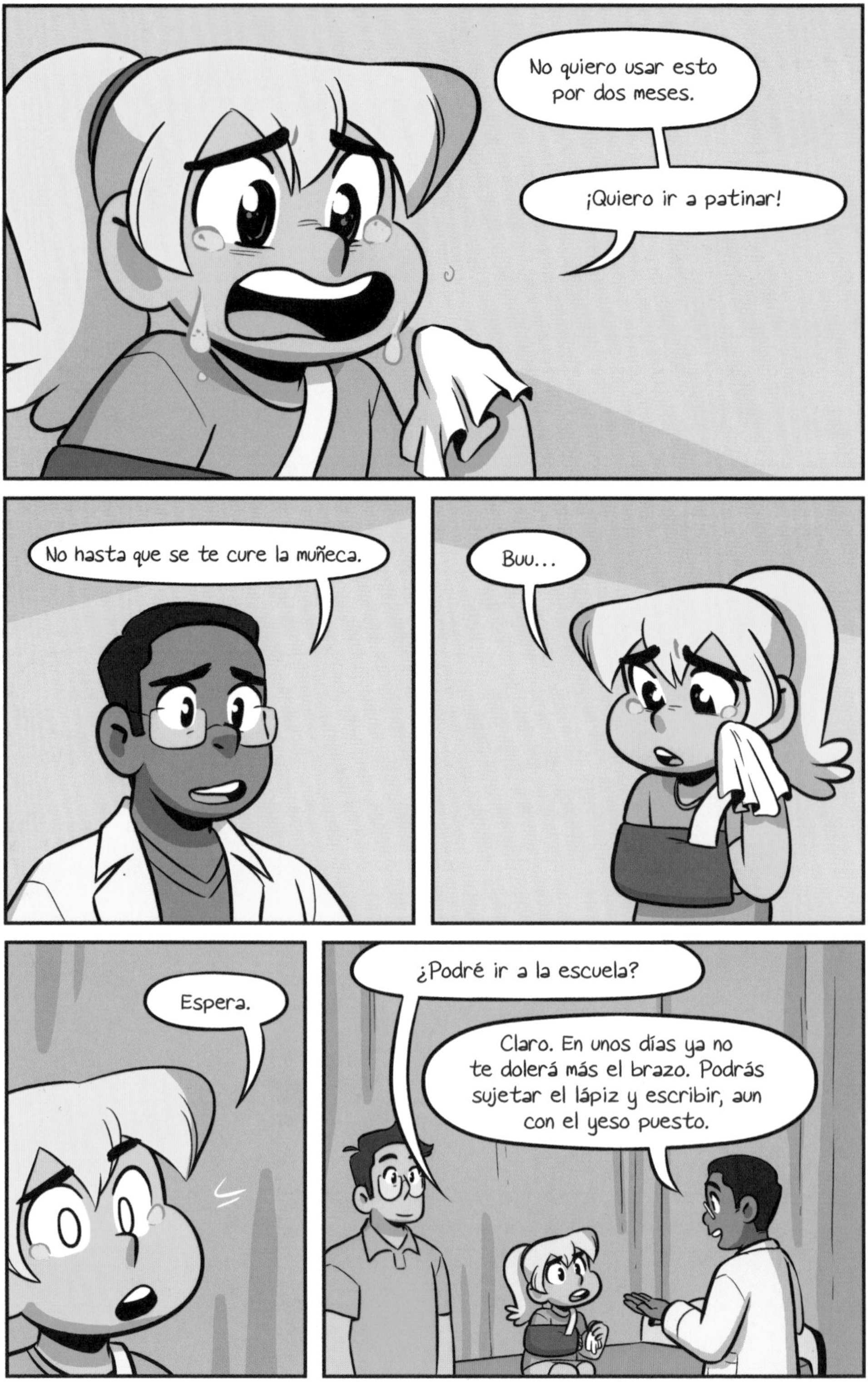
No quiero usar esto por dos meses.
¡Quiero ir a patinar!
No hasta que se te cure la muñeca.
Buu...
Espera.
¿Podré ir a la escuela?
Claro. En unos días ya no te dolerá más el brazo. Podrás sujetar el lápiz y escribir, aun con el yeso puesto.

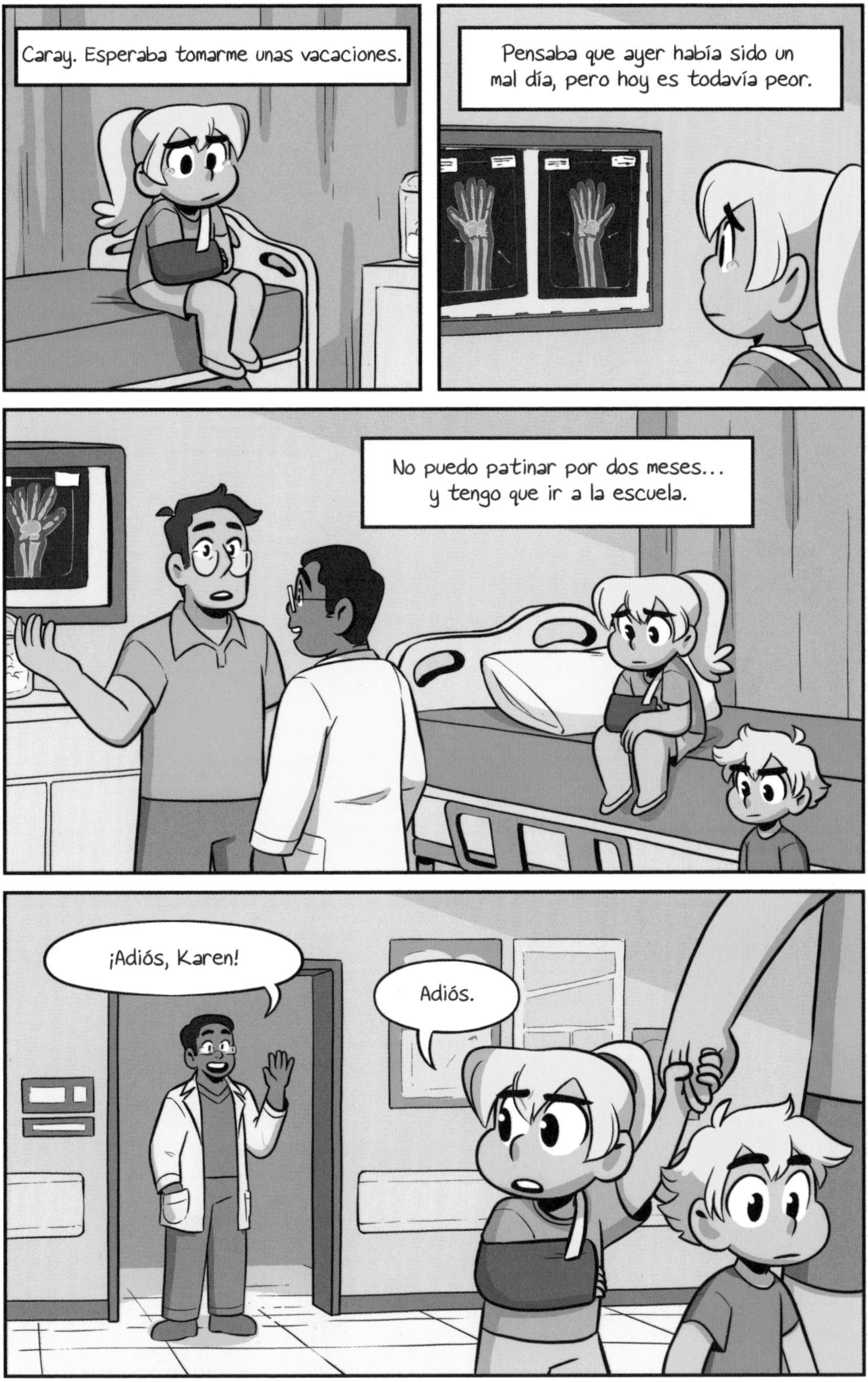
Caray. Esperaba tomarme unas vacaciones.
Pensaba que ayer había sido un mal día, pero hoy es todavía peor.
No puedo patinar por dos meses... y tengo que ir a la escuela.
¡Adiós, Karen!
Adiós.

CAPÍTULO 5

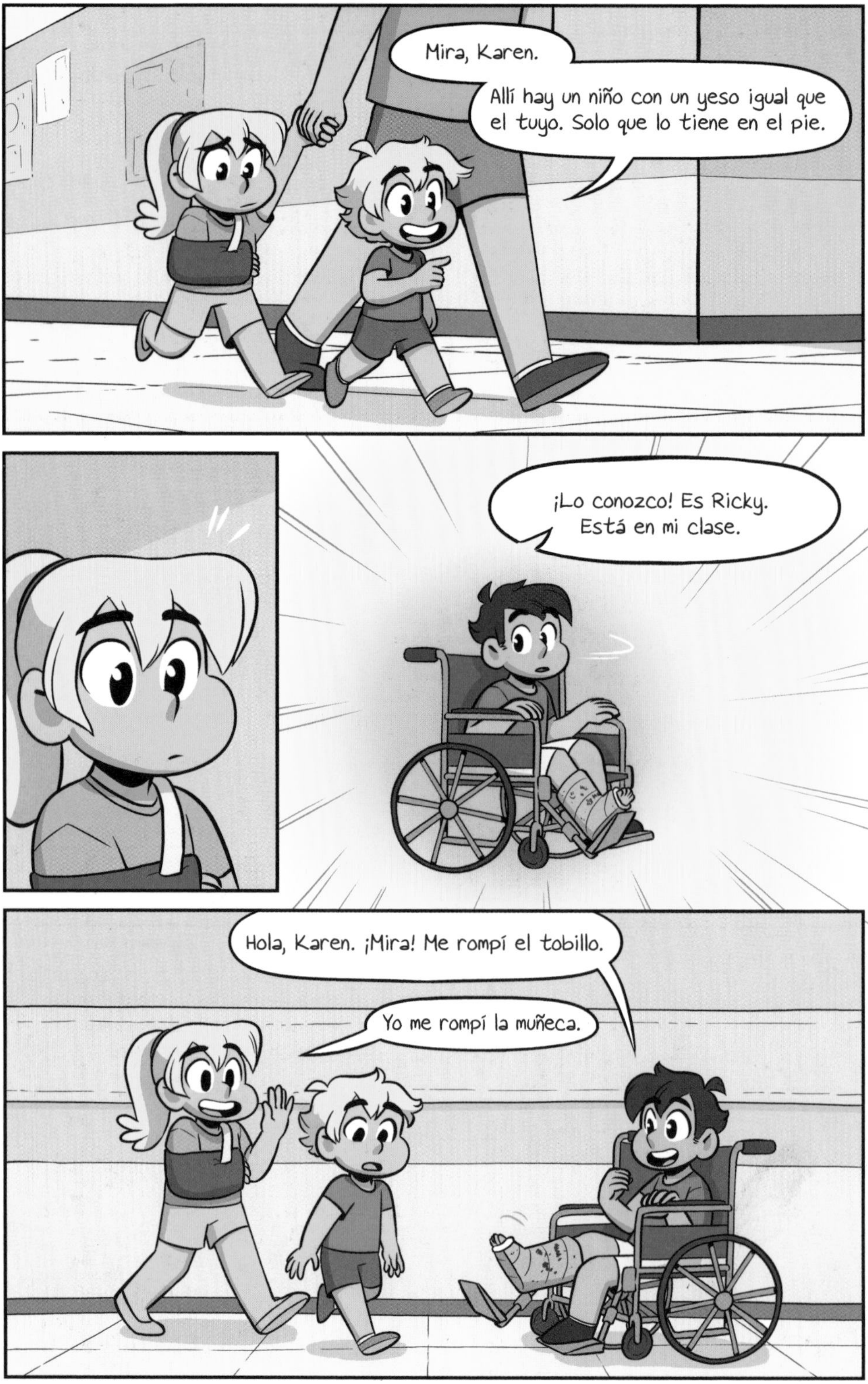
Mira, Karen.
Allí hay un niño con un yeso igual que el tuyo. Solo que lo tiene en el pie.
¡Lo conozco! Es Ricky. Está en mi clase.
Hola, Karen. ¡Mira! Me rompí el tobillo.
Yo me rompí la muñeca.

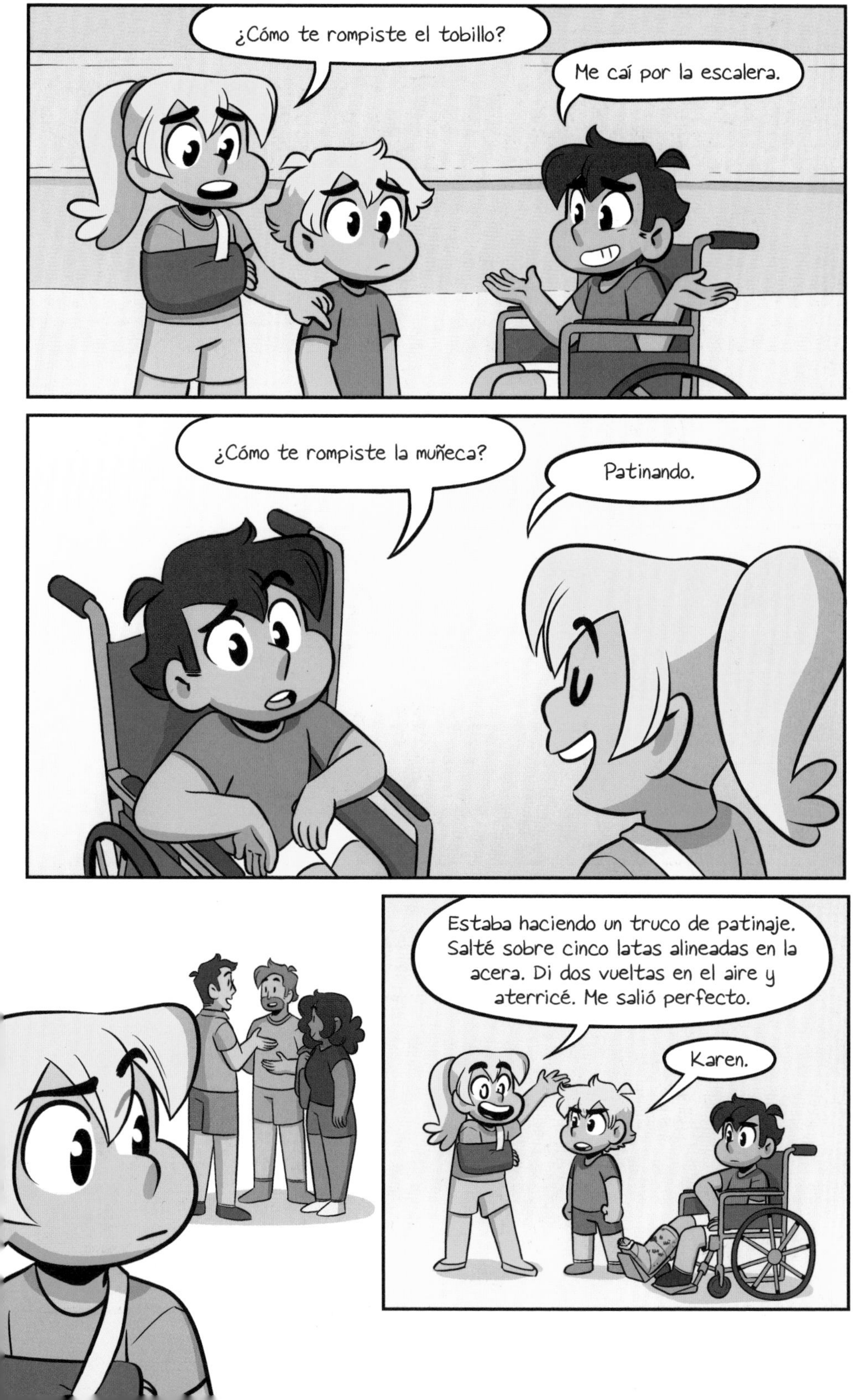
¿Cómo te rompiste el tobillo?
Me caí por la escalera.
¿Cómo te rompiste la muñeca?
Patinando.
Estaba haciendo un truco de patinaje. Salté sobre cinco latas alineadas en la acera. Di dos vueltas en el aire y aterricé. Me salió perfecto.
Karen.

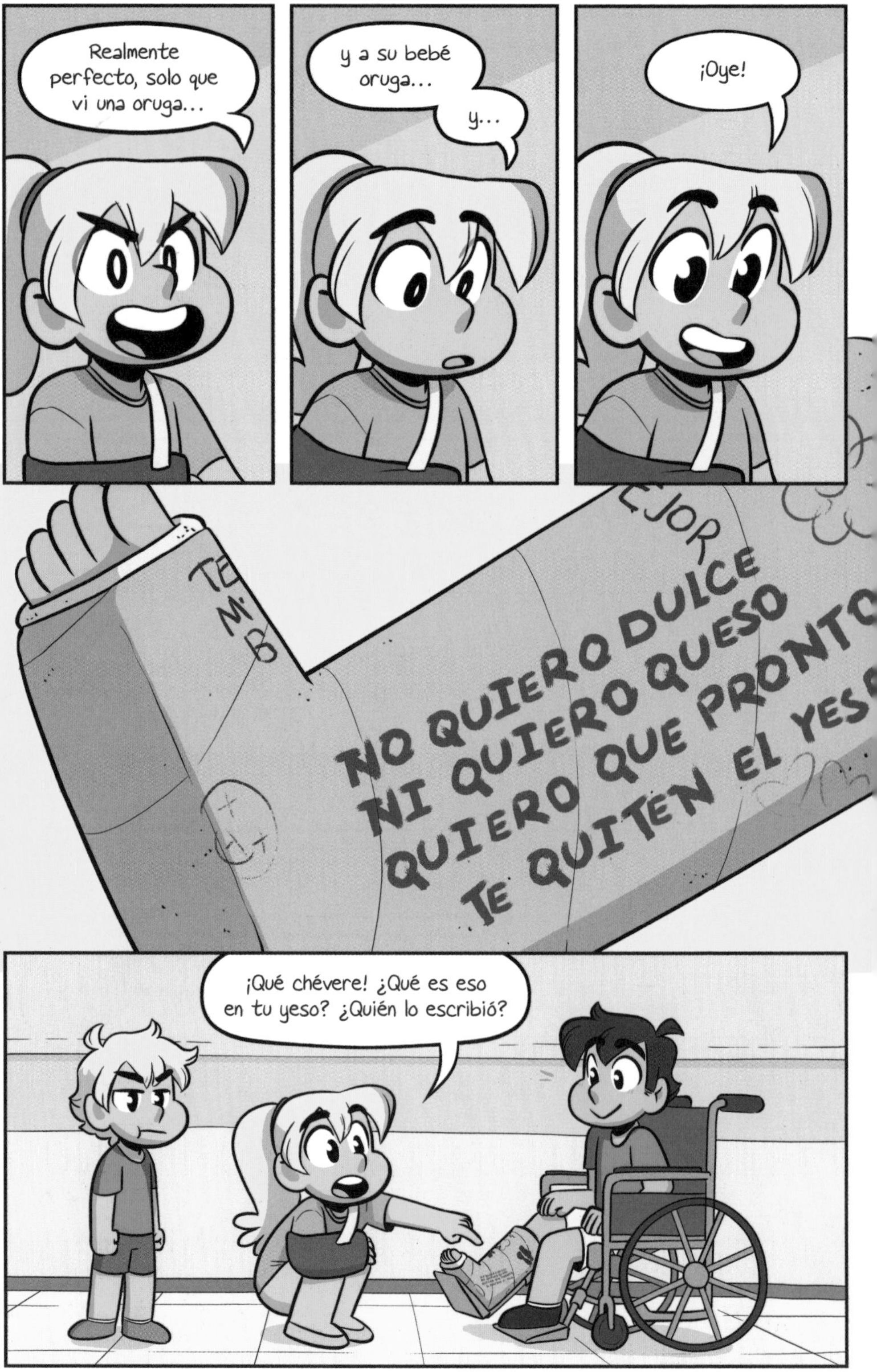
Realmente perfecto, solo que vi una oruga...
y a su bebé oruga...
y...
¡Oye!
EJOR
NO QUIERO DULCE
NI QUIERO QUESO
QUIERO QUE PRONT
TE QUITEN EL YES
¡Qué chévere! ¿Qué es eso en tu yeso? ¿Quién lo escribió?

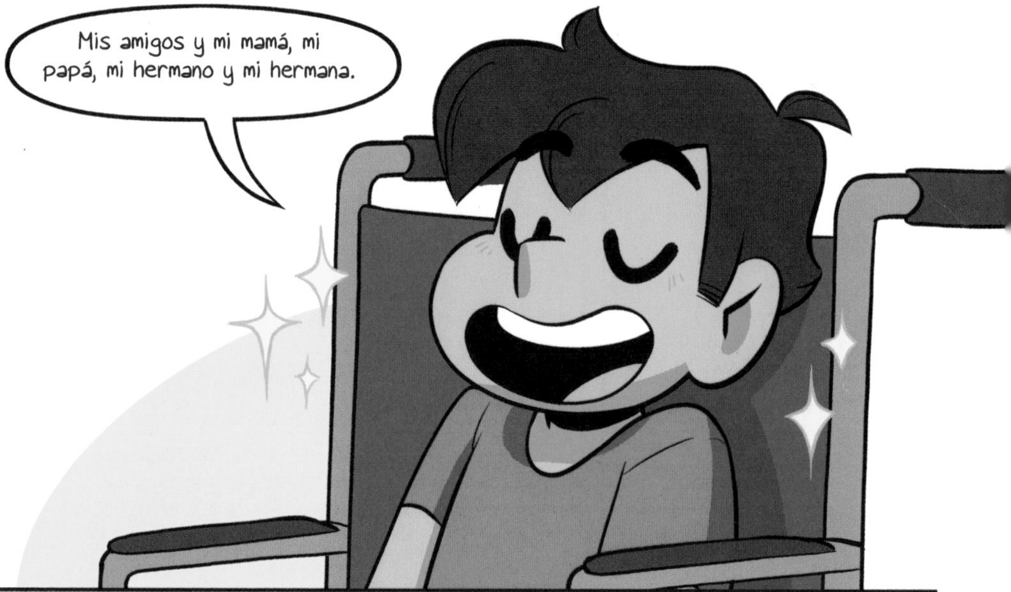
Mis amigos y mi mamá, mi papá, mi hermano y mi hermana.

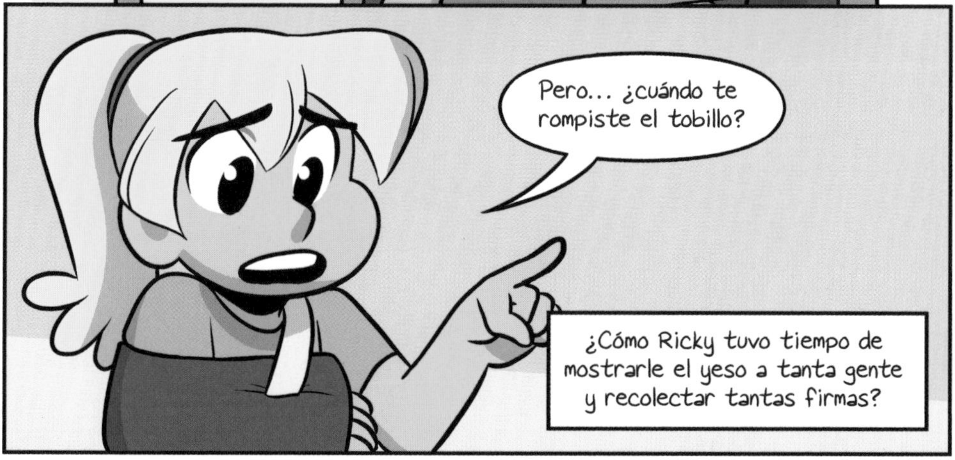
Pero... ¿cuándo te rompiste el tobillo?
¿Cómo Ricky tuvo tiempo de mostrarle el yeso a tanta gente y recolectar tantas firmas?

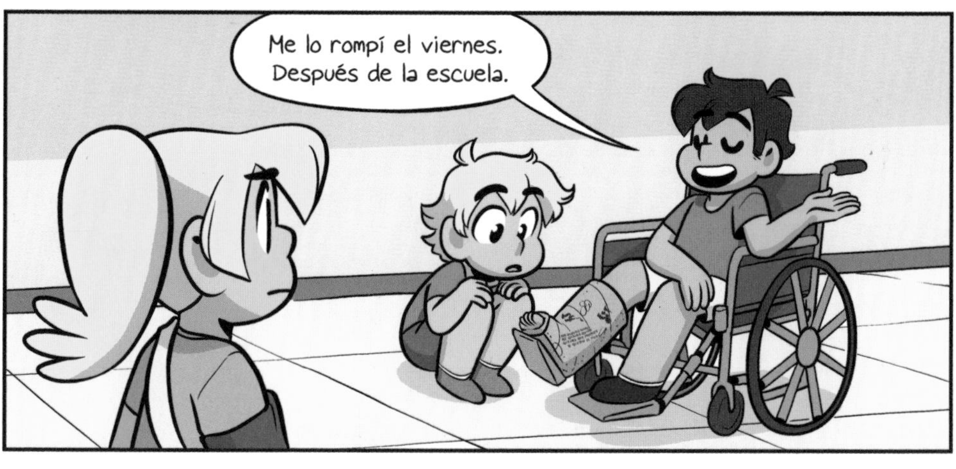
Me lo rompí el viernes. Después de la escuela.

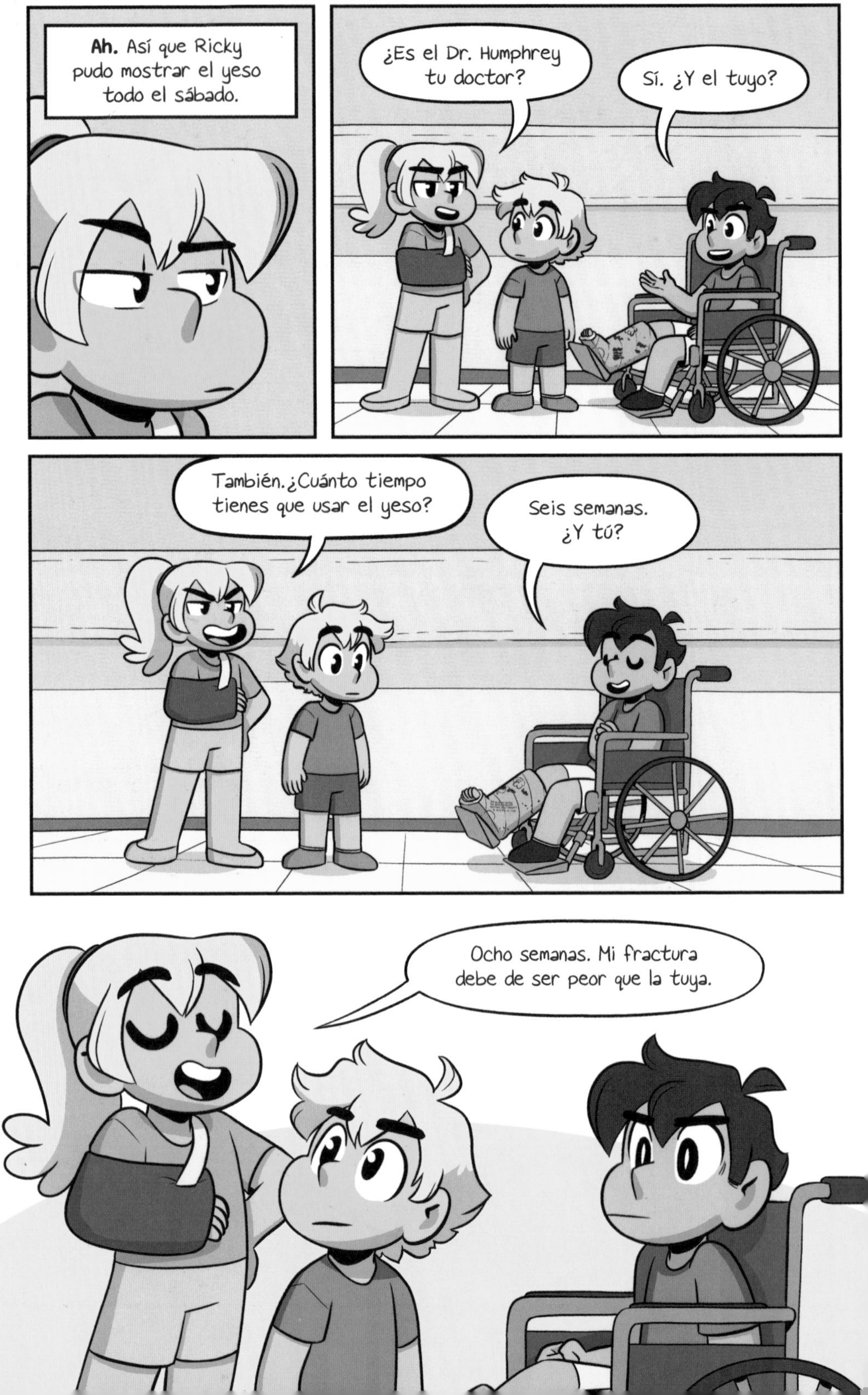
Ah. Así que Ricky pudo mostrar el yeso todo el sábado.
¿Es el Dr. Humphrey tu doctor?
Sí. ¿Y el tuyo?
También. ¿Cuánto tiempo tienes que usar el yeso?
Seis semanas. ¿Y tú?
Ocho semanas. Mi fractura debe de ser peor que la tuya.

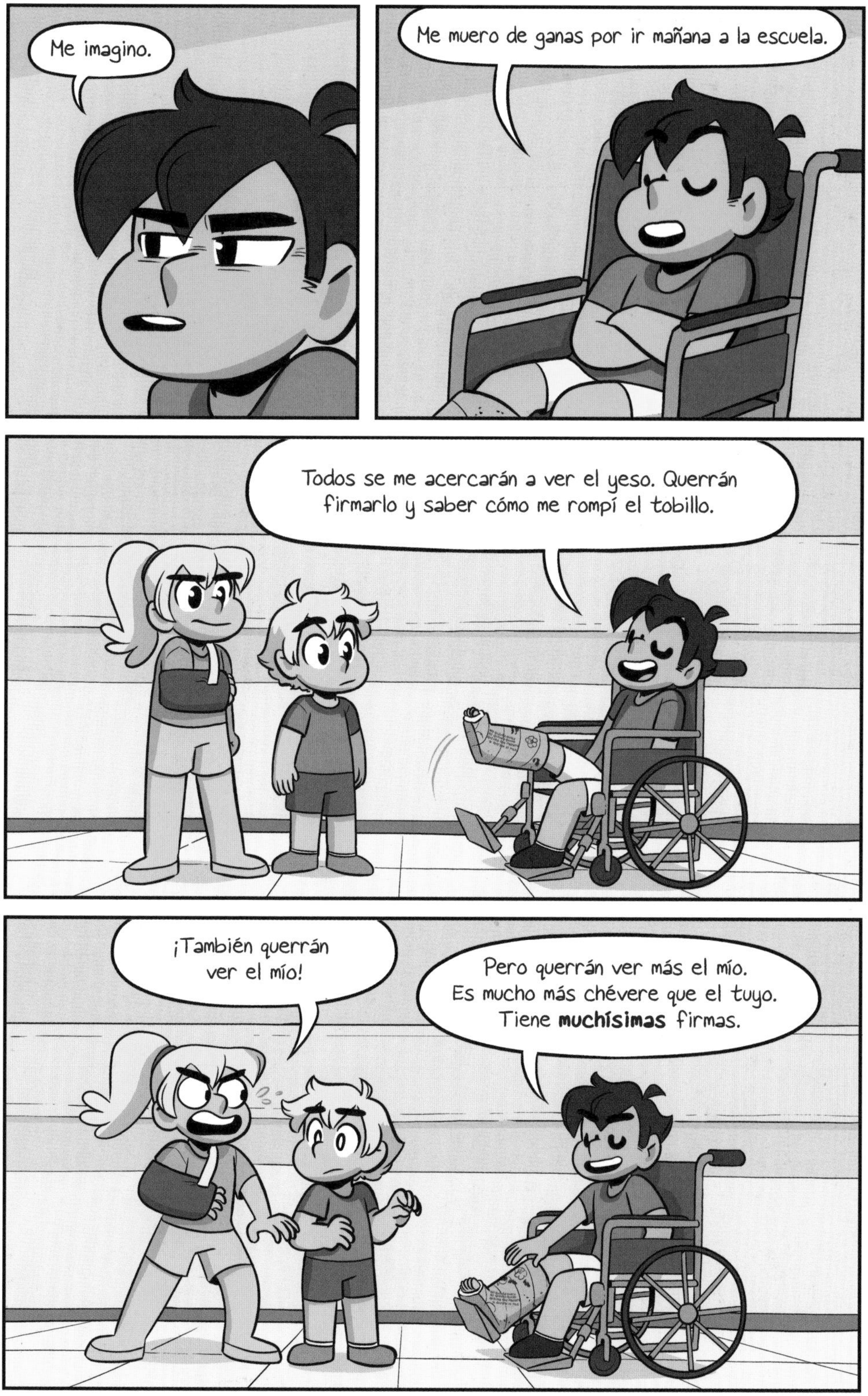

Me imagino.
Me muero de ganas por ir mañana a la escuela.
Todos se me acercarán a ver el yeso. Querrán firmarlo y saber cómo me rompí el tobillo.
¡También querrán ver el mío!
Pero querrán ver más el mío. Es mucho más chévere que el tuyo. Tiene **muchísimas** firmas.

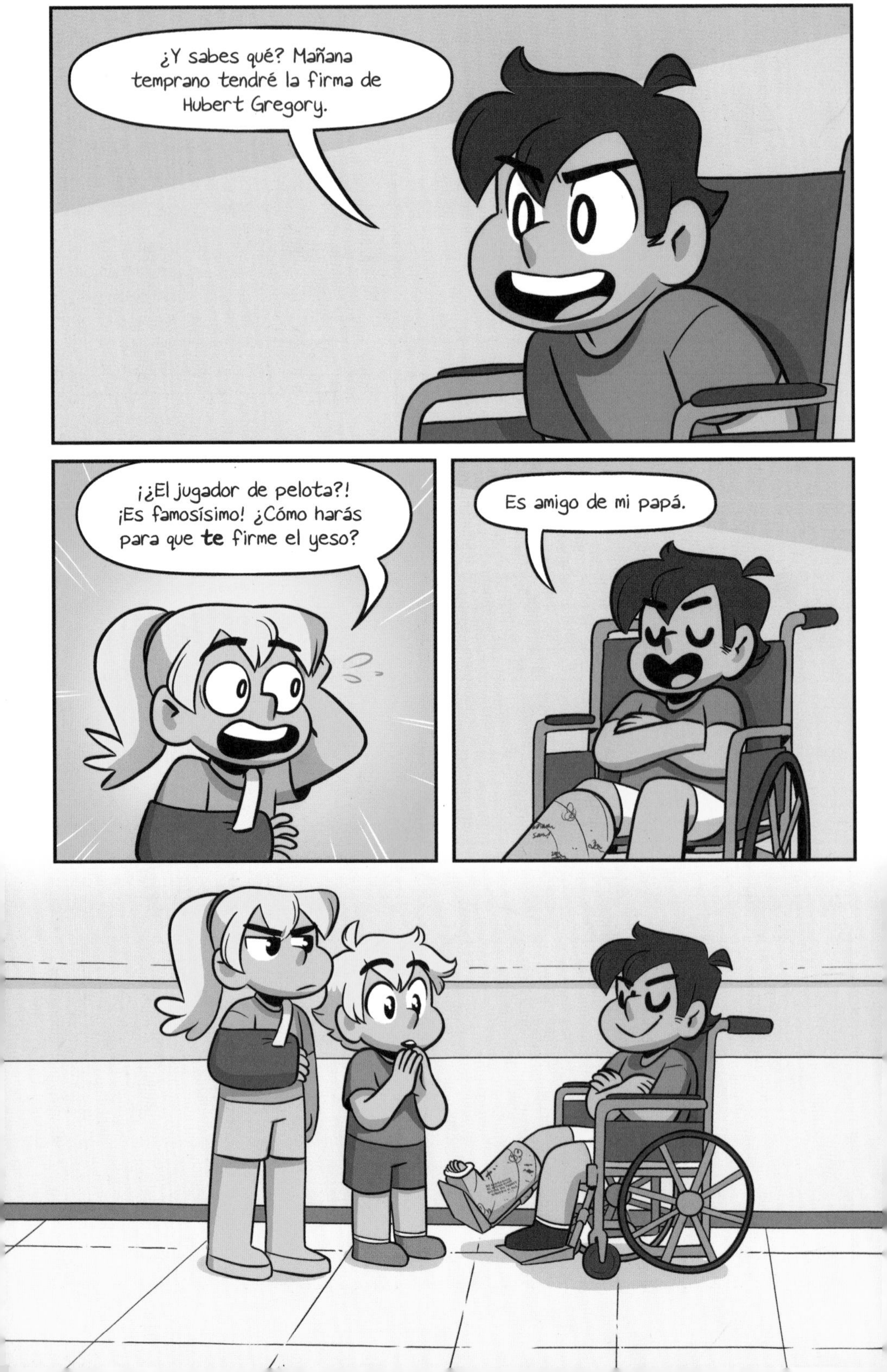
¿Y sabes qué? Mañana temprano tendré la firma de Hubert Gregory.
¡¿El jugador de pelota?! ¡Es famosísimo! ¿Cómo harás para que **te** firme el yeso?
Es amigo de mi papá.

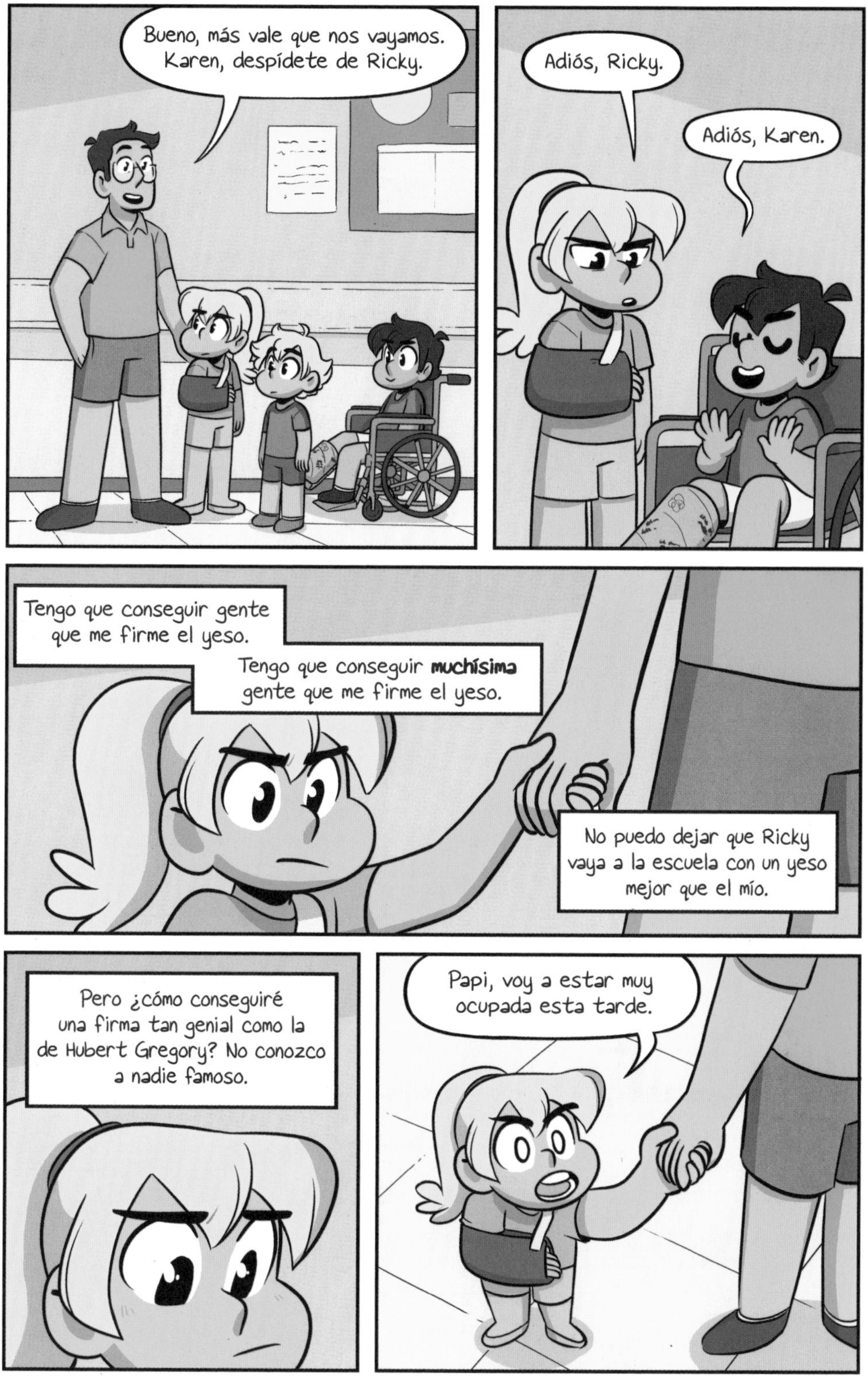
Bueno, más vale que nos vayamos. Karen, despídete de Ricky.
Adiós, Ricky.
Adiós, Karen.
Tengo que conseguir gente que me firme el yeso.
Tengo que conseguir **muchísima** gente que me firme el yeso.
No puedo dejar que Ricky vaya a la escuela con un yeso mejor que el mío.
Pero ¿cómo conseguiré una firma tan genial como la de Hubert Gregory? No conozco a nadie famoso.
Papi, voy a estar muy ocupada esta tarde.

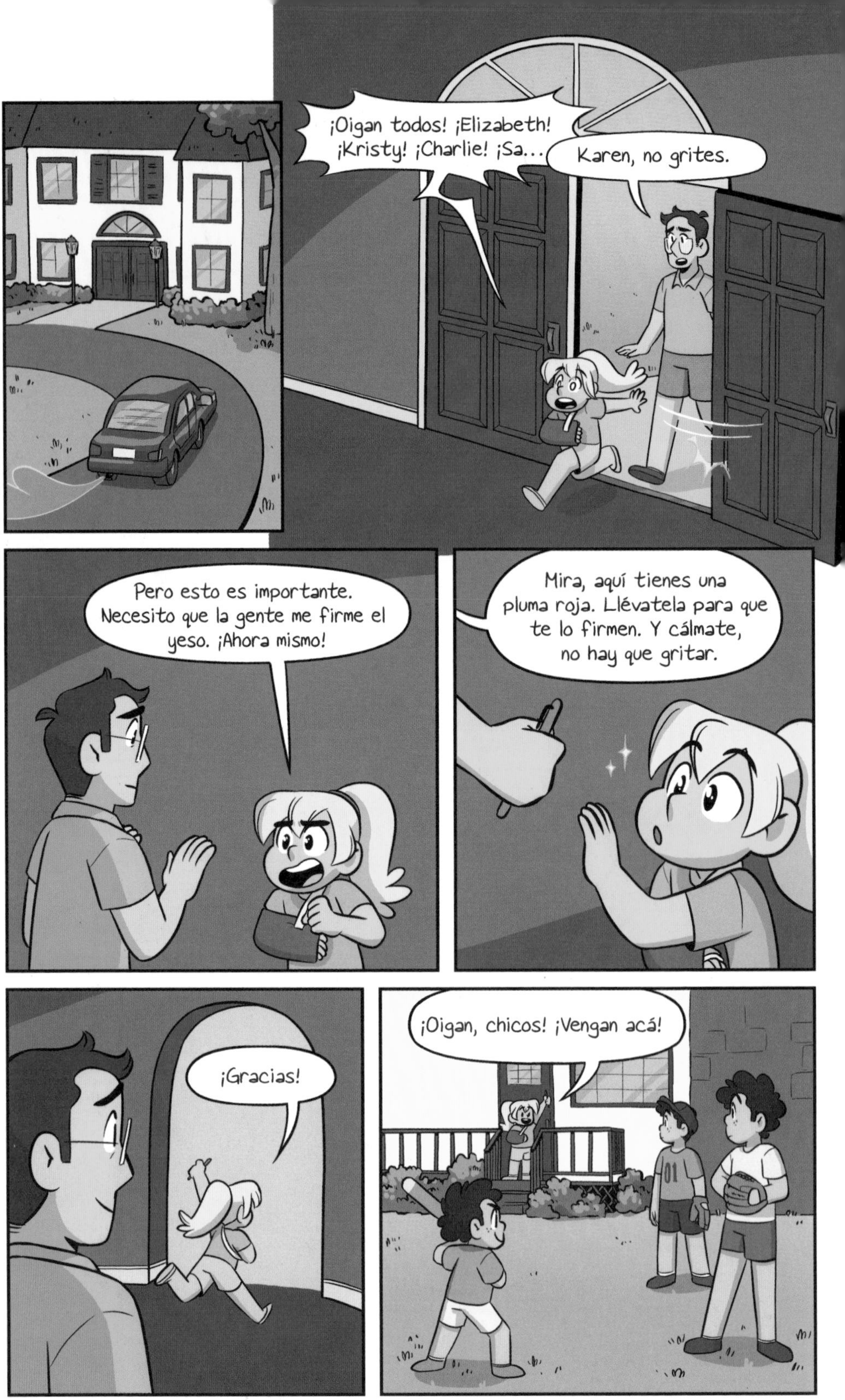
¡Oigan todos! ¡Elizabeth! ¡Kristy! ¡Charlie! ¡Sa...
Karen, no grites.
Pero esto es importante. Necesito que la gente me firme el yeso. ¡Ahora mismo!
Mira, aquí tienes una pluma roja. Llévatela para que te lo firmen. Y cálmate, no hay que gritar.
¡Gracias!
¡Oigan, chicos! ¡Vengan acá!

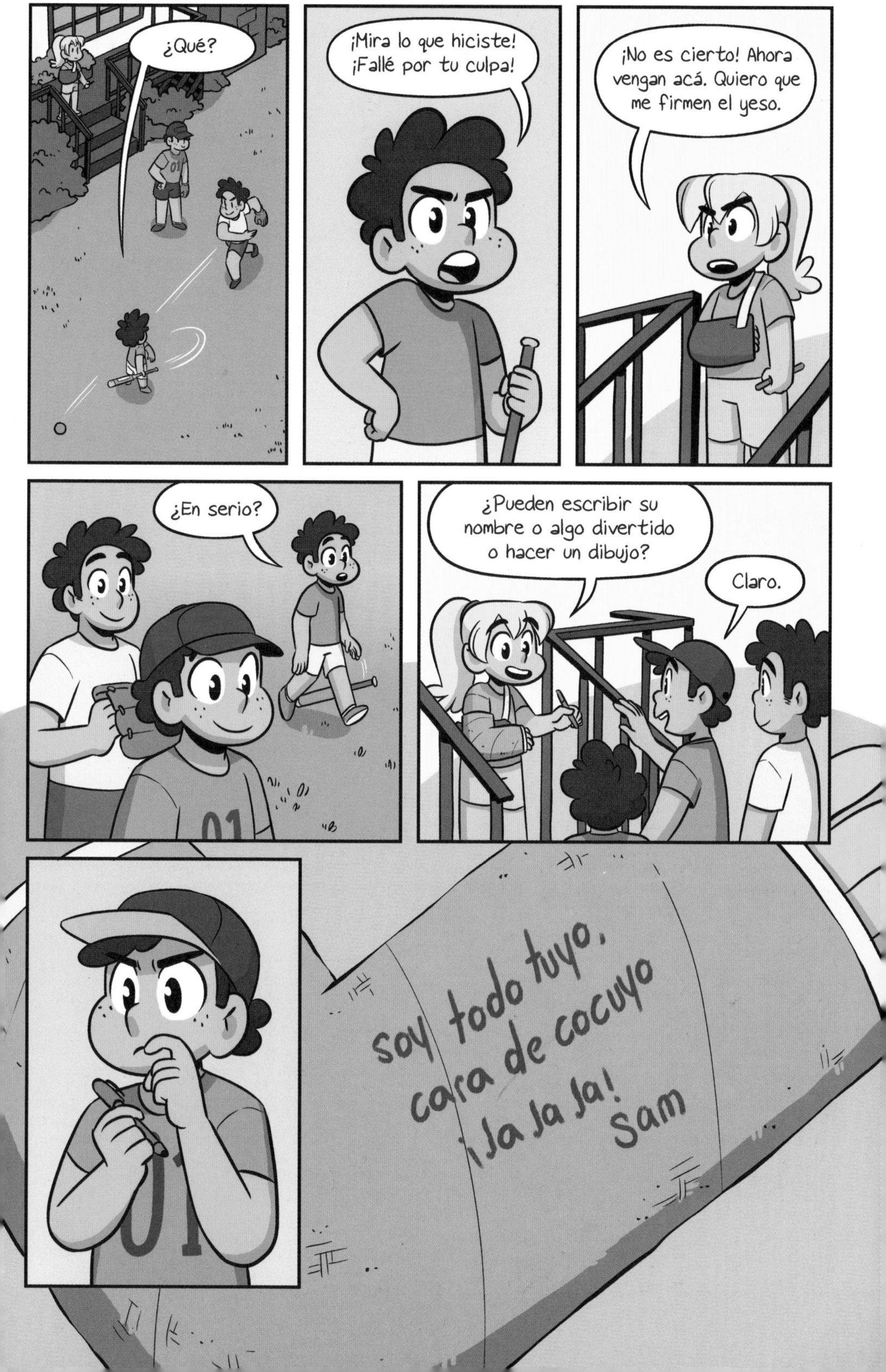
¿Qué?
¡Mira lo que hiciste! ¡Fallé por tu culpa!
¡No es cierto! Ahora vengan acá. Quiero que me firmen el yeso.
¿En serio?
¿Pueden escribir su nombre o algo divertido o hacer un dibujo?
Claro.
Soy todo tuyo, cara de cocuyo ¡Ja Ja Ja! Sam

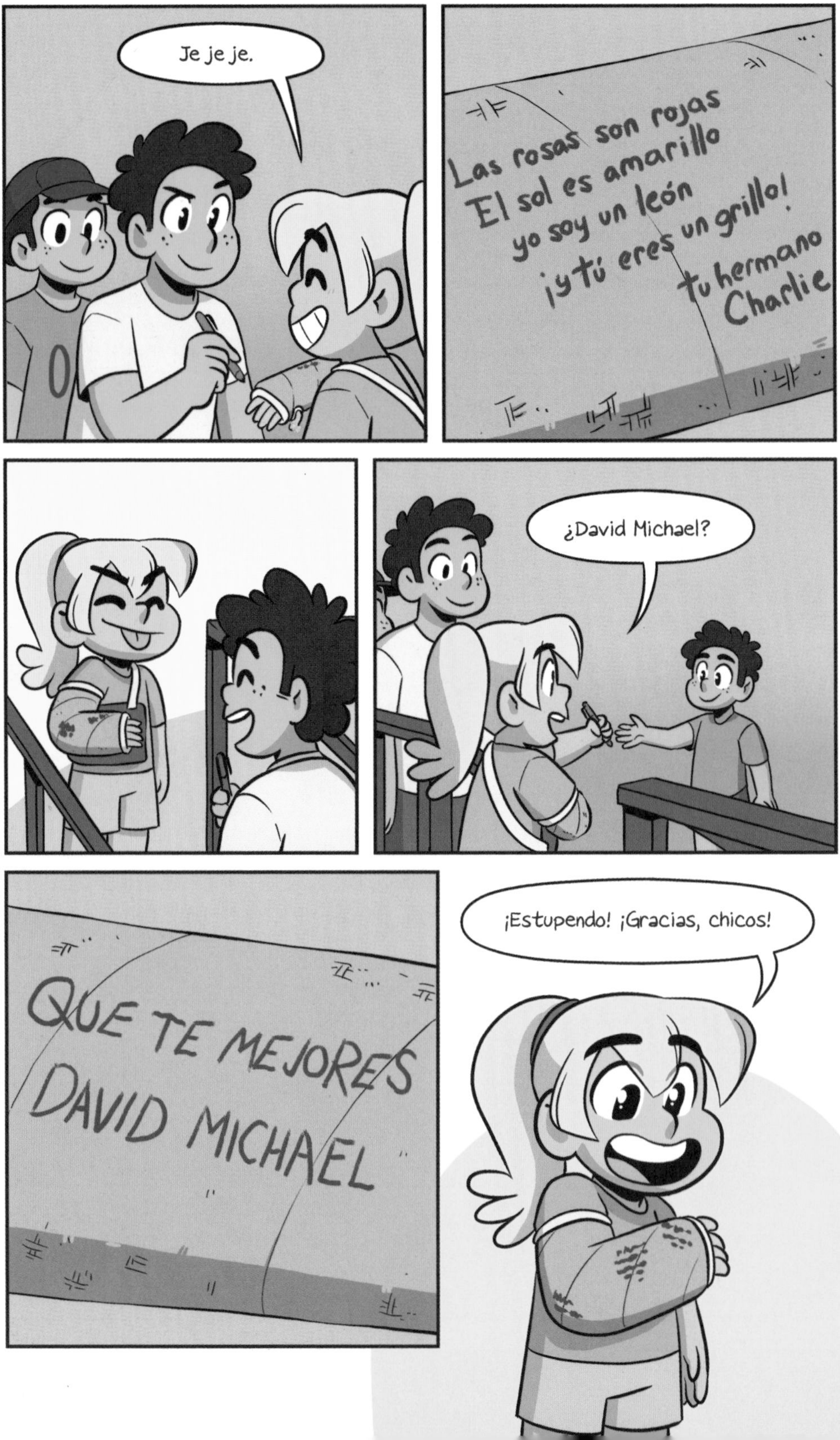
Je je je.
Las rosas son rojas
El sol es amarillo
yo soy un león
¡y tú eres un grillo!
tu hermano
Charlie
¿David Michael?
QUE TE MEJORES
DAVID MICHAEL
¡Estupendo! ¡Gracias, chicos!

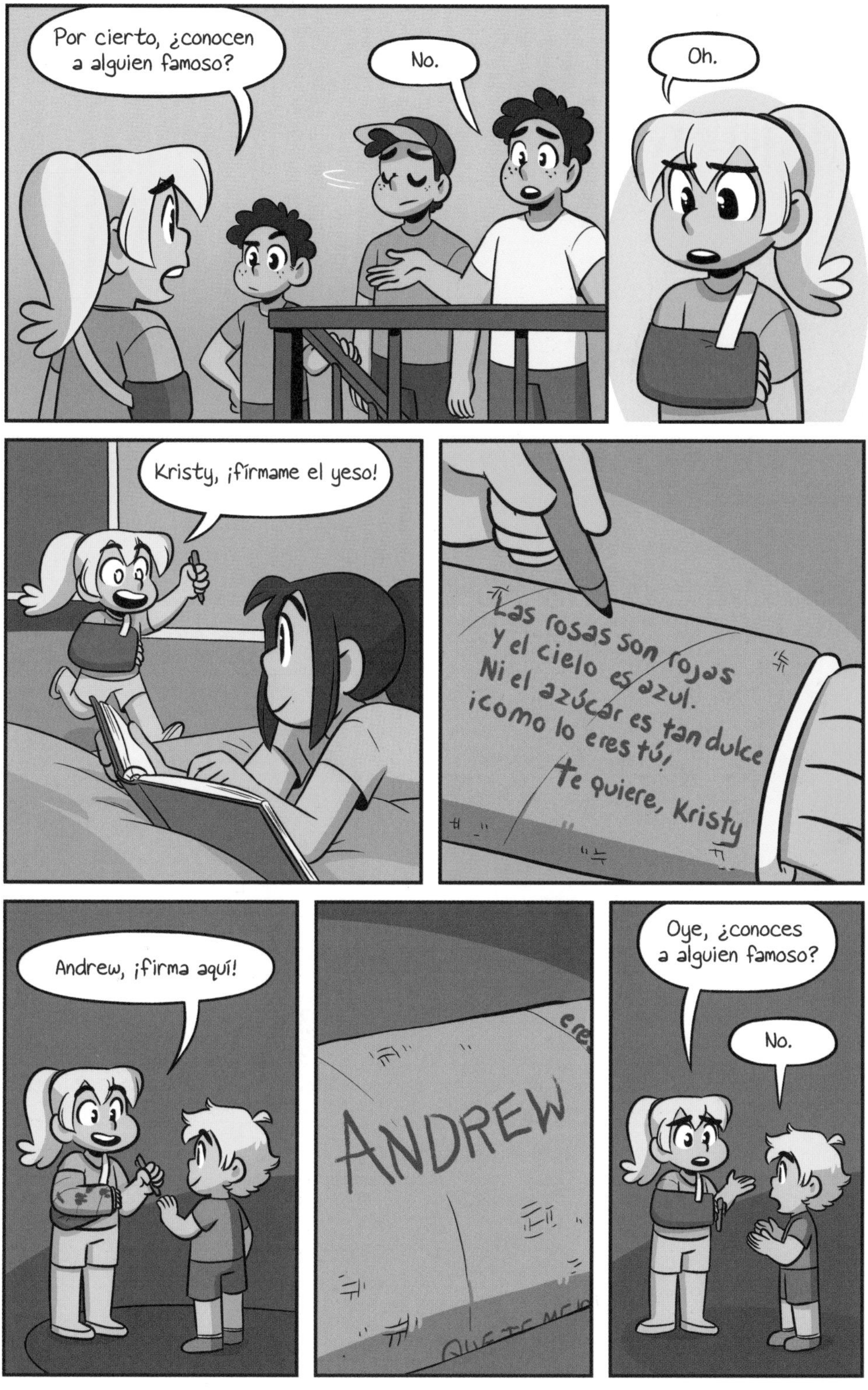
Por cierto, ¿conocen a alguien famoso?
No.
Oh.
Kristy, ¡fírmame el yeso!
Las rosas son rojas
y el cielo es azul.
Ni el azúcar es tan dulce
¡como lo eres tú!
Te quiere, Kristy
Andrew, ¡firma aquí!
ANDREW
Oye, ¿conoces a alguien famoso?
No.

TÉ
¡Tuya para siempre!
Elizabeth
Gracias. ¿Conoces a alguien famoso?
No lo creo. ¿Por qué?

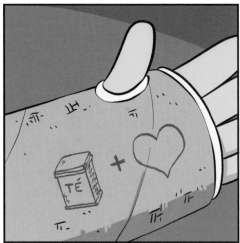

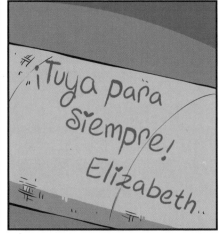

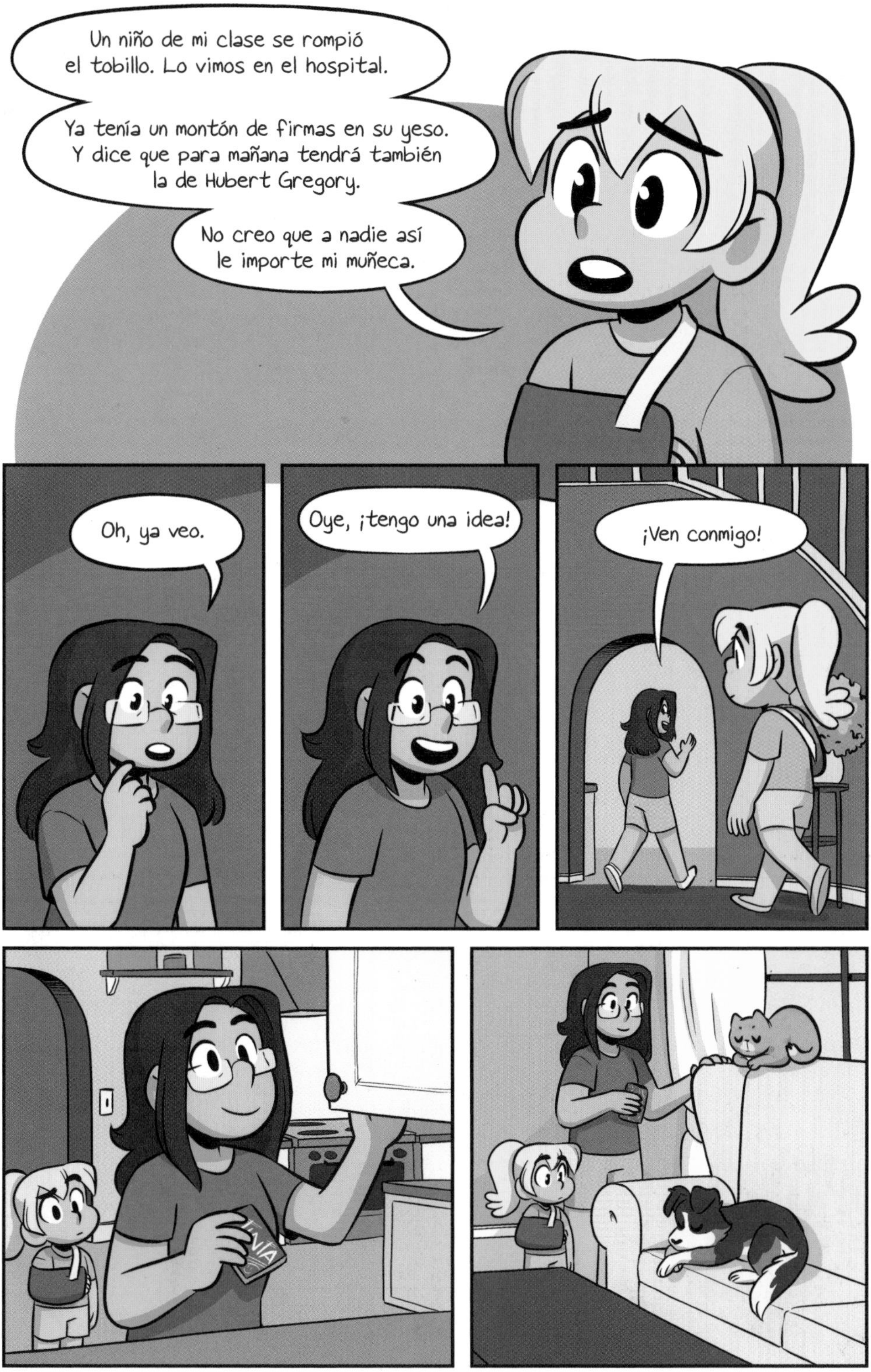
Un niño de mi clase se rompió el tobillo. Lo vimos en el hospital.
Ya tenía un montón de firmas en su yeso. Y dice que para mañana tendrá también la de Hubert Gregory.
No creo que a nadie así le importe mi muñeca.
Oh, ya veo.
Oye, ¡tengo una idea!
¡Ven conmigo!

¡SISS!

QUE TE
DAVID M

Las rosas son rojas

Bubu no es famoso, pero su autógrafo es muy especial.

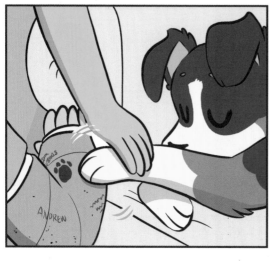

ANDREW

as
an dulce

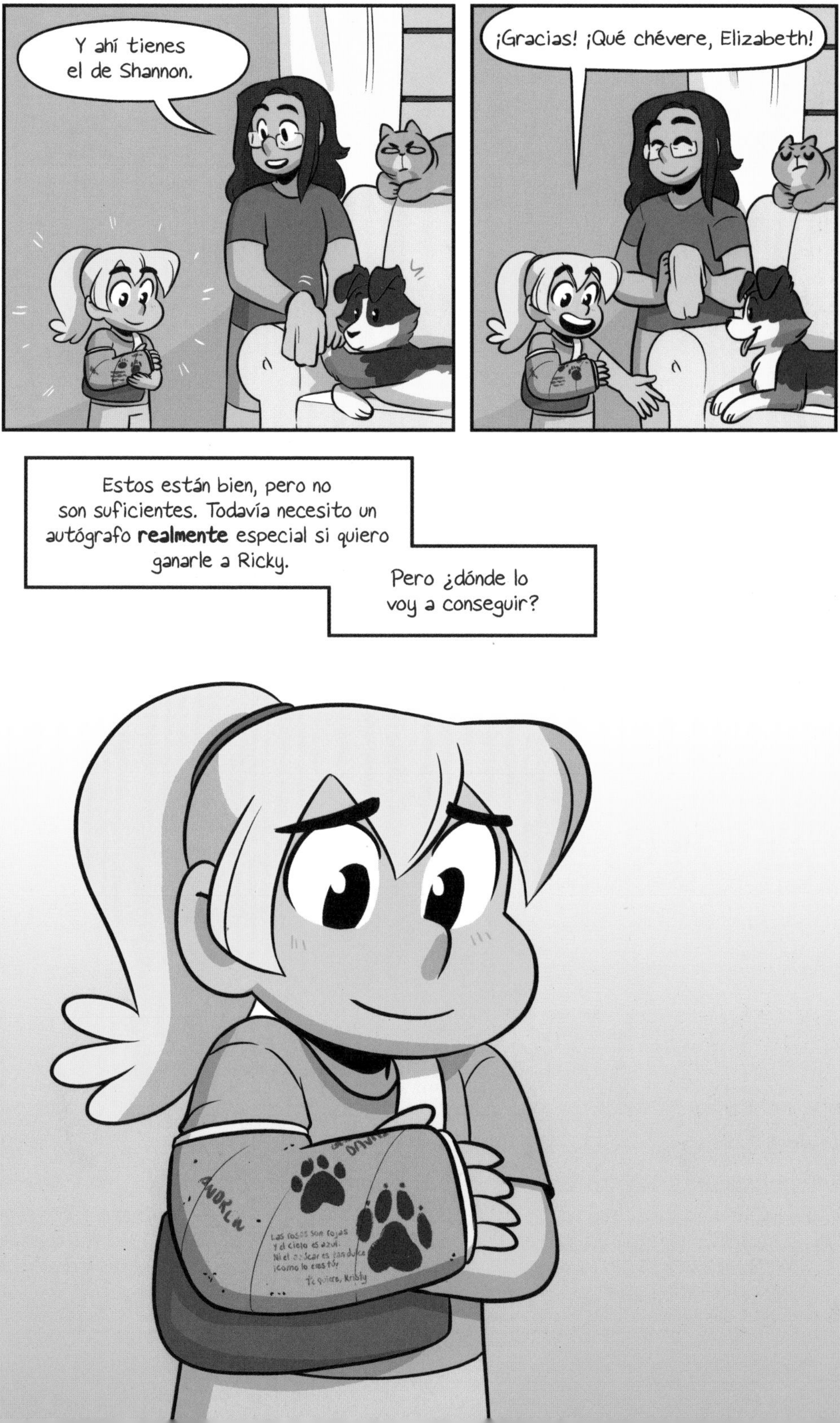
Y ahí tienes el de Shannon.
¡Gracias! ¡Qué chévere, Elizabeth!
Estos están bien, pero no son suficientes. Todavía necesito un autógrafo **realmente** especial si quiero ganarle a Ricky.
Pero ¿dónde lo voy a conseguir?
Las rosas son rojas
Y el cielo es azul.
¡como lo eres tú!
Te quiere, Kristy

CAPÍTULO 6

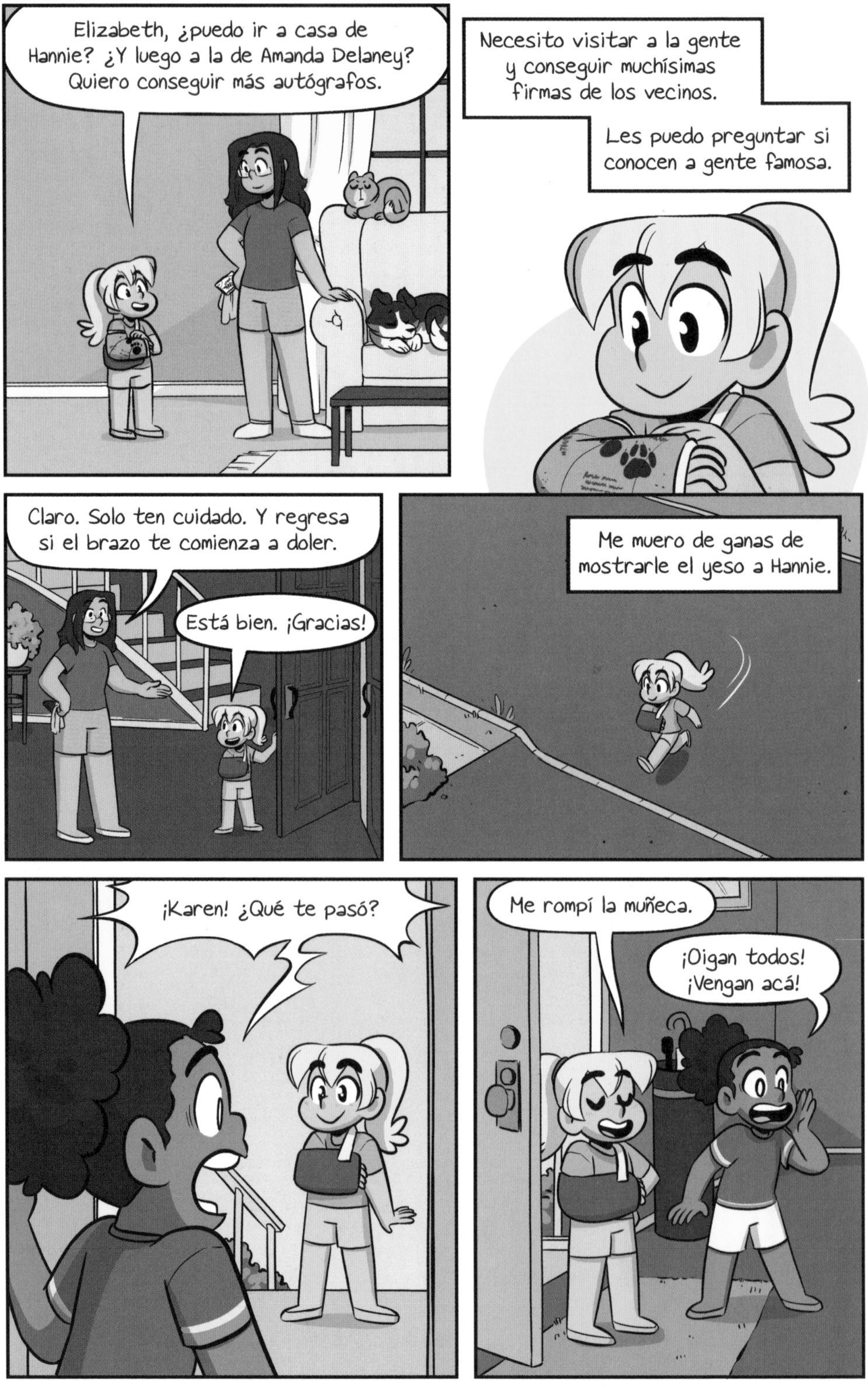
Elizabeth, ¿puedo ir a casa de Hannie? ¿Y luego a la de Amanda Delaney? Quiero conseguir más autógrafos.
Necesito visitar a la gente y conseguir muchísimas firmas de los vecinos.
Les puedo preguntar si conocen a gente famosa.
Claro. Solo ten cuidado. Y regresa si el brazo te comienza a doler.
Está bien. ¡Gracias!
Me muero de ganas de mostrarle el yeso a Hannie.
¡Karen! ¿Qué te pasó?
Me rompí la muñeca.
¡Oigan todos! ¡Vengan acá!

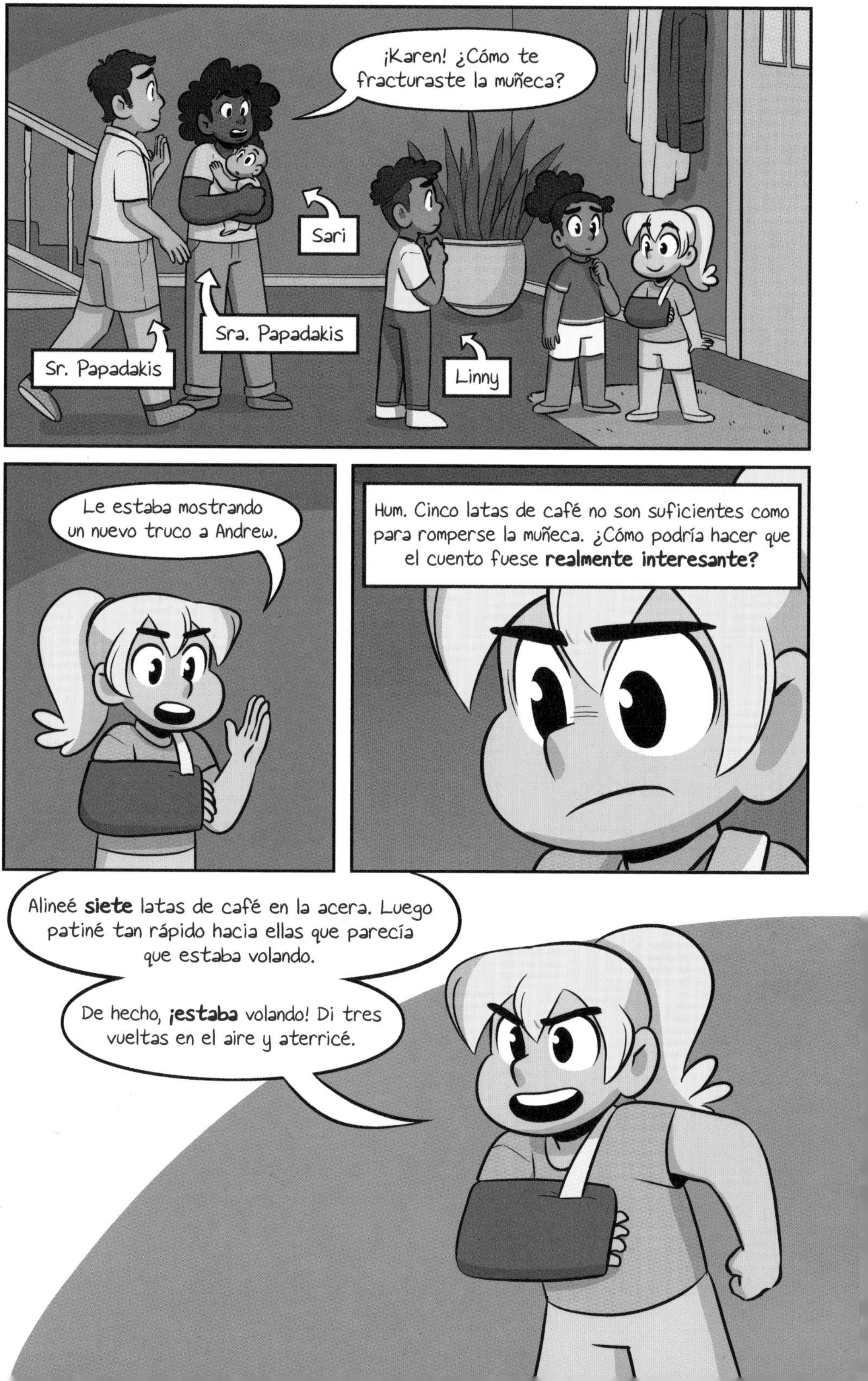
¡Karen! ¿Cómo te fracturaste la muñeca?
Sari
Sra. Papadakis
Sr. Papadakis
Linny
Le estaba mostrando un nuevo truco a Andrew.
Hum. Cinco latas de café no son suficientes como para romperse la muñeca. ¿Cómo podría hacer que el cuento fuese **realmente interesante?**
Alineé **siete** latas de café en la acera. Luego patiné tan rápido hacia ellas que parecía que estaba volando.
De hecho, **¡estaba** volando! Di tres vueltas en el aire y aterricé.

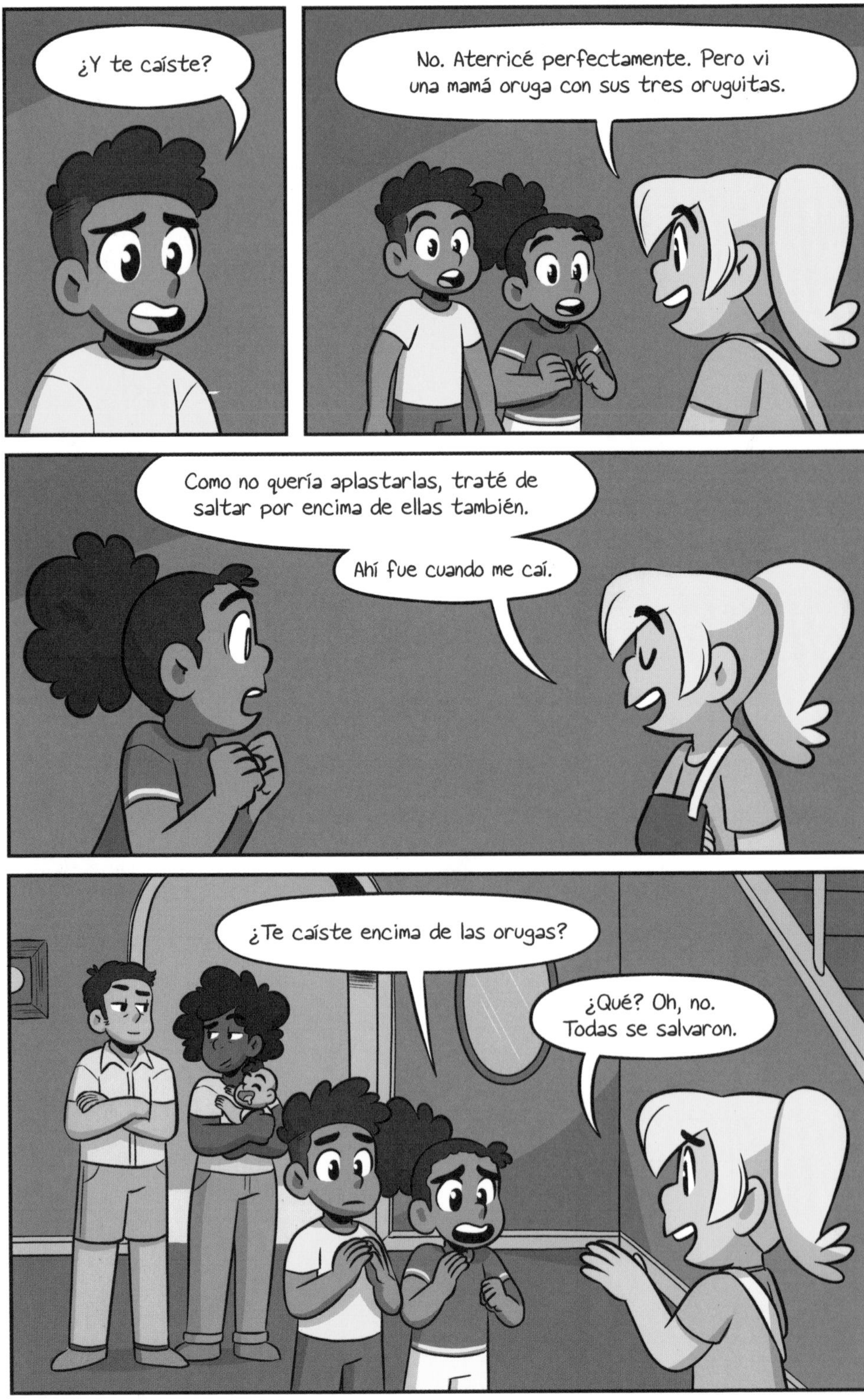
¿Y te caíste?
No. Aterricé perfectamente. Pero vi una mamá oruga con sus tres oruguitas.
Como no quería aplastarlas, traté de saltar por encima de ellas también.
Ahí fue cuando me caí.
¿Te caíste encima de las orugas?
¿Qué? Oh, no. Todas se salvaron.

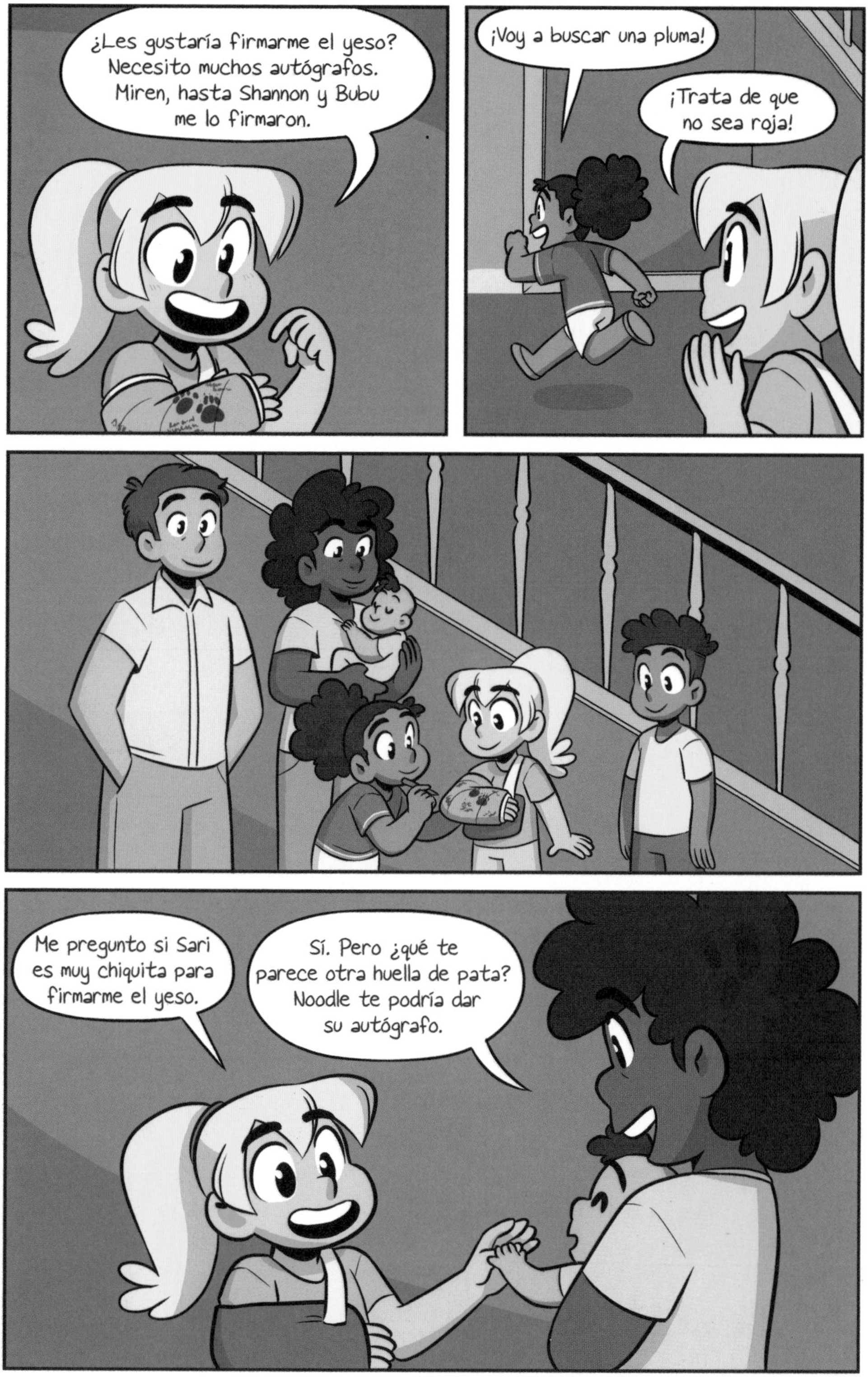
¿Les gustaría firmarme el yeso? Necesito muchos autógrafos. Miren, hasta Shannon y Bubu me lo firmaron.
¡Voy a buscar una pluma!
¡Trata de que no sea roja!
Me pregunto si Sari es muy chiquita para firmarme el yeso.
Sí. Pero ¿qué te parece otra huella de pata? Noodle te podría dar su autógrafo.

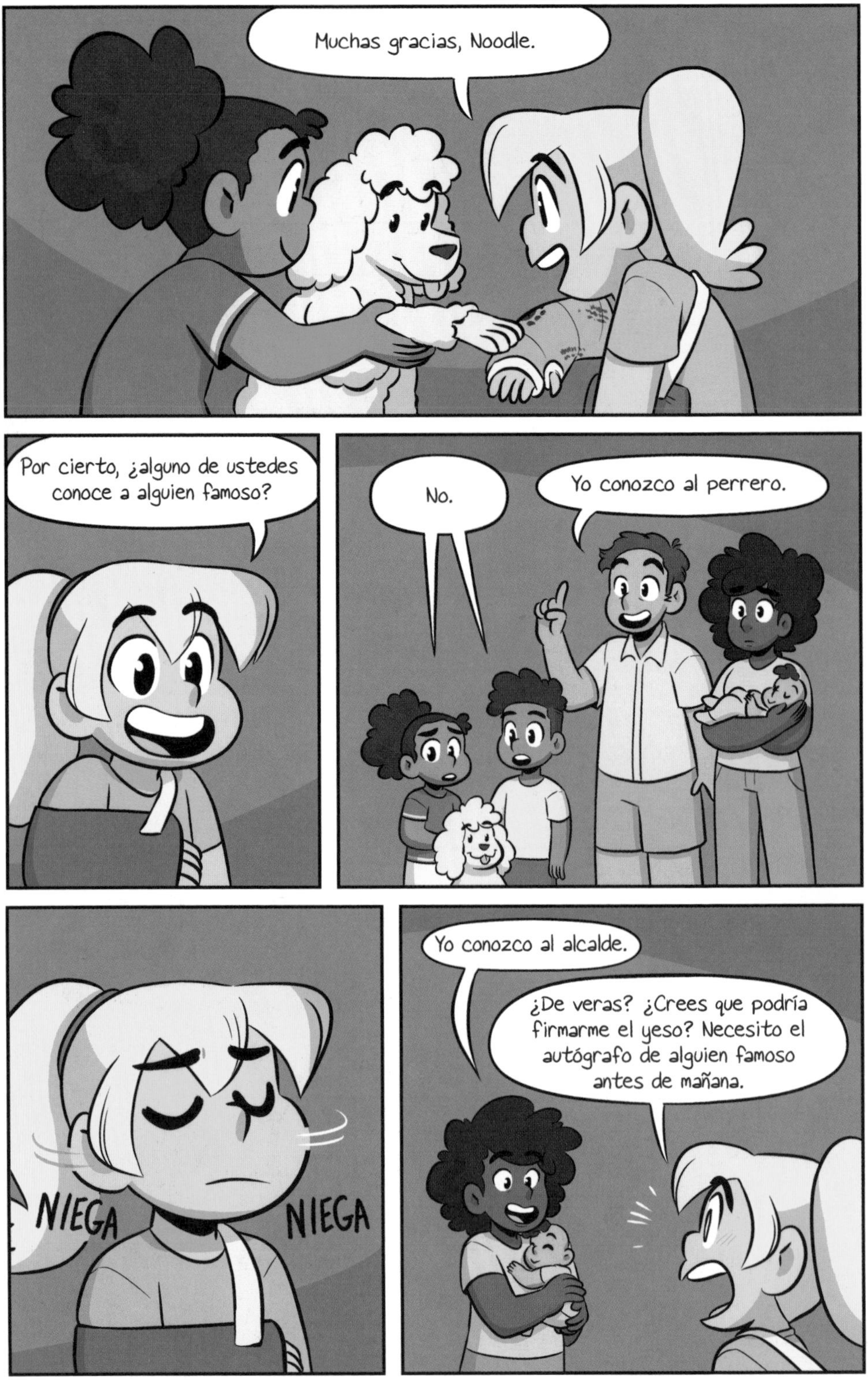
Muchas gracias, Noodle.
Por cierto, ¿alguno de ustedes conoce a alguien famoso?
No.
Yo conozco al perrero.
NIEGA
NIEGA
Yo conozco al alcalde.
¿De veras? ¿Crees que podría firmarme el yeso? Necesito el autógrafo de alguien famoso antes de mañana.

Ay. Lo siento, Karen, pero no está en el pueblo este fin de semana.

Está bien.

¡Oye, Karen! ¿Qué te parece la huella de una **garra**? ¡Se vería genial! Voy a buscar a Myrtle para que te firme el yeso.

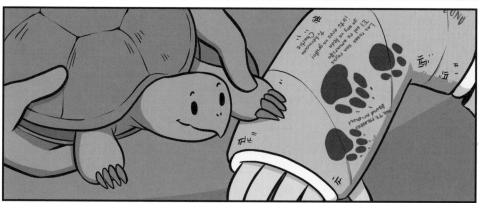

Gracias a todos, pero me tengo que ir. Necesito conseguir más autógrafos.

Hannie, ¿quieres venir conmigo?

¿Adónde irás primero?

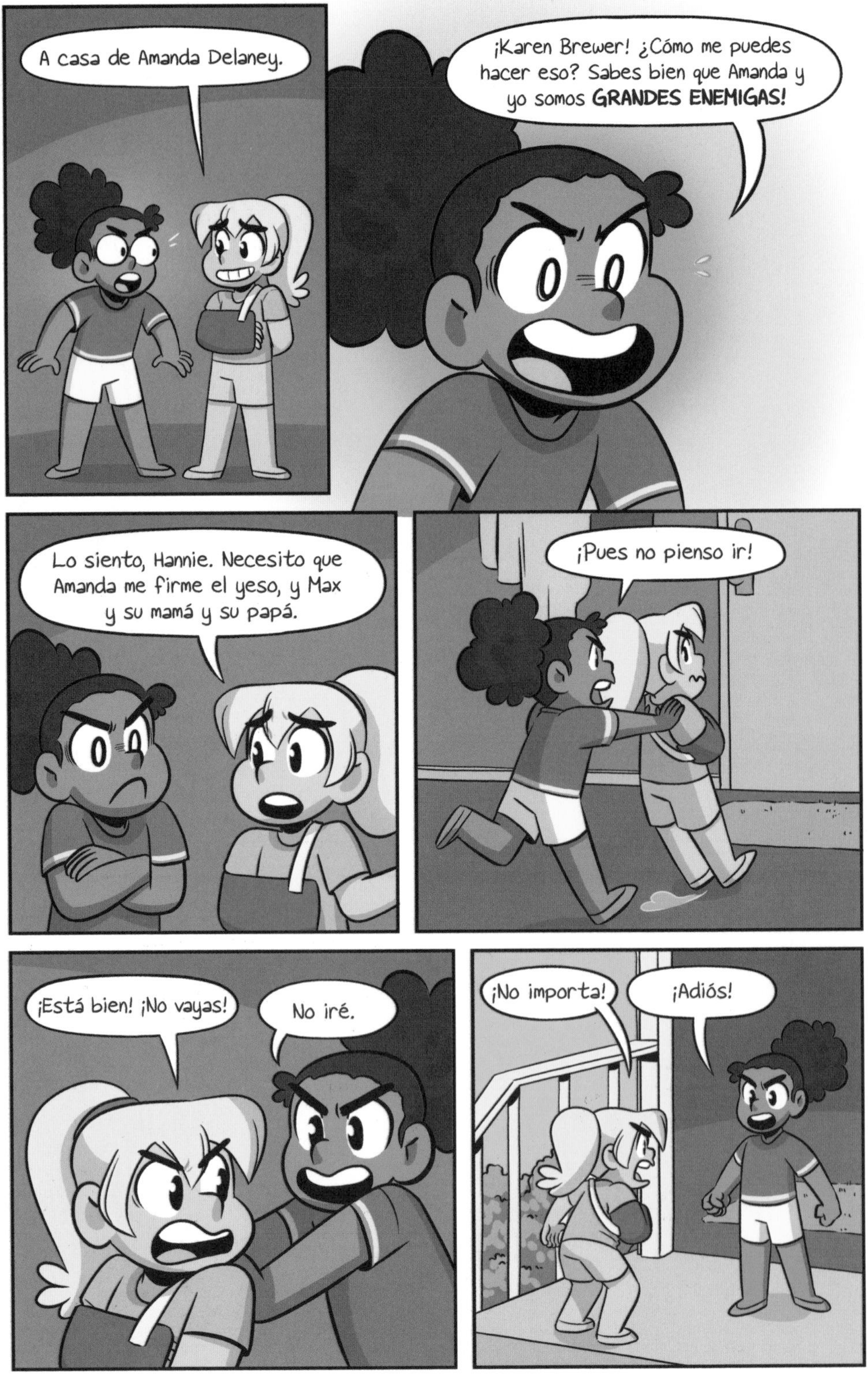
A casa de Amanda Delaney.
¡Karen Brewer! ¿Cómo me puedes hacer eso? Sabes bien que Amanda y yo somos **GRANDES ENEMIGAS!**
Lo siento, Hannie. Necesito que Amanda me firme el yeso, y Max y su mamá y su papá.
¡Pues no pienso ir!
¡Está bien! ¡No vayas!
No iré.
¡No importa!
¡Adiós!

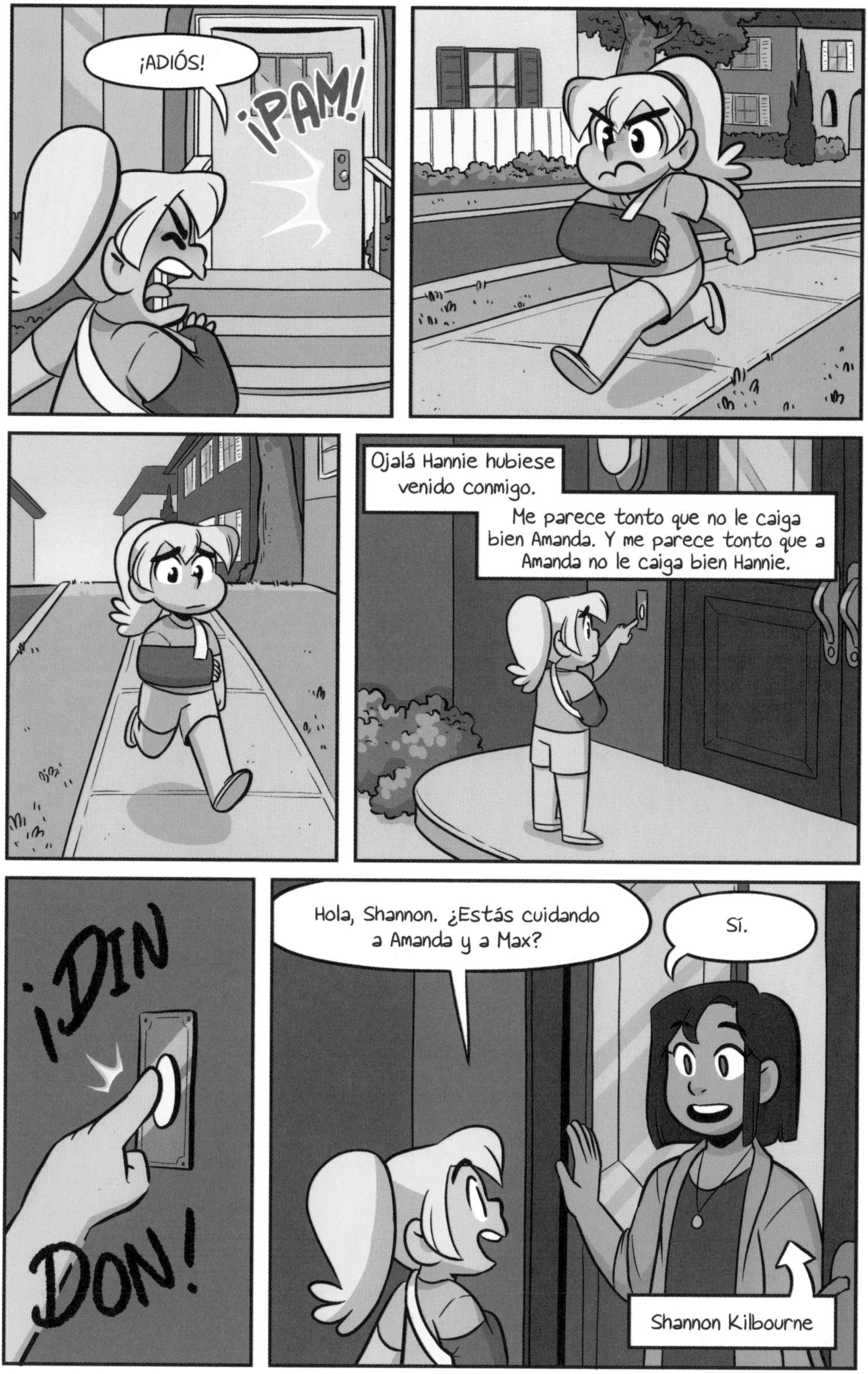

¡ADIÓS!
¡PAM!
Ojalá Hannie hubiese venido conmigo.
Me parece tonto que no le caiga bien Amanda. Y me parece tonto que a Amanda no le caiga bien Hannie.
¡DIN DON!
Hola, Shannon. ¿Estás cuidando a Amanda y a Max?
Sí.
Shannon Kilbourne

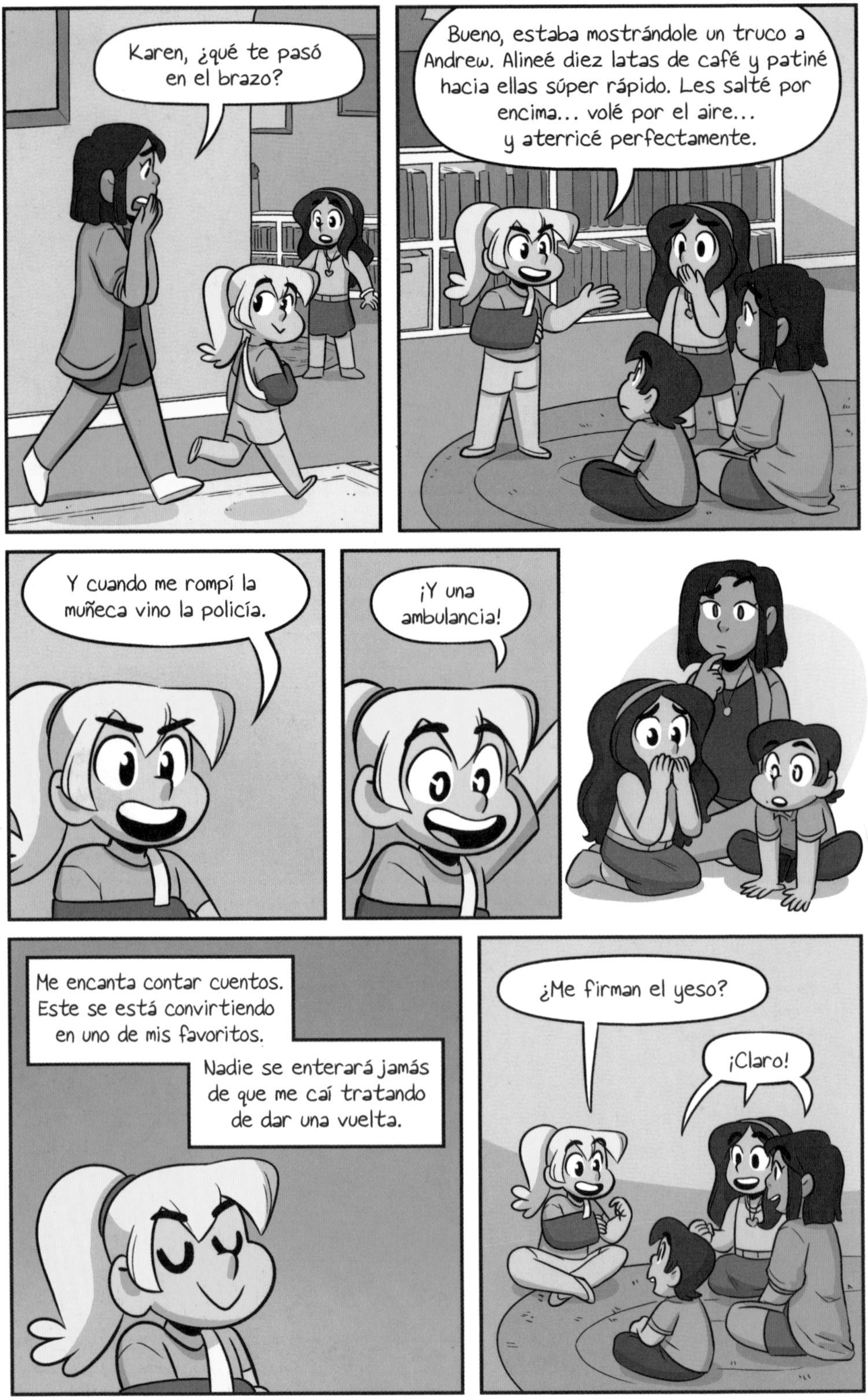
Karen, ¿qué te pasó en el brazo?
Bueno, estaba mostrándole un truco a Andrew. Alineé diez latas de café y patiné hacia ellas súper rápido. Les salté por encima... volé por el aire... y aterricé perfectamente.
Y cuando me rompí la muñeca vino la policía.
¡Y una ambulancia!
Me encanta contar cuentos. Este se está convirtiendo en uno de mis favoritos.
Nadie se enterará jamás de que me caí tratando de dar una vuelta.
¿Me firman el yeso?
¡Claro!

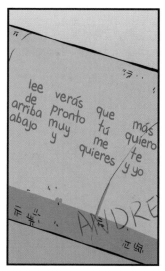

lee
de
arriba
abajo

verás
pronto
muy
y

que
tú
me
quieres

más
quiero
te
y yo

ANDRE

Mis mejores deseos
Shannon Kilbourne

HOLA
MAX

¡Gracias!

Por cierto, Shannon, Bubu y Noodle me firmaron el yeso con las patas, y Myrtle lo firmó con una garra. Quizás Priscilla pudiera firmarlo también.

¿Cómo lo firmaron?

Con tinta.

¿Con tinta? ¡Ni hablar! No quiero que las patas de Priscilla se ensucien.

Está bien.

¿Alguno de ustedes conoce a alguien famoso?

¿Por qué?

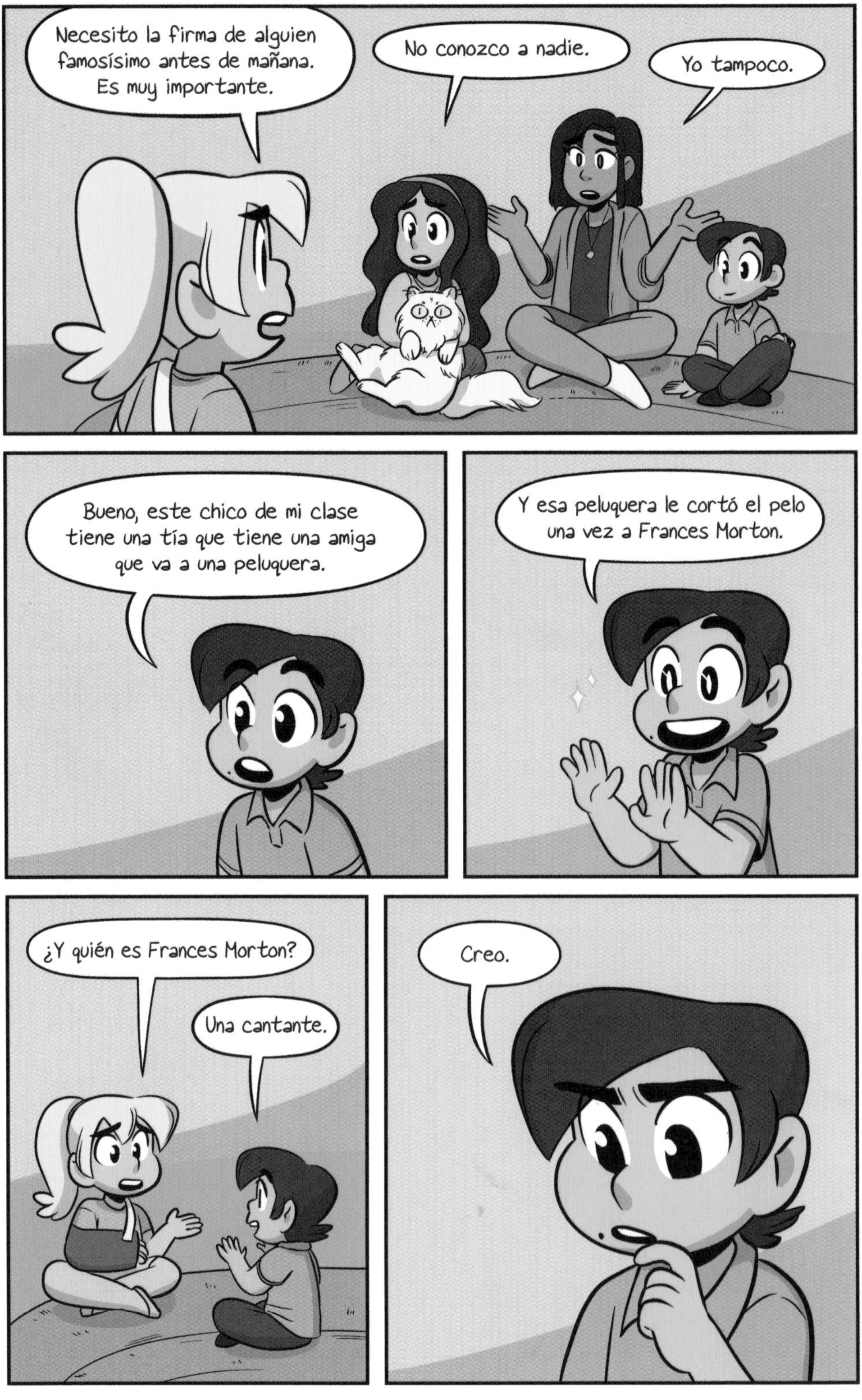
Necesito la firma de alguien famosísimo antes de mañana. Es muy importante.
No conozco a nadie.
Yo tampoco.
Bueno, este chico de mi clase tiene una tía que tiene una amiga que va a una peluquera.
Y esa peluquera le cortó el pelo una vez a Frances Morton.
¿Y quién es Frances Morton?
Una cantante.
Creo.

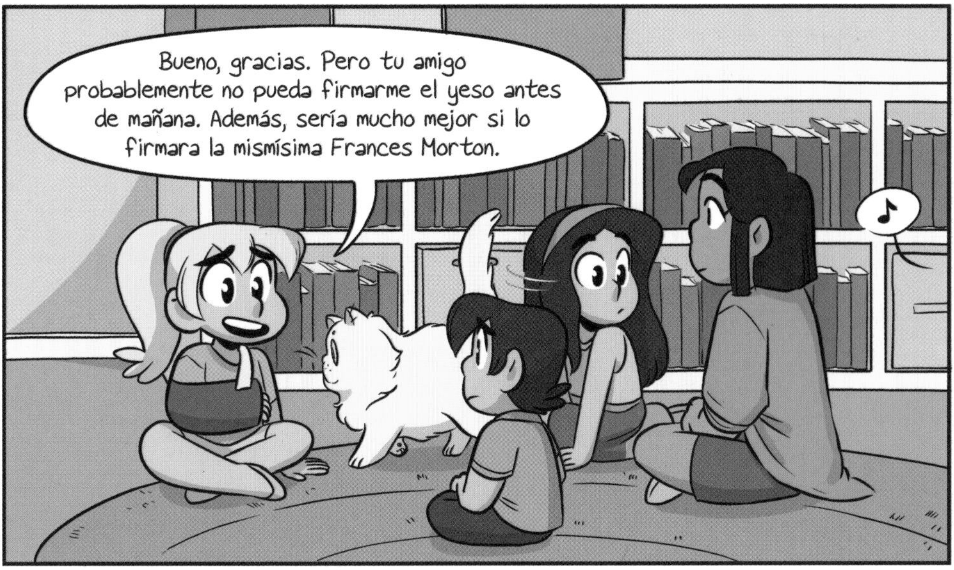
Bueno, gracias. Pero tu amigo probablemente no pueda firmarme el yeso antes de mañana. Además, sería mucho mejor si lo firmara la mismísima Frances Morton.

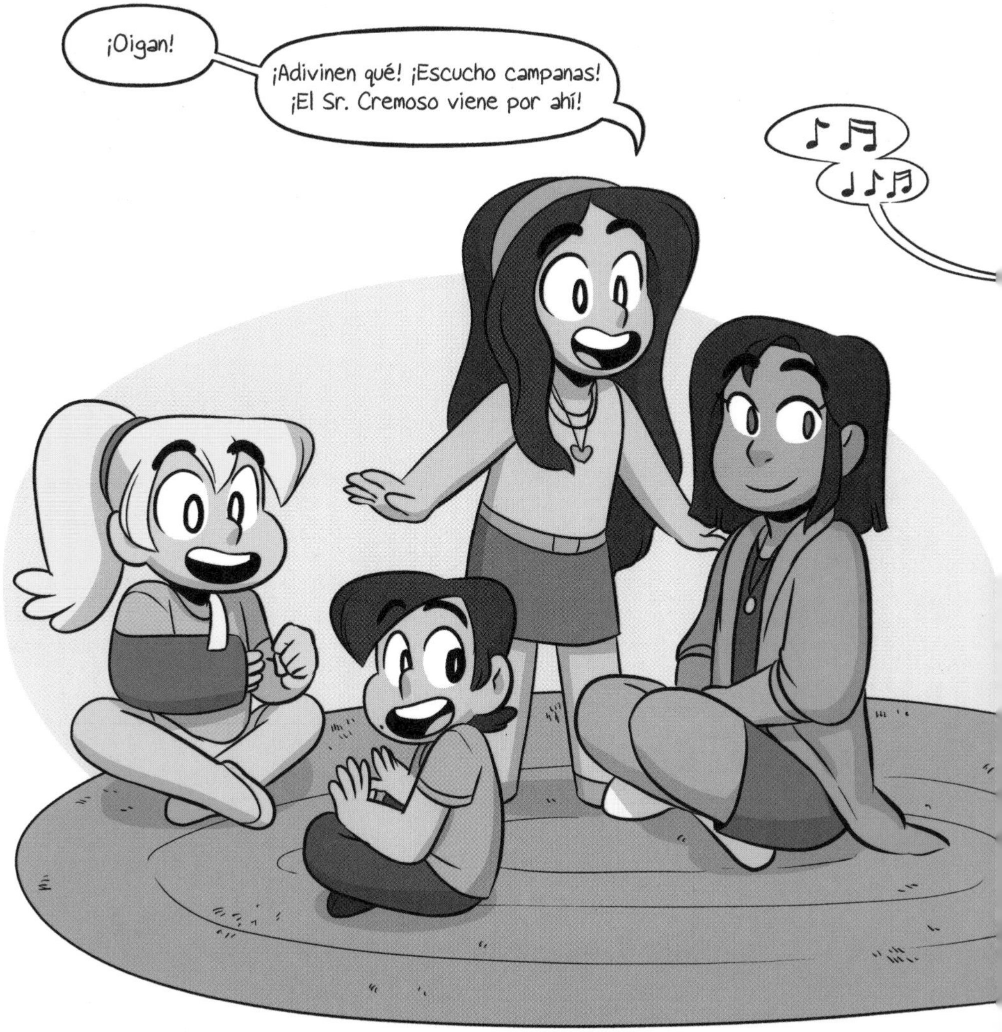
¡Oigan!
¡Adivinen qué! ¡Escucho campanas! ¡El Sr. Cremoso viene por ahí!

CAPÍTULO 7

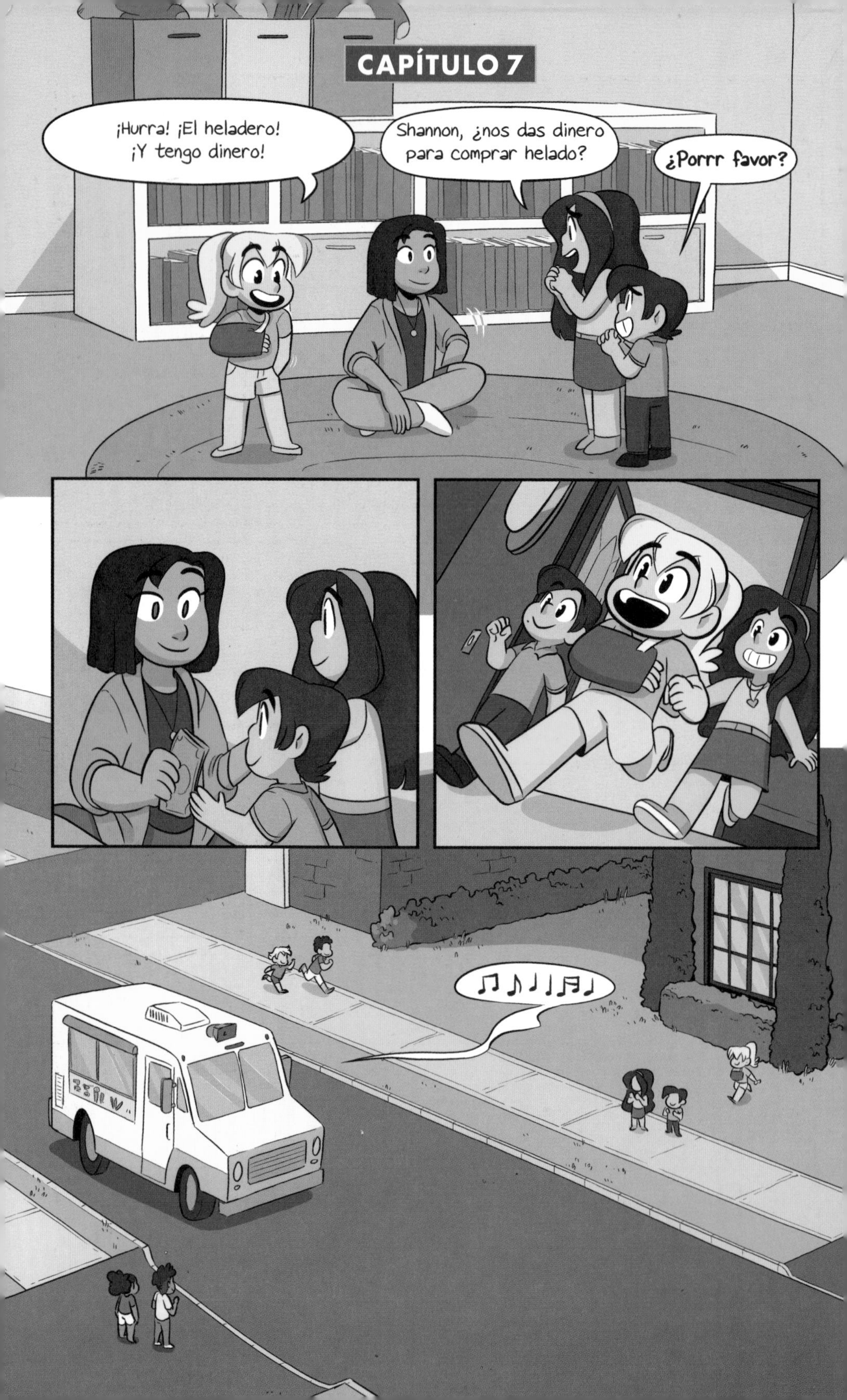
¡Hurra! ¡El heladero! ¡Y tengo dinero!
Shannon, ¿nos das dinero para comprar helado?
¿Porrr favor?

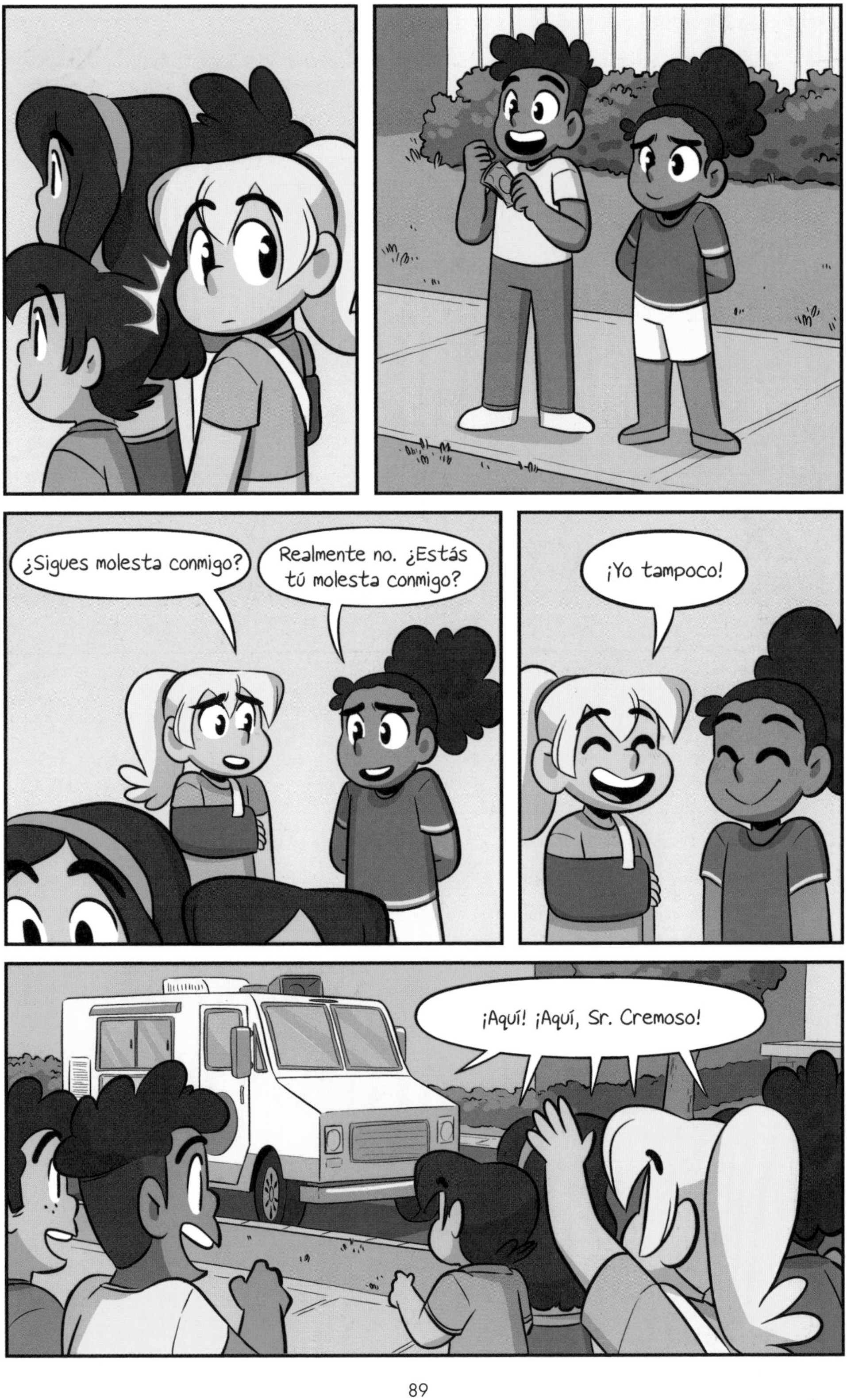
¿Sigues molesta conmigo?
Realmente no. ¿Estás tú molesta conmigo?
¡Yo tampoco!
¡Aquí! ¡Aquí, Sr. Cremoso!

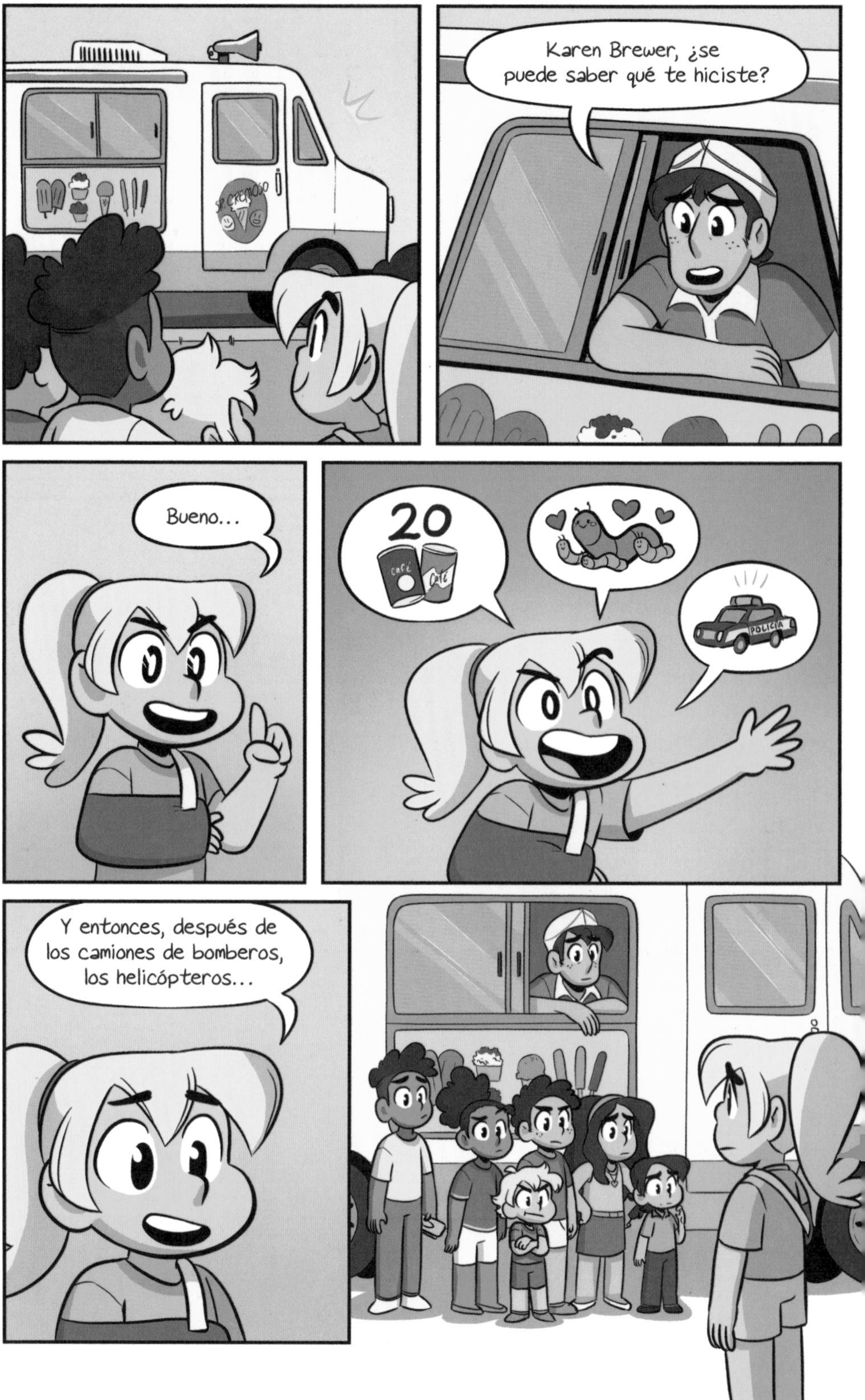
SR CREMOSO
Karen Brewer, ¿se puede saber qué te hiciste?
Bueno...
20
CAFÉ
CAFÉ
POLICÍA
Y entonces, después de los camiones de bomberos, los helicópteros...

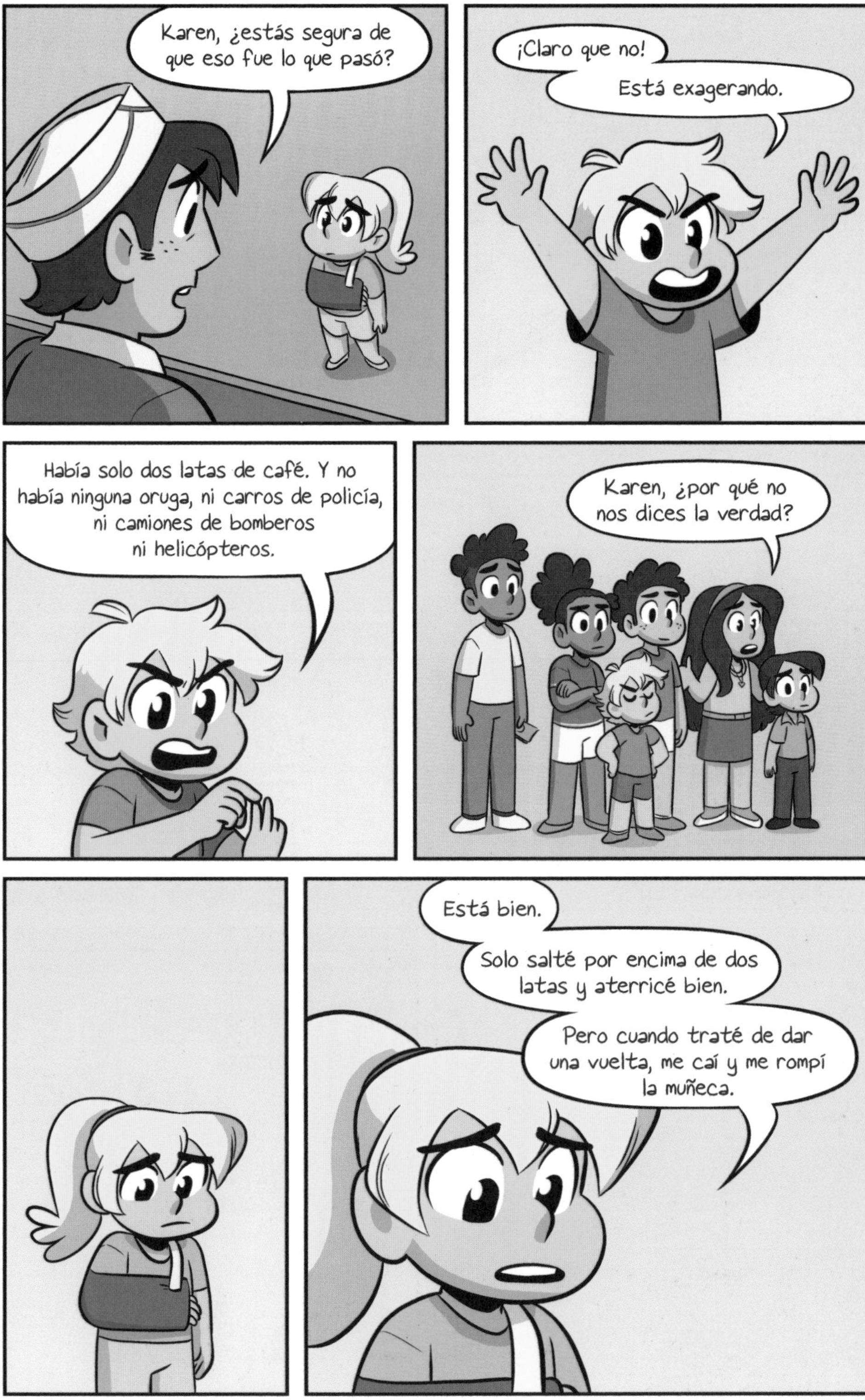
Karen, ¿estás segura de que eso fue lo que pasó?
¡Claro que no!
Está exagerando.
Había solo dos latas de café. Y no había ninguna oruga, ni carros de policía, ni camiones de bomberos ni helicópteros.
Karen, ¿por qué no nos dices la verdad?
Está bien.
Solo salté por encima de dos latas y aterricé bien.
Pero cuando traté de dar una vuelta, me caí y me rompí la muñeca.

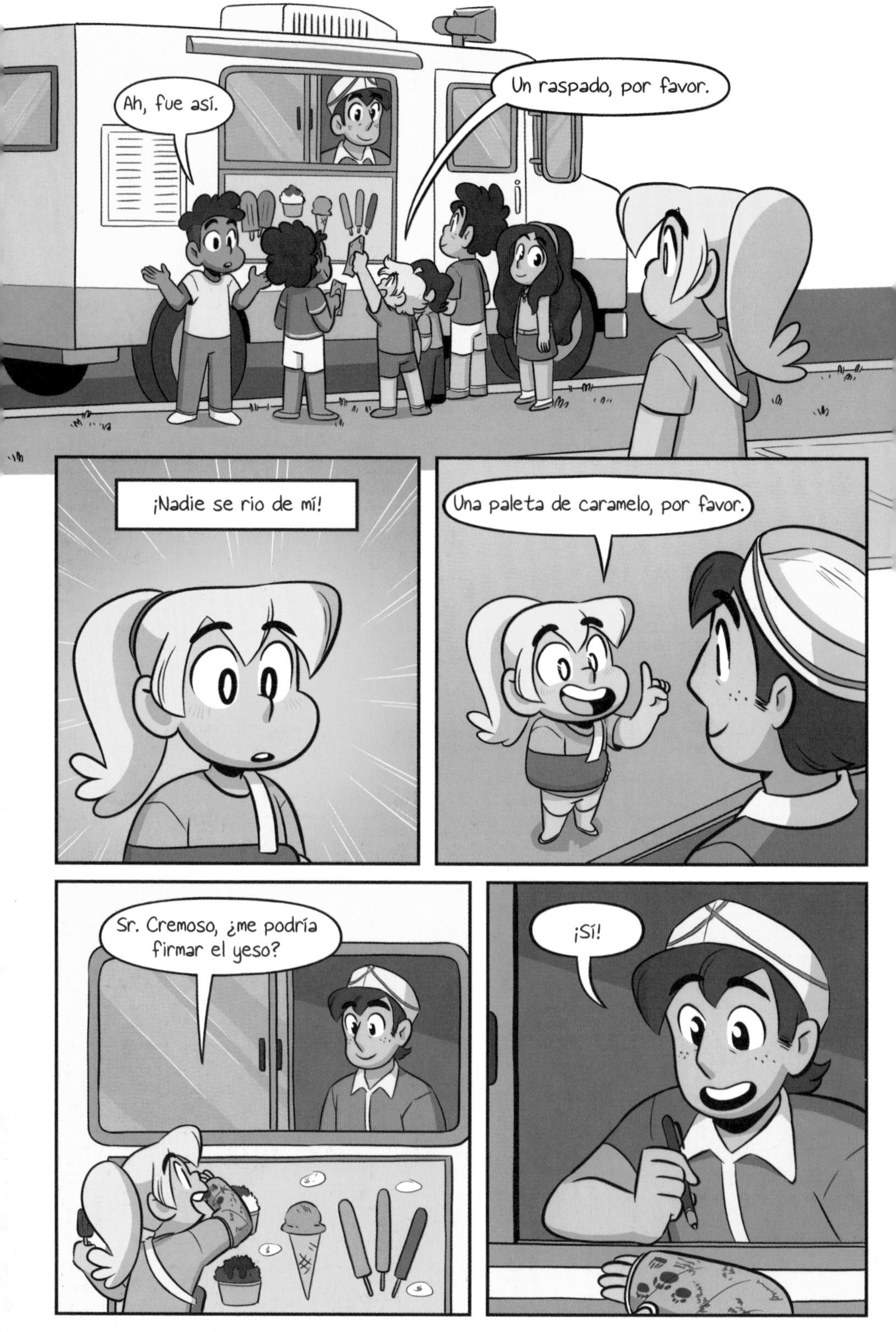
Ah, fue así.
Un raspado, por favor.
¡Nadie se rio de mí!
Una paleta de caramelo, por favor.
Sr. Cremoso, ¿me podría firmar el yeso?
¡Sí!

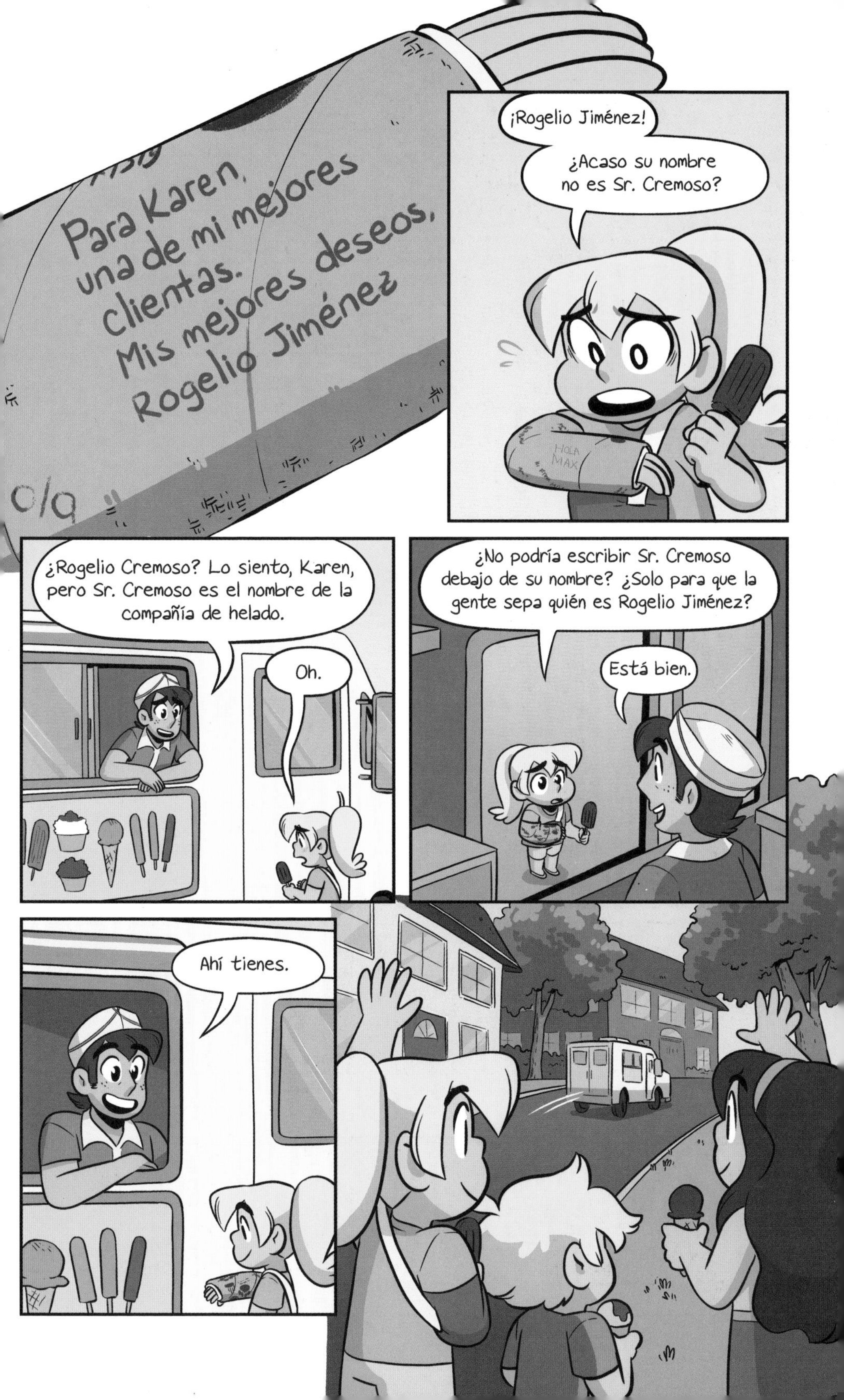
Para Karen, una de mi mejores clientas. Mis mejores deseos, Rogelio Jiménez
¡Rogelio Jiménez!
¿Acaso su nombre no es Sr. Cremoso?
HOLA MAX
¿Rogelio Cremoso? Lo siento, Karen, pero Sr. Cremoso es el nombre de la compañía de helado.
Oh.
¿No podría escribir Sr. Cremoso debajo de su nombre? ¿Solo para que la gente sepa quién es Rogelio Jiménez?
Está bien.
Ahí tienes.

¡No puedo creer que el nombre del Sr. Cremoso sea Rogelio Jiménez!

Buu. Y todavía no tengo un autógrafo de alguien famoso.

¿Y el del Sr. Cremoso?

No sé. Es posible que Ricky también lo tenga.

Caray. Se me olvidó preguntarle al heladero si conocía a alguien famoso.

Necesito pensar.

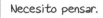

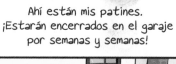
Ahí fue donde me caí.

Ahí están mis patines.
¡Estarán encerrados en el garaje por semanas y semanas!

¡Ay! ¡Ahí está Mórbida Destino!

¡Está recogiendo hierbas para un hechizo!

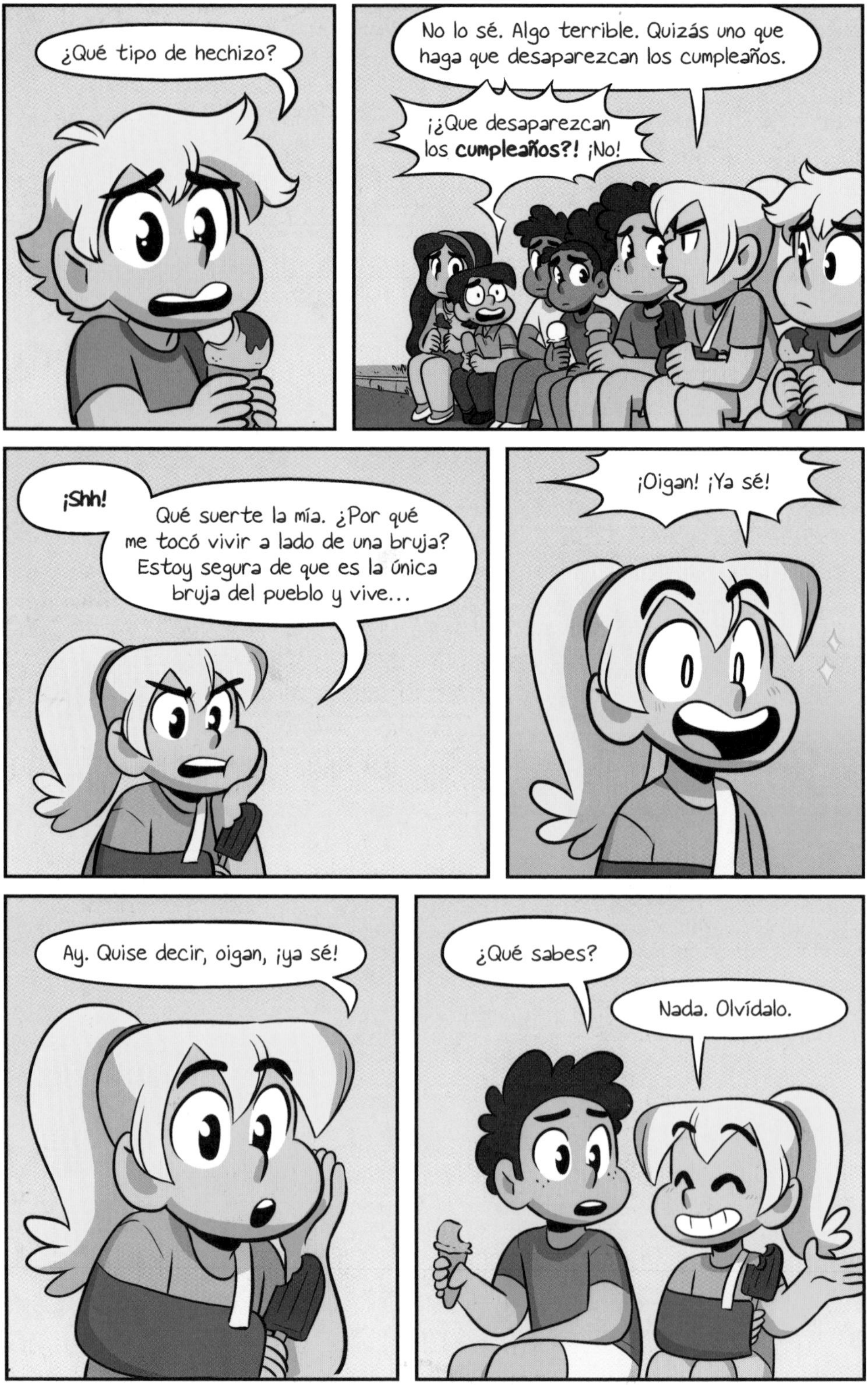
¿Qué tipo de hechizo?
No lo sé. Algo terrible. Quizás uno que haga que desaparezcan los cumpleaños.
¡¿Que desaparezcan los **cumpleaños?!** ¡No!
¡Shh!
Qué suerte la mía. ¿Por qué me tocó vivir a lado de una bruja? Estoy segura de que es la única bruja del pueblo y vive...
¡Oigan! ¡Ya sé!
Ay. Quise decir, oigan, ¡ya sé!
¿Qué sabes?
Nada. Olvídalo.

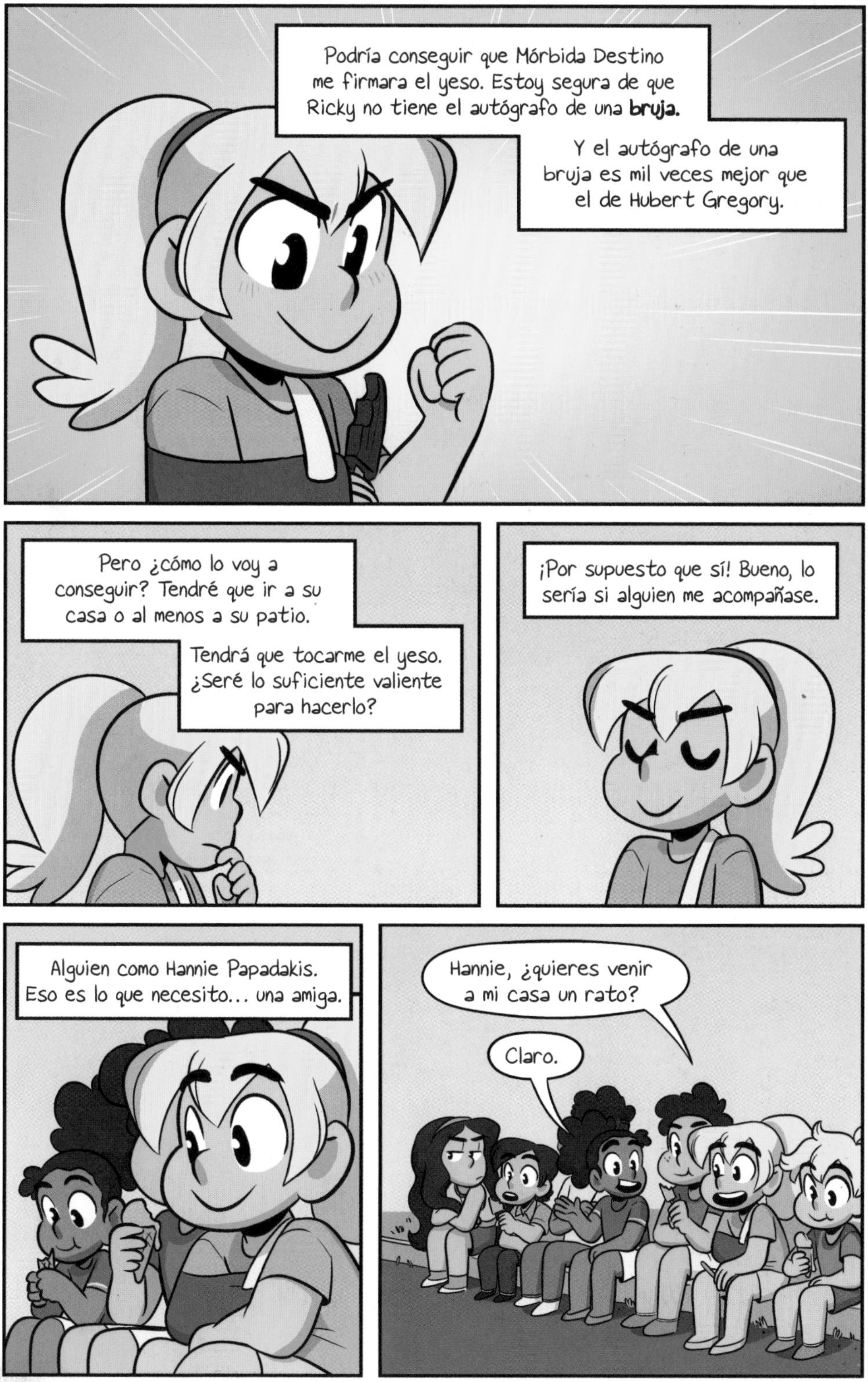
Podría conseguir que Mórbida Destino me firmara el yeso. Estoy segura de que Ricky no tiene el autógrafo de una **bruja.**
Y el autógrafo de una bruja es mil veces mejor que el de Hubert Gregory.
Pero ¿cómo lo voy a conseguir? Tendré que ir a su casa o al menos a su patio.
Tendrá que tocarme el yeso. ¿Seré lo suficiente valiente para hacerlo?
¡Por supuesto que sí! Bueno, lo sería si alguien me acompañase.
Alguien como Hannie Papadakis. Eso es lo que necesito... una amiga.
Hannie, ¿quieres venir a mi casa un rato?
Claro.

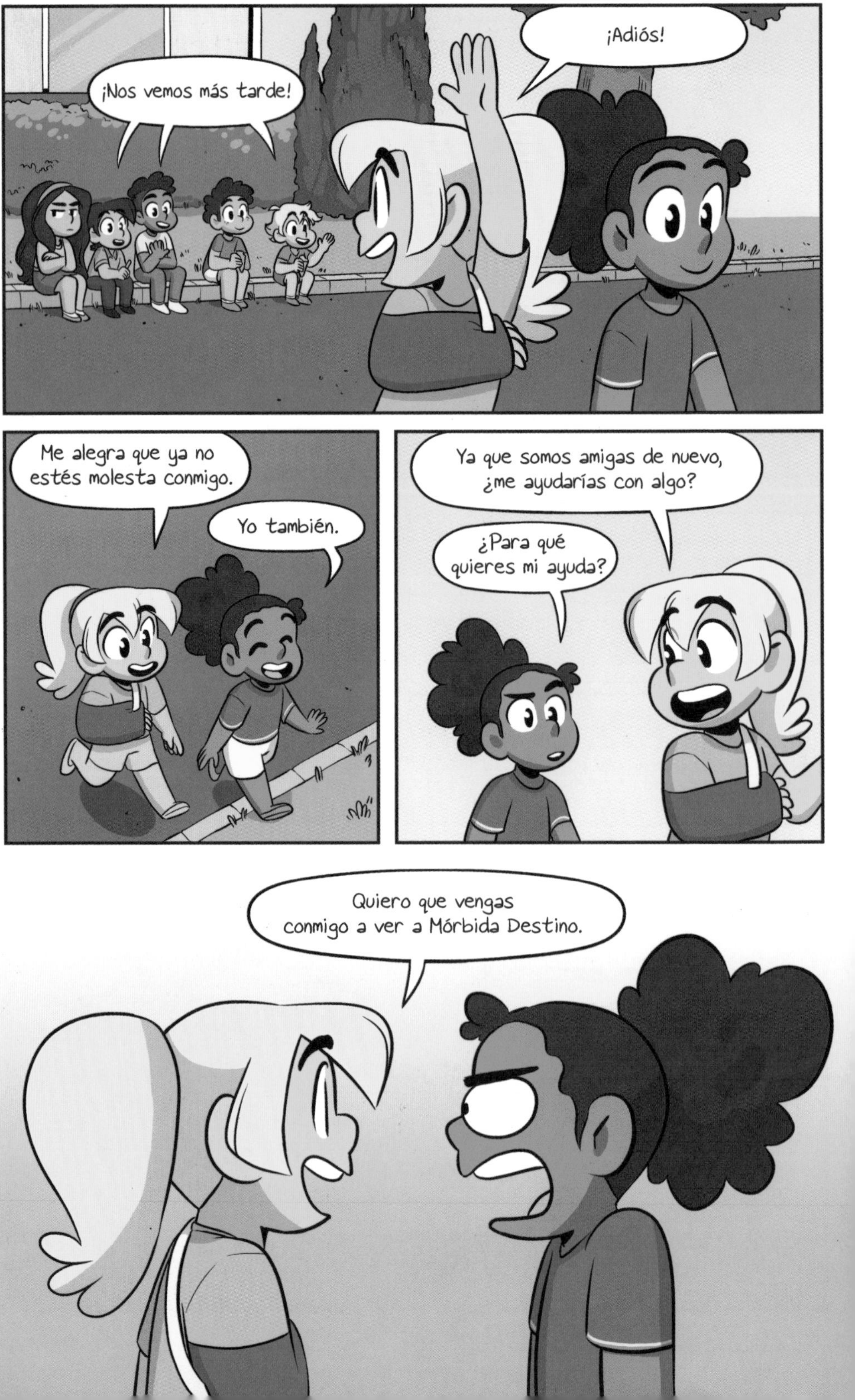
¡Nos vemos más tarde!
¡Adiós!
Me alegra que ya no estés molesta conmigo.
Yo también.
Ya que somos amigas de nuevo, ¿me ayudarías con algo?
¿Para qué quieres mi ayuda?
Quiero que vengas conmigo a ver a Mórbida Destino.

CAPÍTULO 8

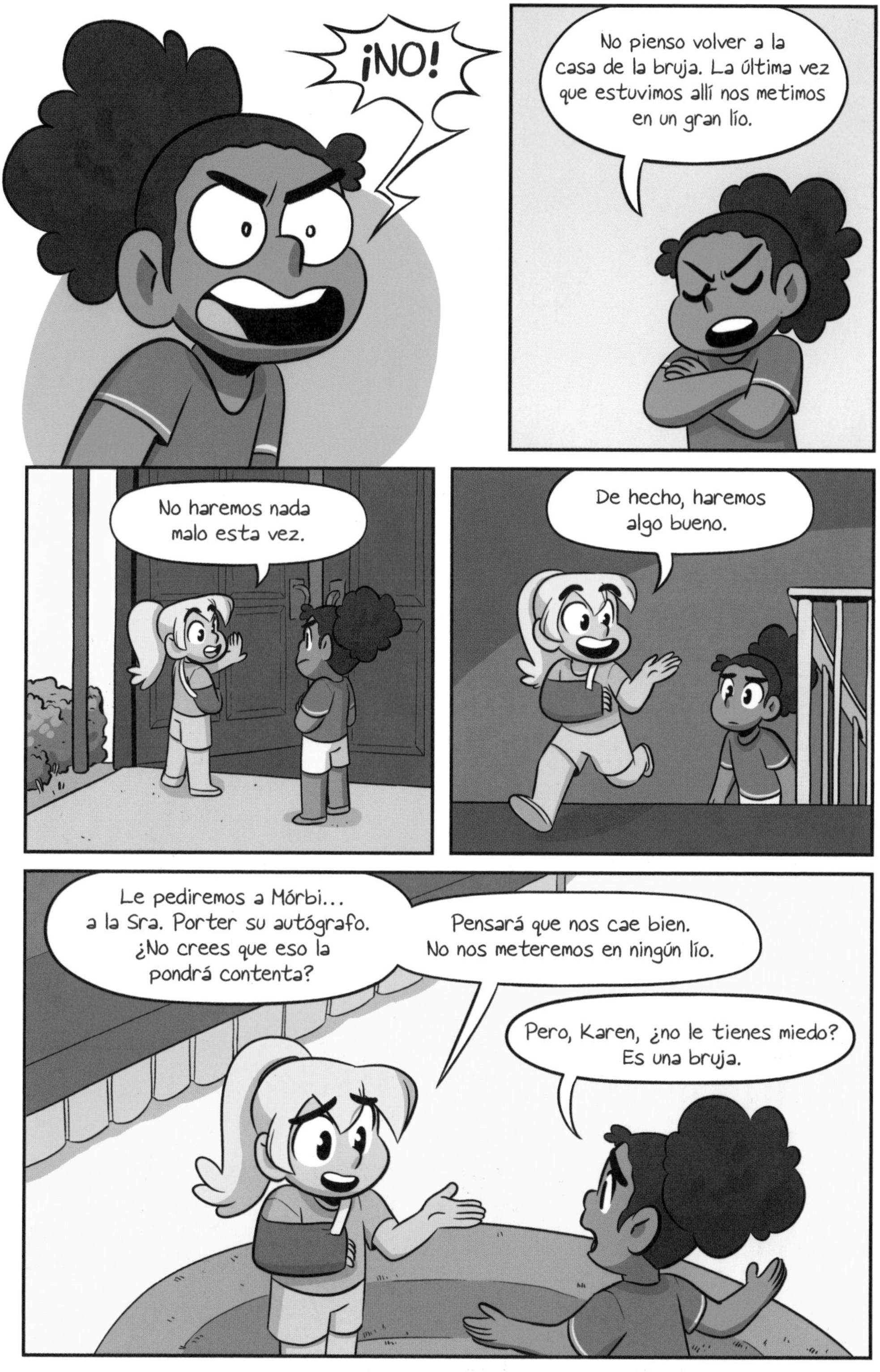
¡NO!
No pienso volver a la casa de la bruja. La última vez que estuvimos allí nos metimos en un gran lío.
No haremos nada malo esta vez.
De hecho, haremos algo bueno.
Le pediremos a Mórbi... a la Sra. Porter su autógrafo. ¿No crees que eso la pondrá contenta?
Pensará que nos cae bien. No nos meteremos en ningún lío.
Pero, Karen, ¿no le tienes miedo? Es una bruja.

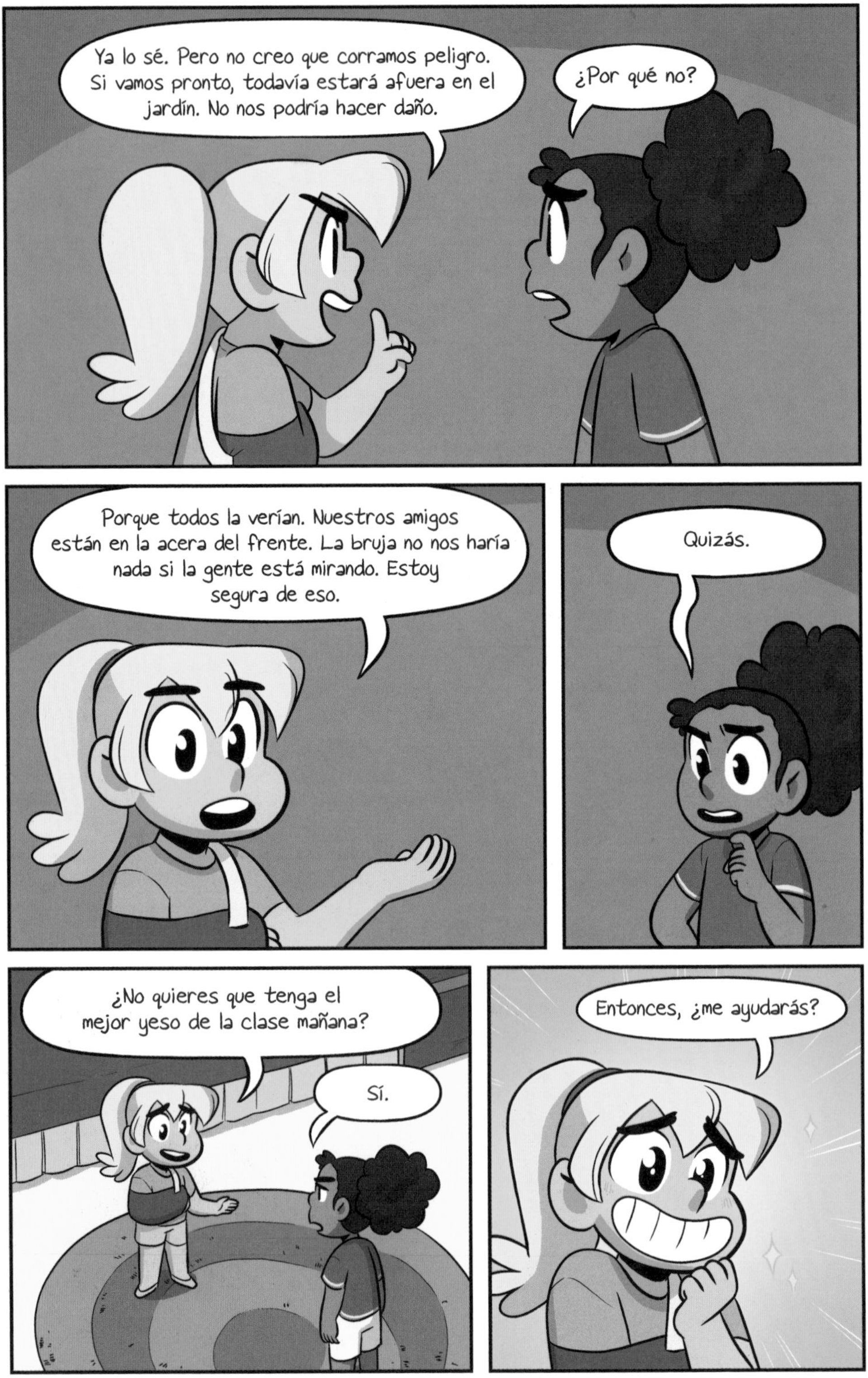

Ya lo sé. Pero no creo que corramos peligro. Si vamos pronto, todavía estará afuera en el jardín. No nos podría hacer daño.
¿Por qué no?
Porque todos la verían. Nuestros amigos están en la acera del frente. La bruja no nos haría nada si la gente está mirando. Estoy segura de eso.
Quizás.
¿No quieres que tenga el mejor yeso de la clase mañana?
Sí.
Entonces, ¿me ayudarás?

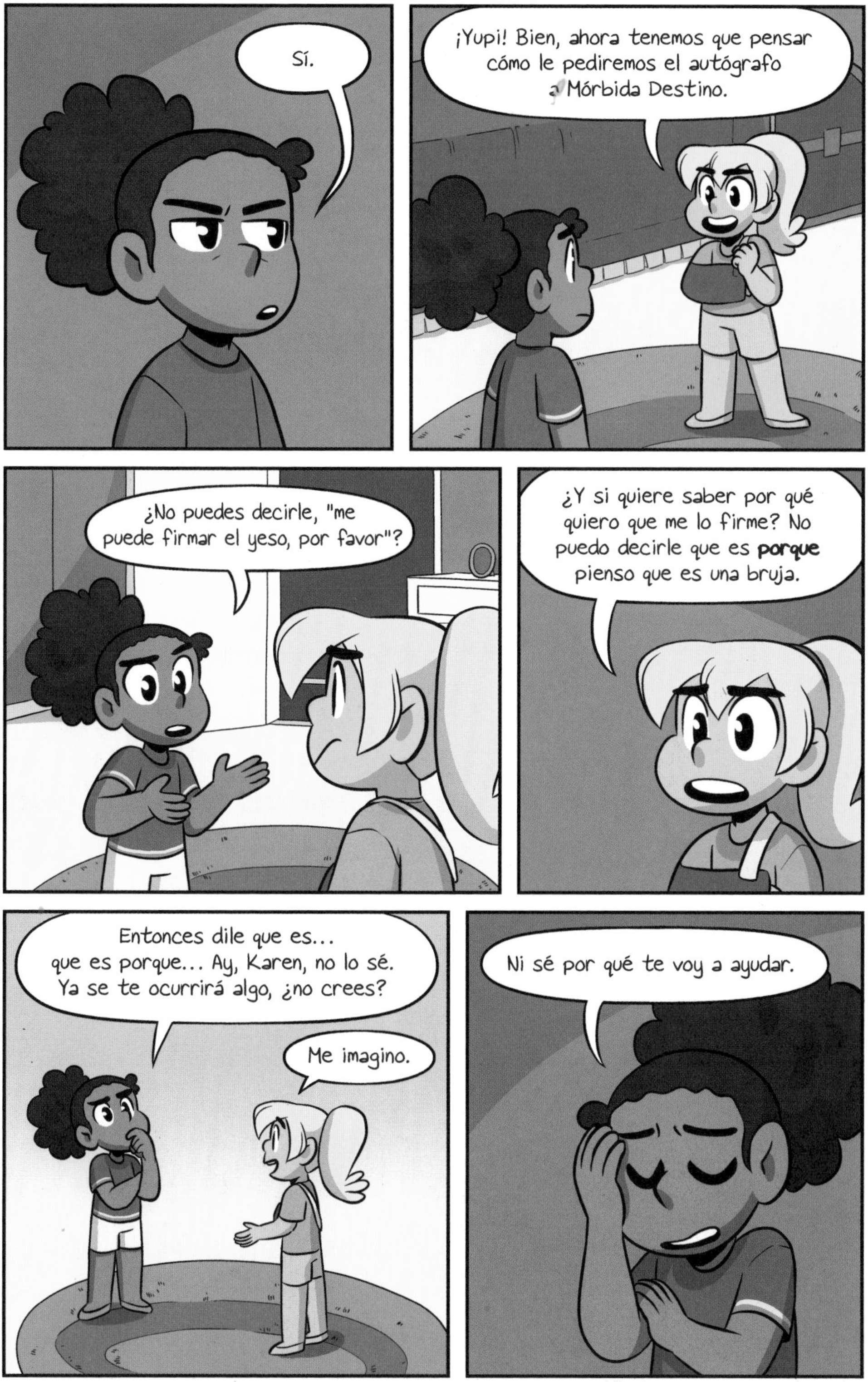
Sí.
¡Yupi! Bien, ahora tenemos que pensar cómo le pediremos el autógrafo a Mórbida Destino.
¿No puedes decirle, "me puede firmar el yeso, por favor"?
¿Y si quiere saber por qué quiero que me lo firme? No puedo decirle que es **porque** pienso que es una bruja.
Entonces dile que es... que es porque... Ay, Karen, no lo sé. Ya se te ocurrirá algo, ¿no crees?
Me imagino.
Ni sé por qué te voy a ayudar.

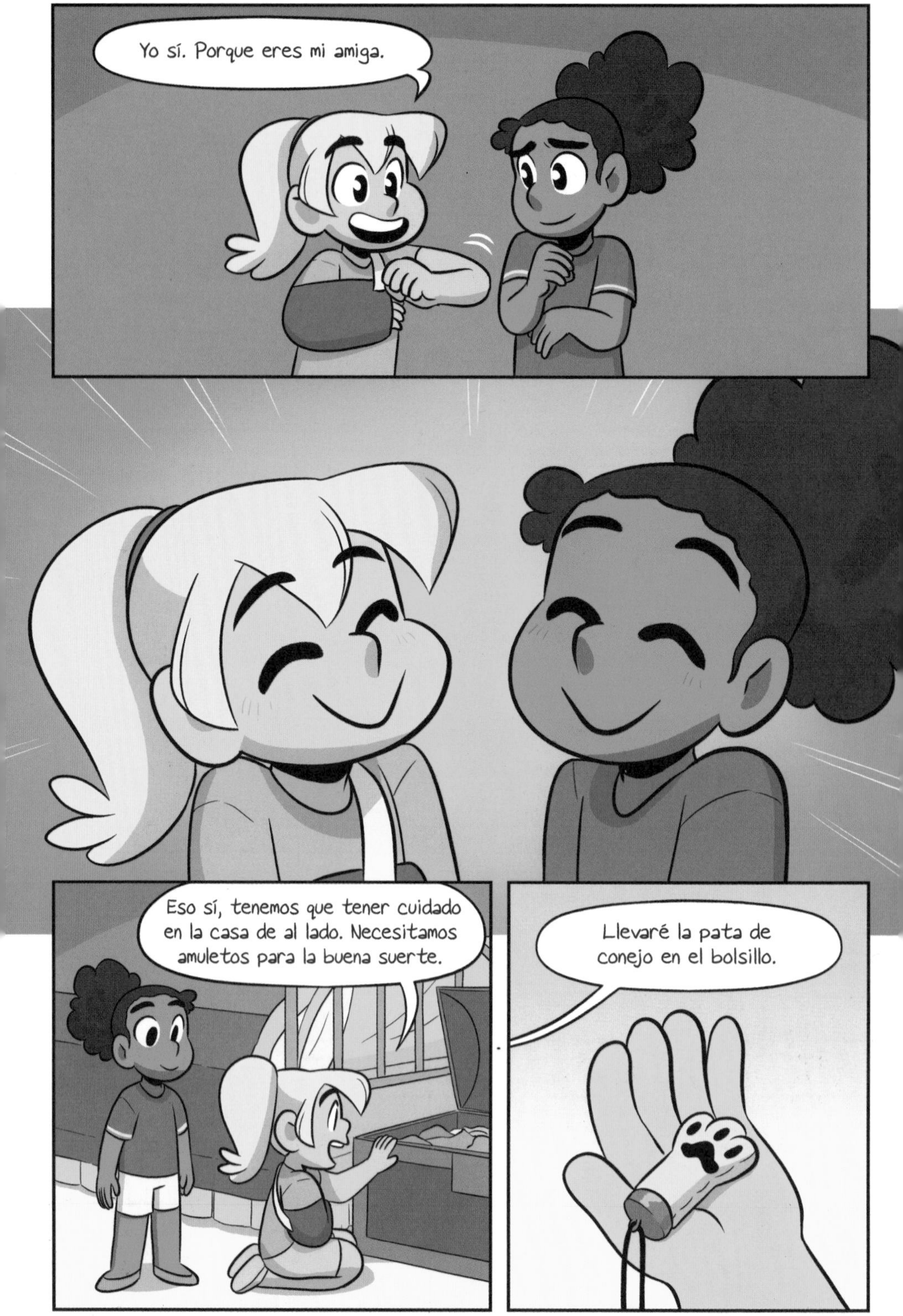
Yo sí. Porque eres mi amiga.
Eso sí, tenemos que tener cuidado en la casa de al lado. Necesitamos amuletos para la buena suerte.
Llevaré la pata de conejo en el bolsillo.

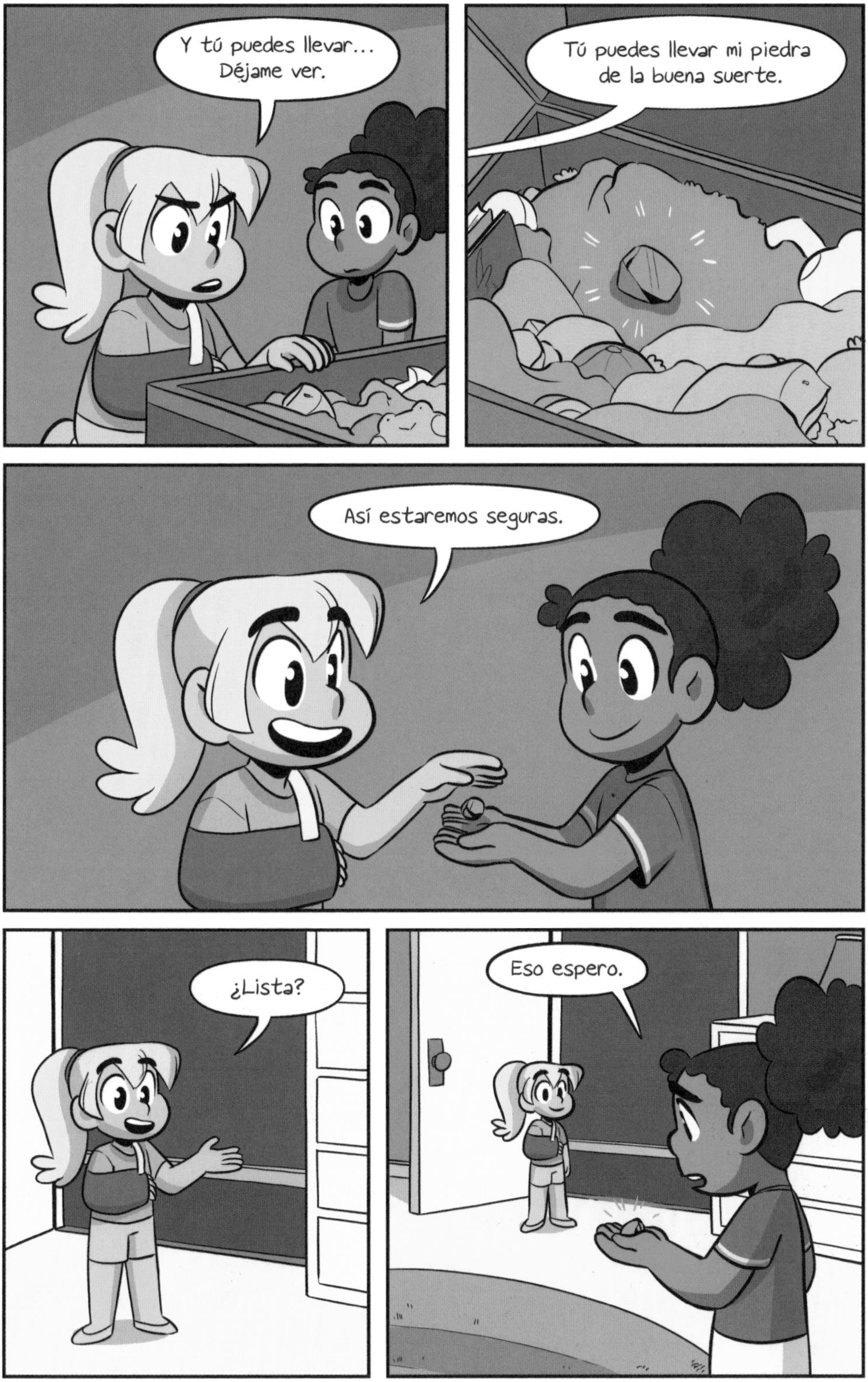
Y tú puedes llevar...
Déjame ver.
Tú puedes llevar mi piedra de la buena suerte.
Así estaremos seguras.
¿Lista?
Eso espero.

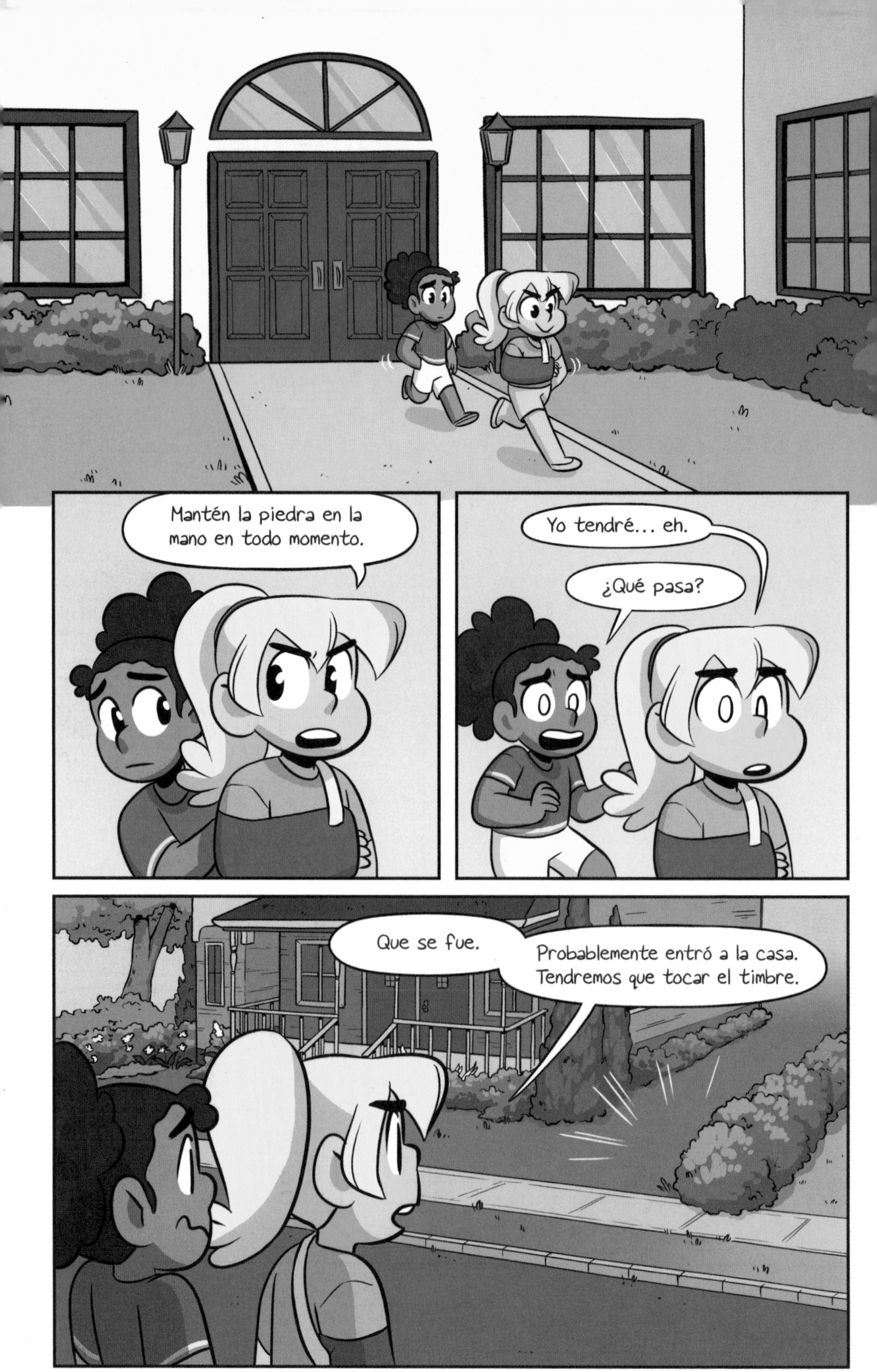
Mantén la piedra en la mano en todo momento.
Yo tendré... eh.
¿Qué pasa?
Que se fue.
Probablemente entró a la casa. Tendremos que tocar el timbre.

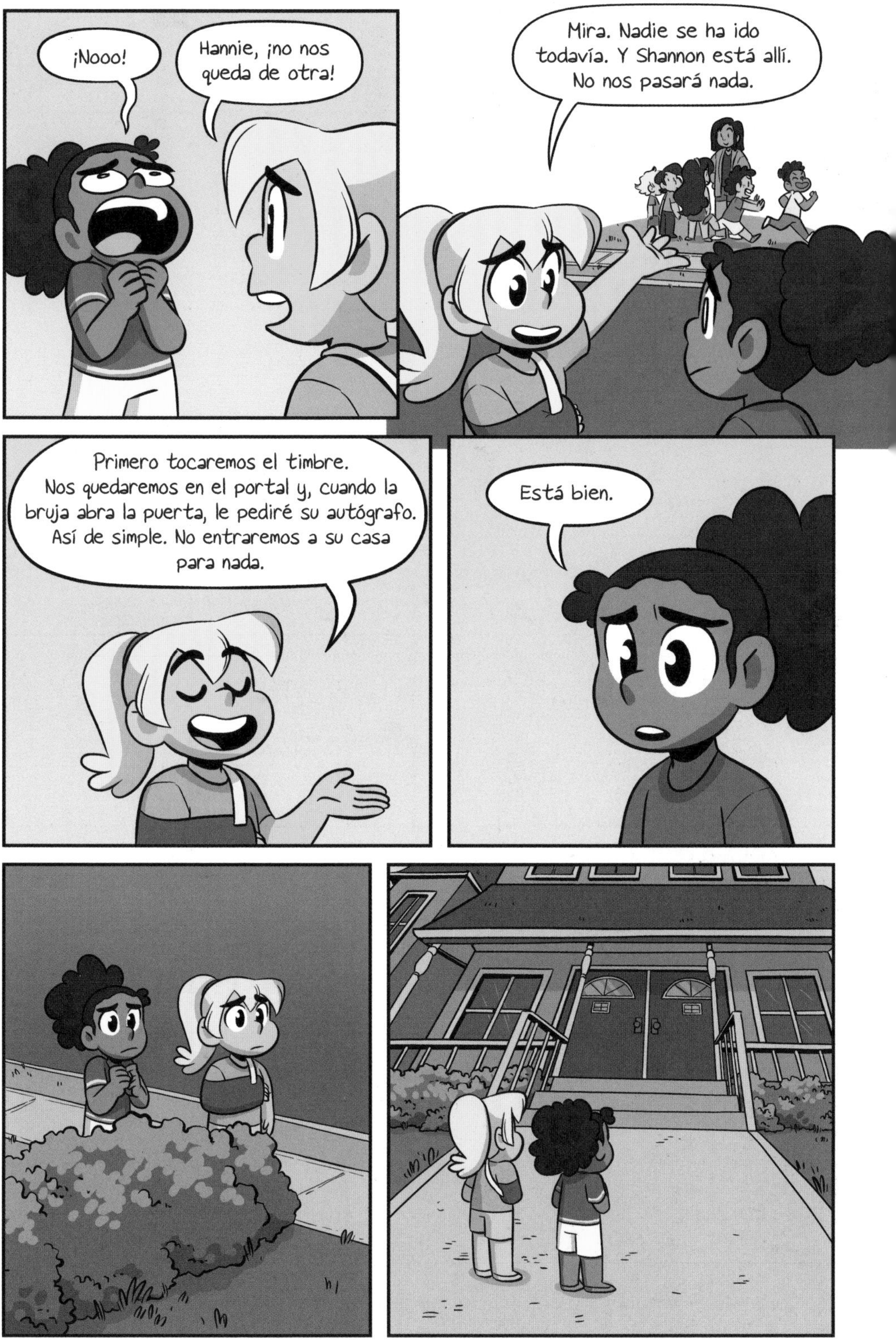
¡Nooo!
Hannie, ¡no nos queda de otra!
Mira. Nadie se ha ido todavía. Y Shannon está allí. No nos pasará nada.
Primero tocaremos el timbre. Nos quedaremos en el portal y, cuando la bruja abra la puerta, le pediré su autógrafo. Así de simple. No entraremos a su casa para nada.
Está bien.

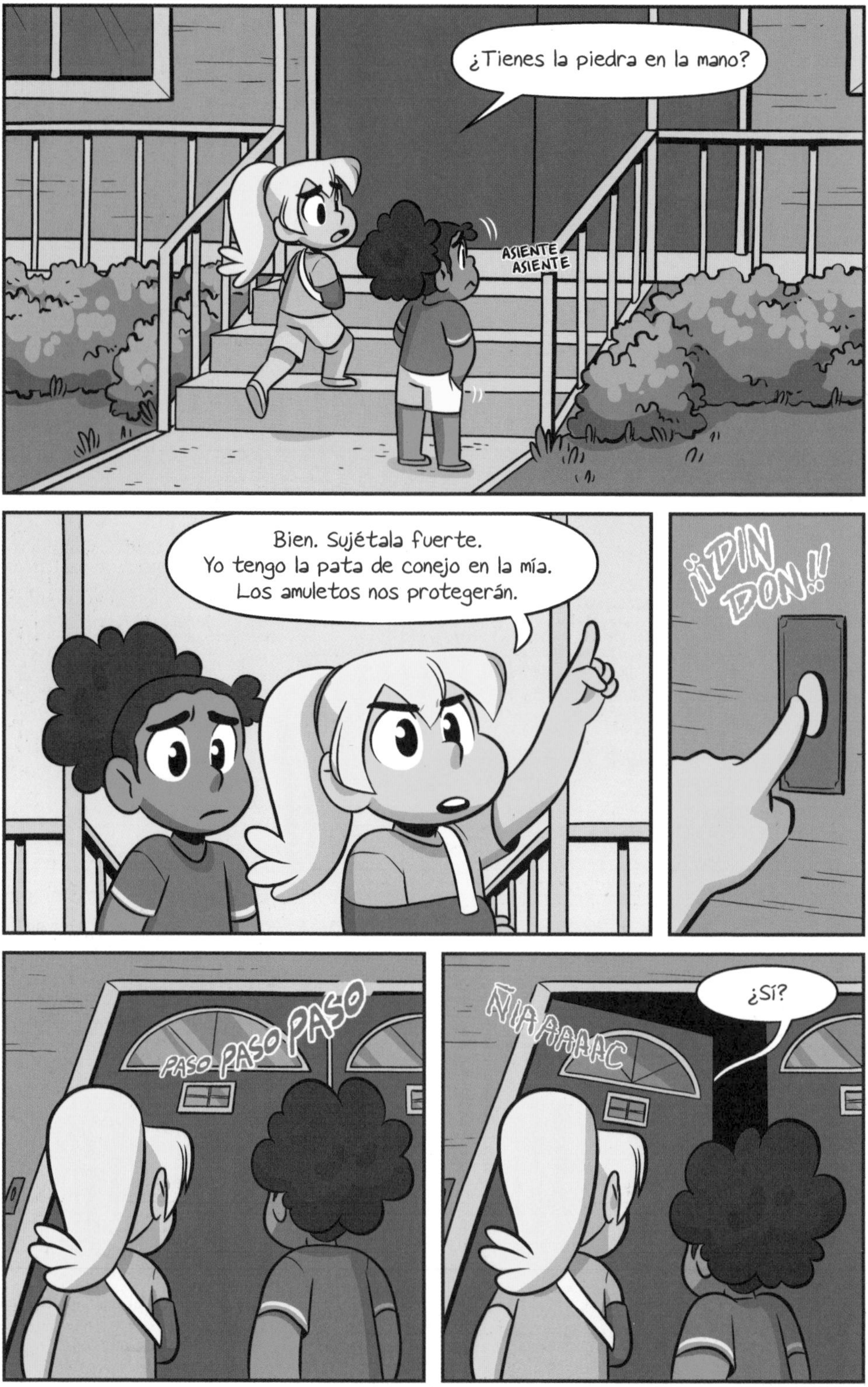
¿Tienes la piedra en la mano?
ASIENTE ASIENTE
Bien. Sujétala fuerte.
Yo tengo la pata de conejo en la mía.
Los amuletos nos protegerán.
¡¡DIN DON!!
PASO PASO PASO
ÑIAAAAAC
¿SÍ?

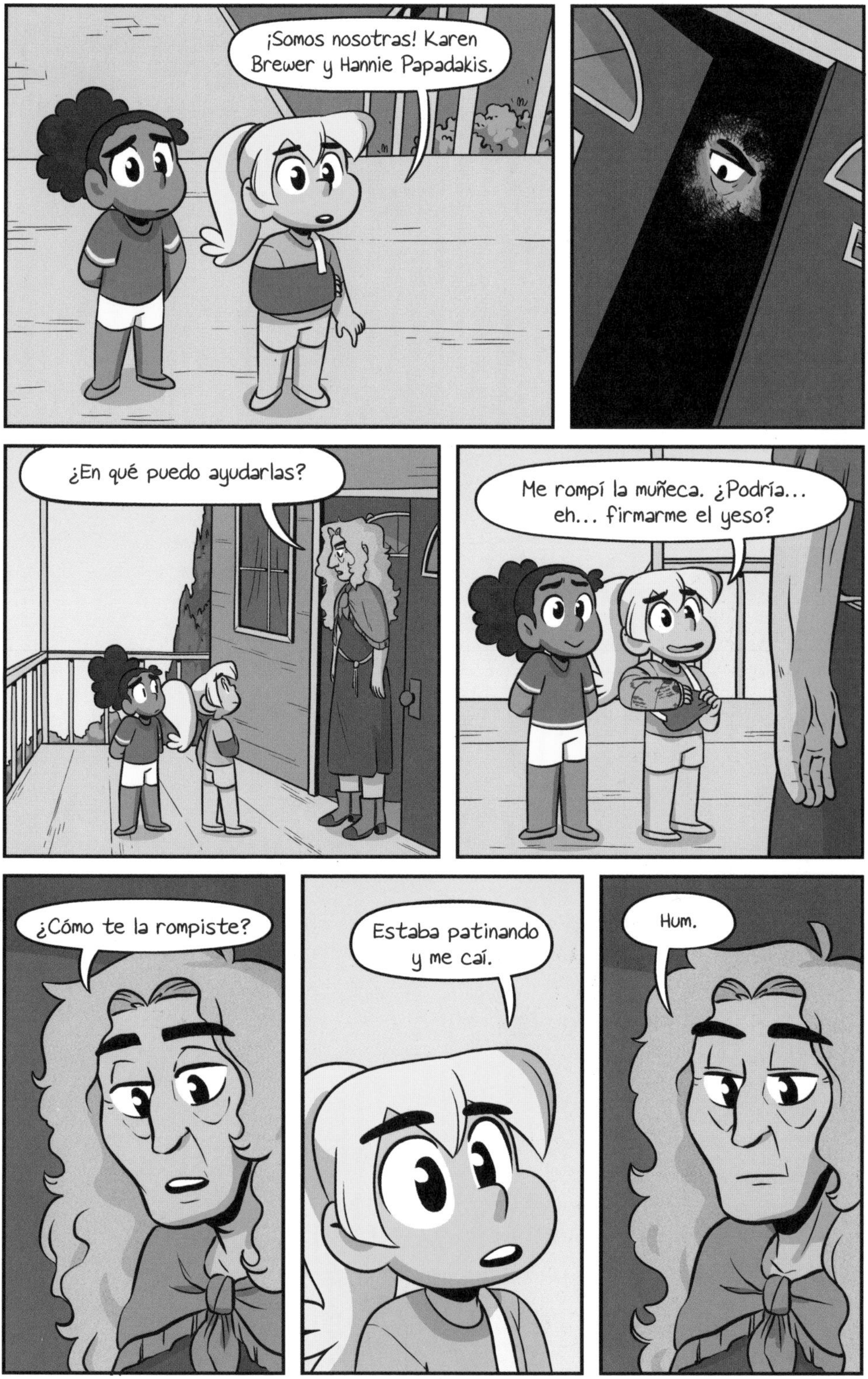
¡Somos nosotras! Karen Brewer y Hannie Papadakis.
¿En qué puedo ayudarlas?
Me rompí la muñeca. ¿Podría... eh... firmarme el yeso?
¿Cómo te la rompiste?
Estaba patinando y me caí.
Hum.

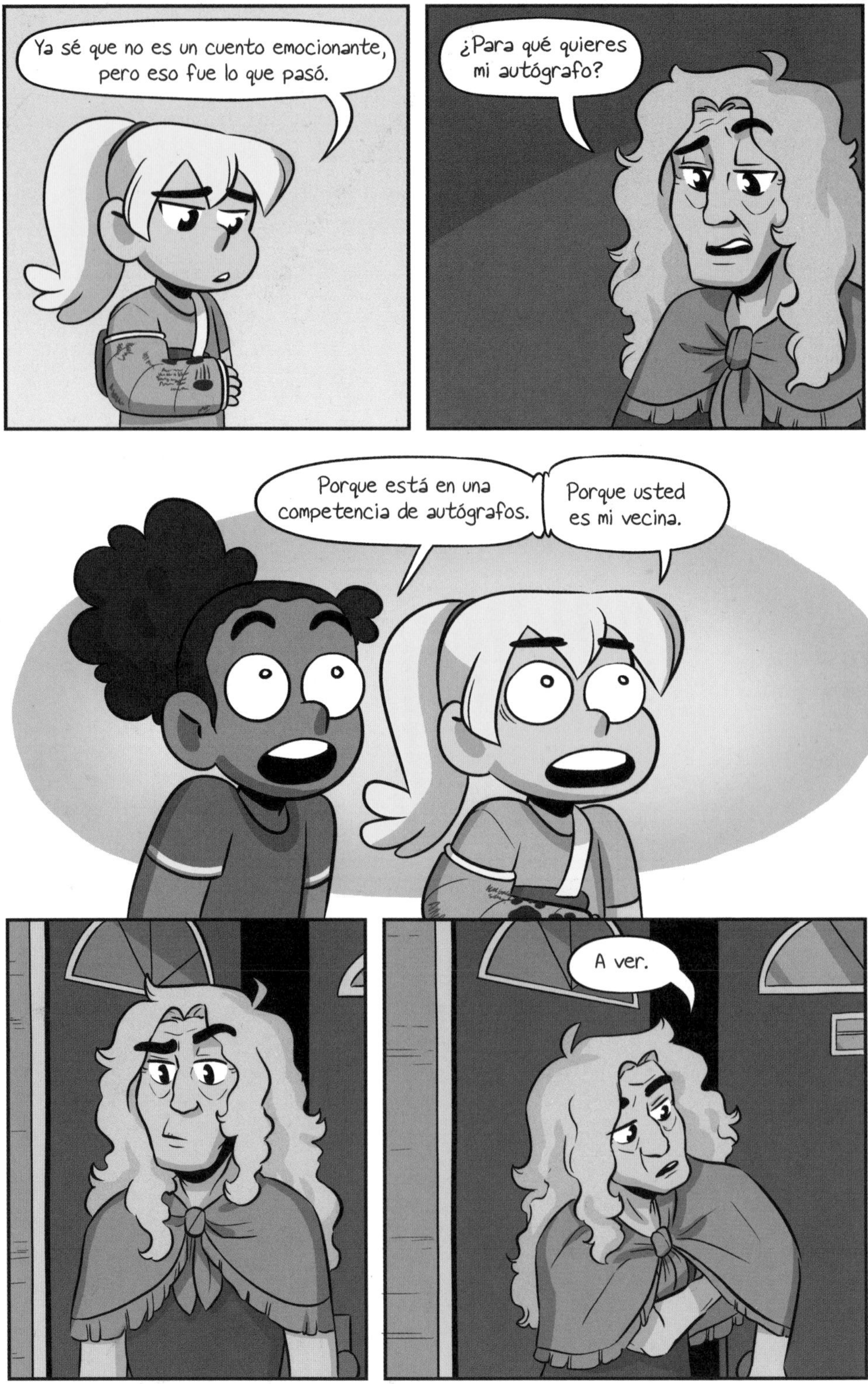
Ya sé que no es un cuento emocionante, pero eso fue lo que pasó.
¿Para qué quieres mi autógrafo?
Porque está en una competencia de autógrafos.
Porque usted es mi vecina.
A ver.

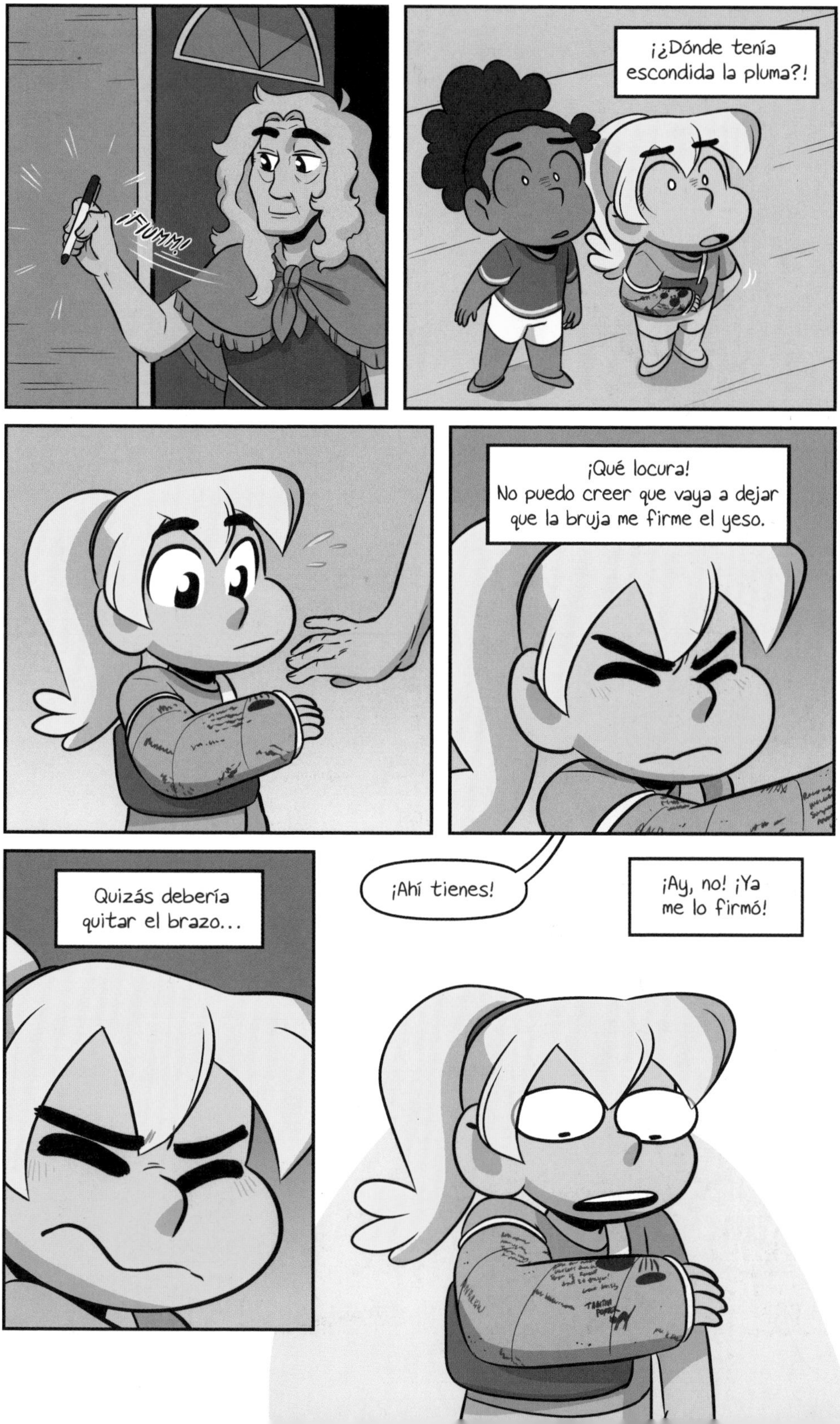
¡FIUMM!
¡¿Dónde tenía escondida la pluma?!
¡Qué locura! No puedo creer que vaya a dejar que la bruja me firme el yeso.
Quizás debería quitar el brazo...
¡Ahí tienes!
¡Ay, no! ¡Ya me lo firmó!

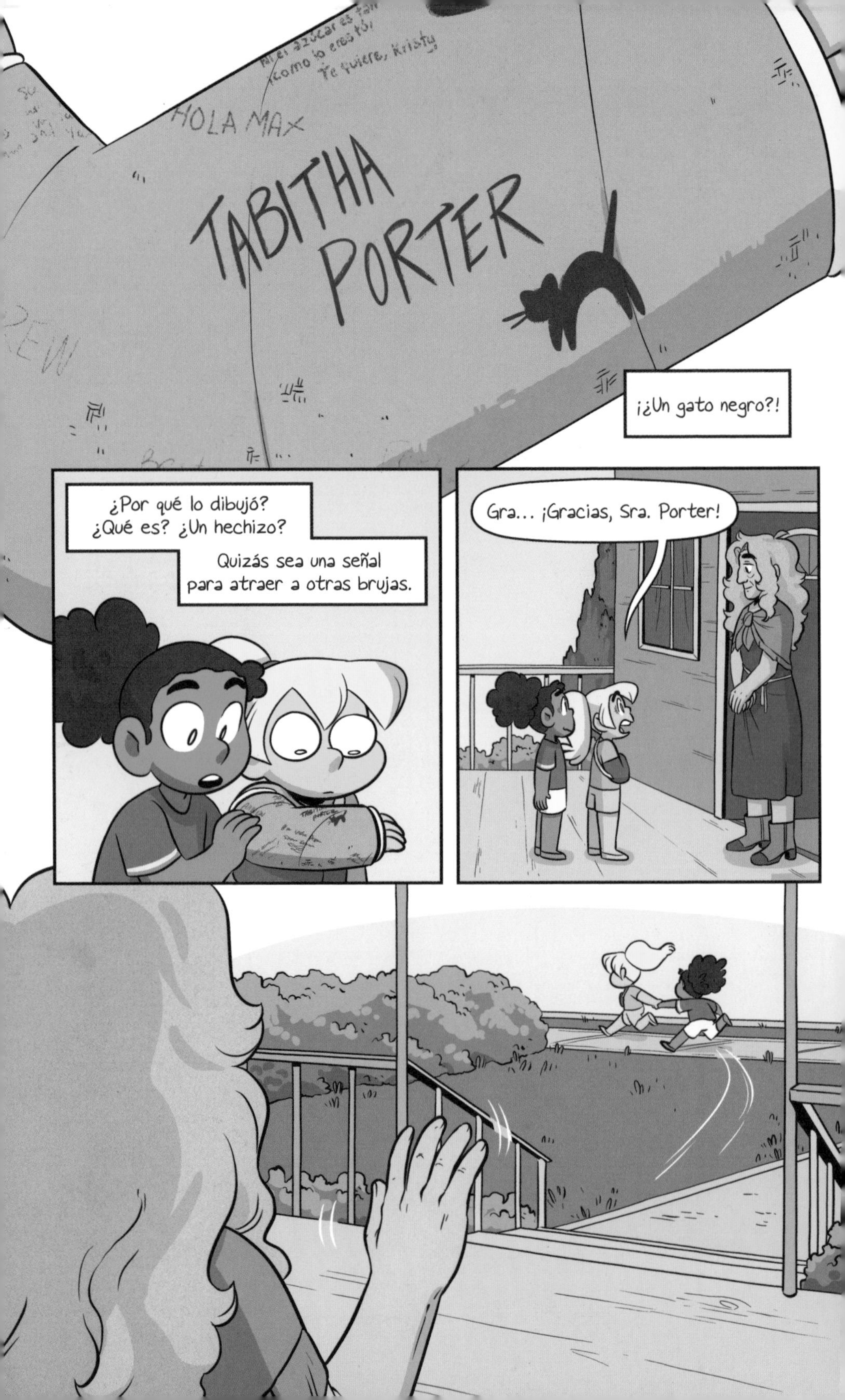
HOLA MAX
TABITHA PORTER
¡¿Un gato negro?!
¿Por qué lo dibujó? ¿Qué es? ¿Un hechizo?
Quizás sea una señal para atraer a otras brujas.
Gra... ¡Gracias, Sra. Porter!

CAPÍTULO 9

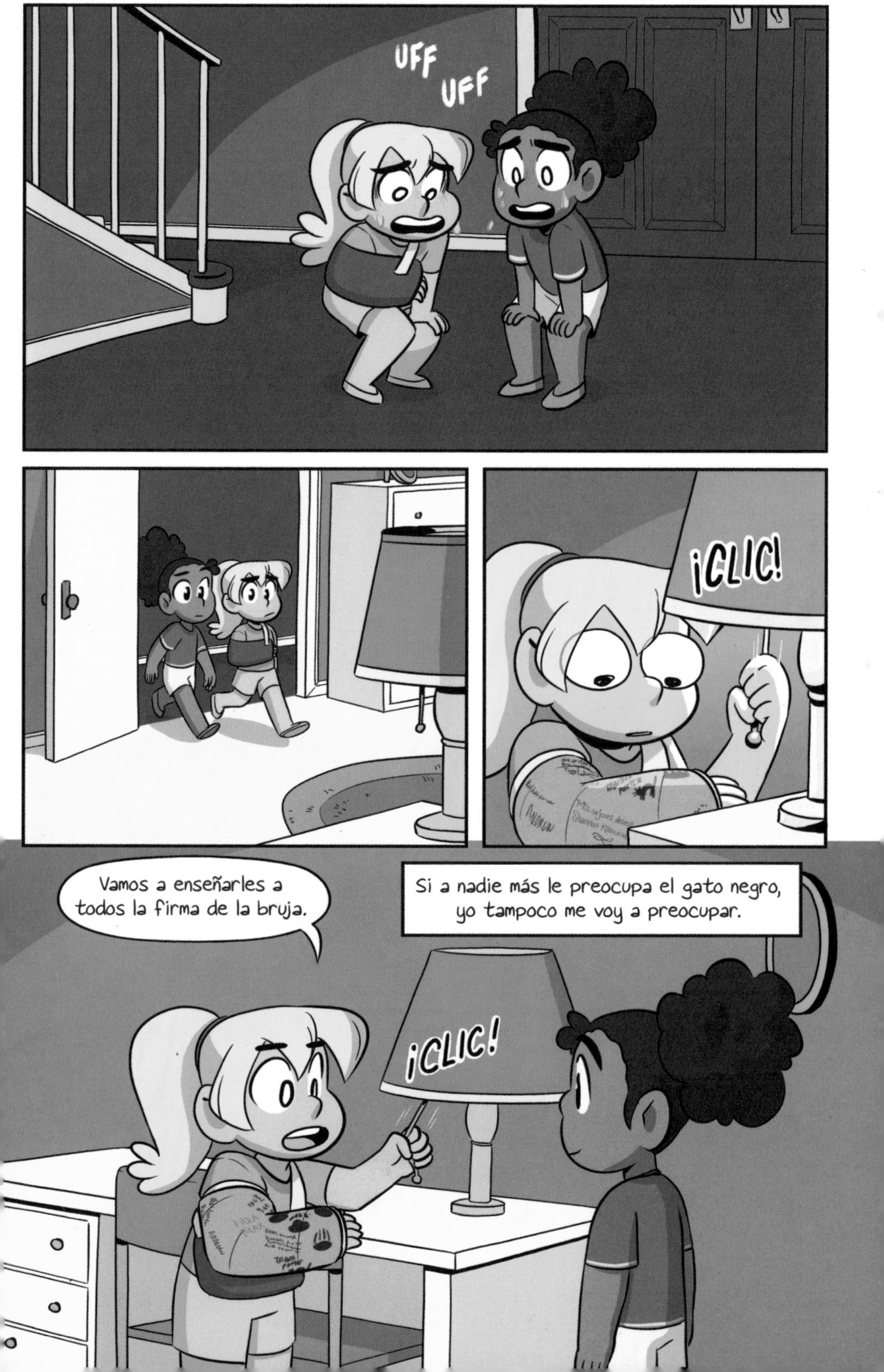
UFF
UFF
¡CLIC!
Vamos a enseñarles a todos la firma de la bruja.
Si a nadie más le preocupa el gato negro, yo tampoco me voy a preocupar.
¡CLIC!

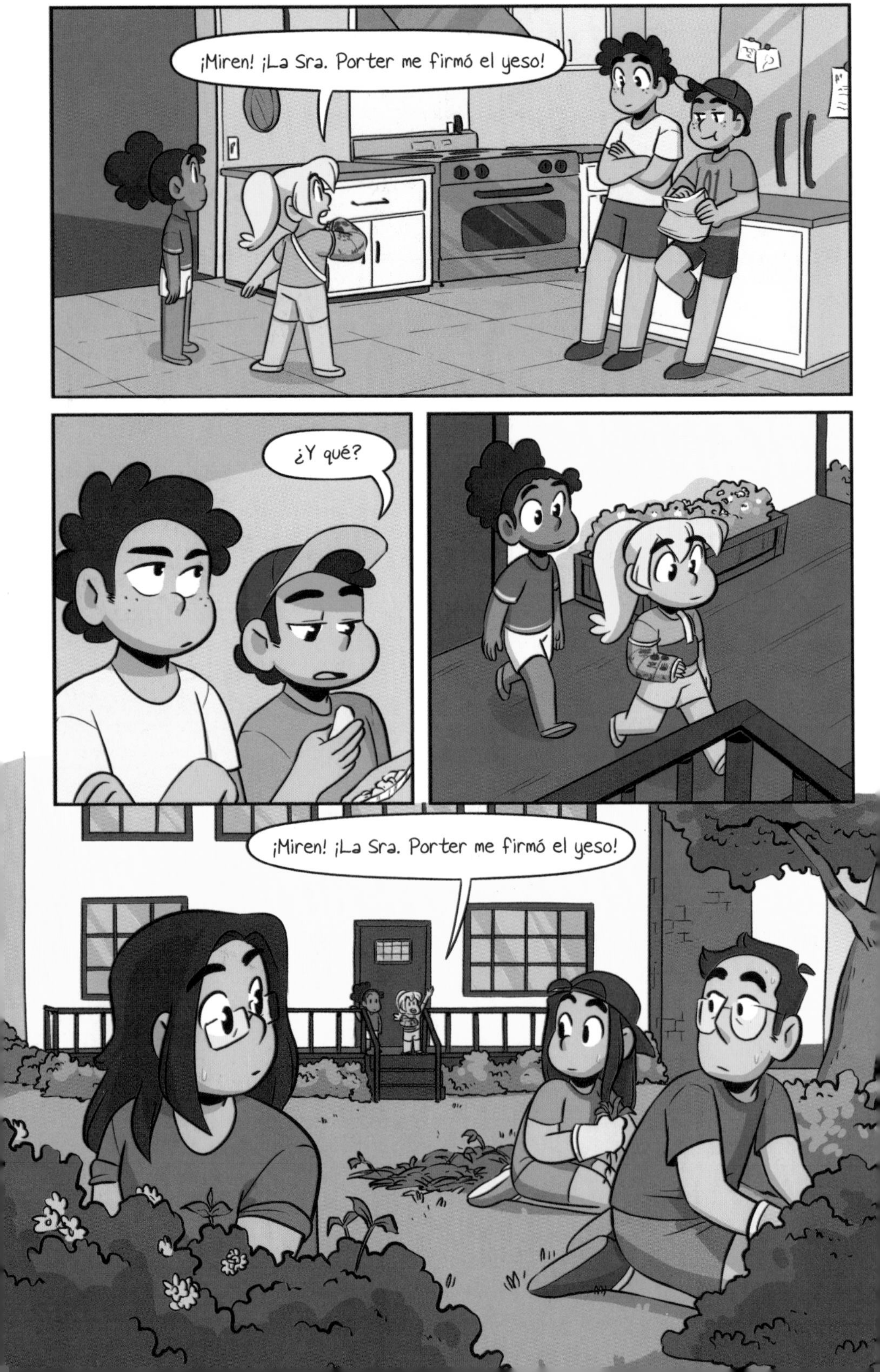
¡Miren! ¡La Sra. Porter me firmó el yeso!
¿Y qué?
¡Miren! ¡La Sra. Porter me firmó el yeso!

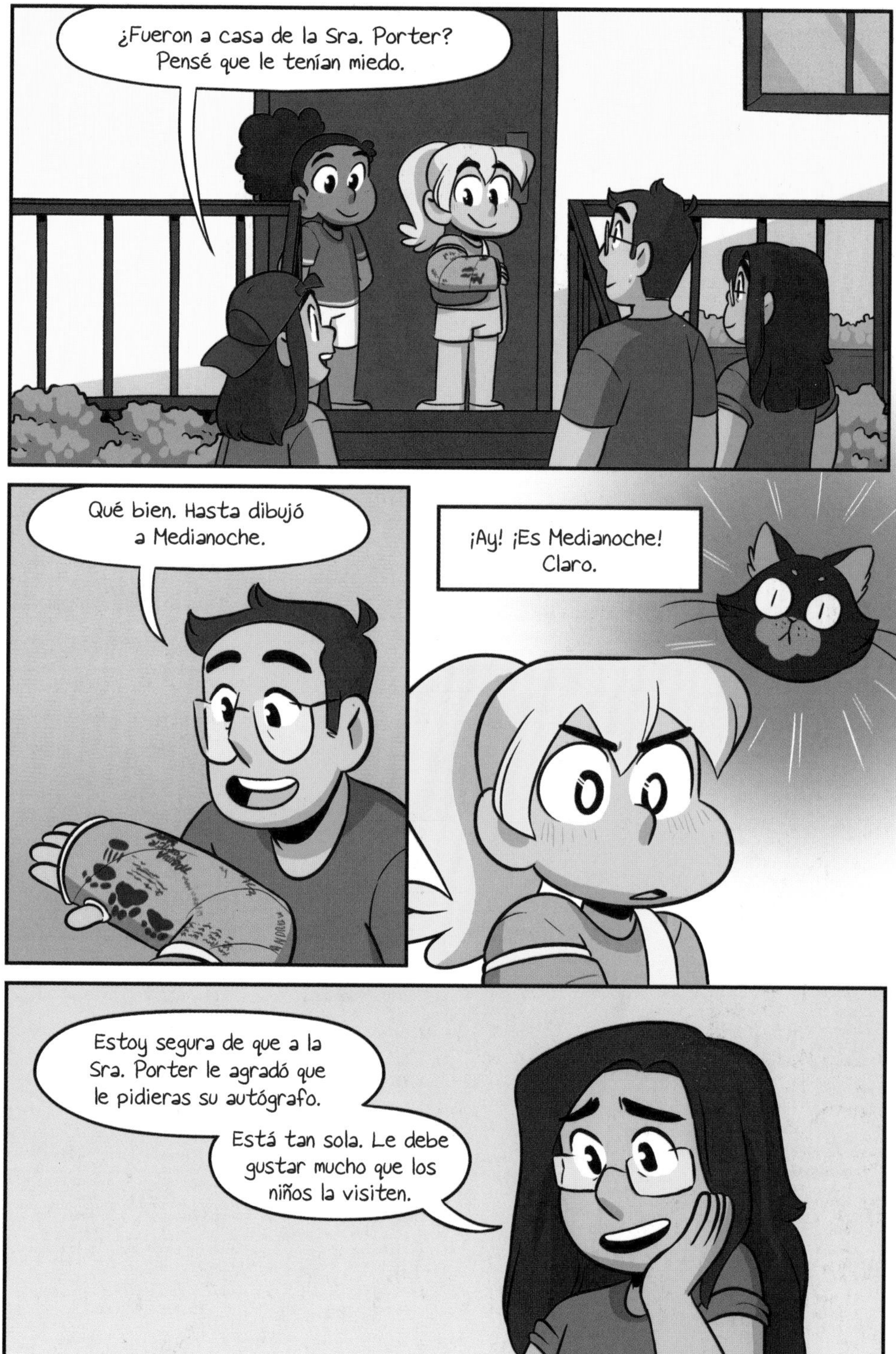
¿Fueron a casa de la Sra. Porter? Pensé que le tenían miedo.
Qué bien. Hasta dibujó a Medianoche.
¡Ay! ¡Es Medianoche! Claro.
Estoy segura de que a la Sra. Porter le agradó que le pidieras su autógrafo.
Está tan sola. Le debe gustar mucho que los niños la visiten.

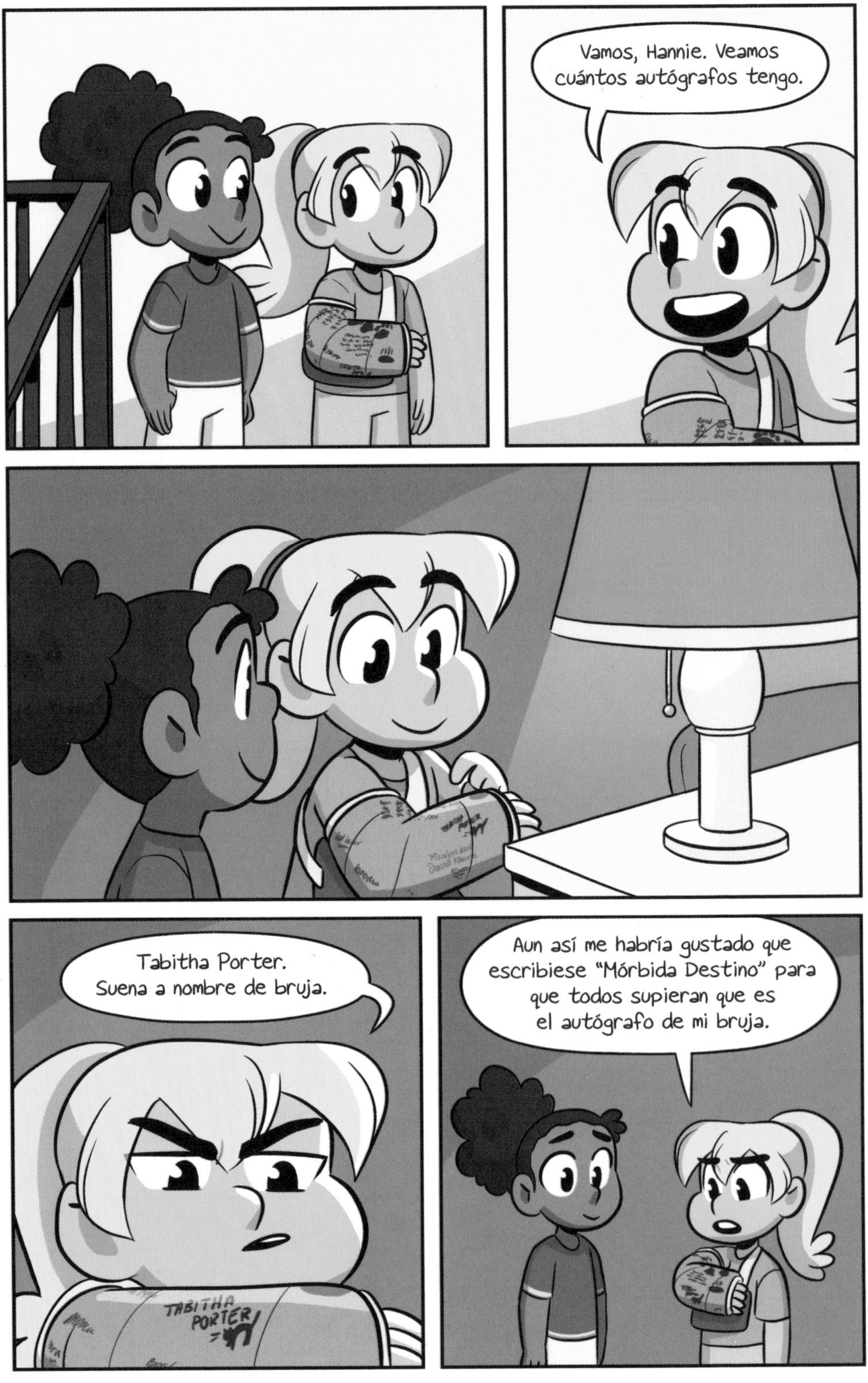
Vamos, Hannie. Veamos cuántos autógrafos tengo.
Tabitha Porter. Suena a nombre de bruja.
TABITHA PORTER
Aun así me habría gustado que escribiese “Mórbida Destino” para que todos supieran que es el autógrafo de mi bruja.

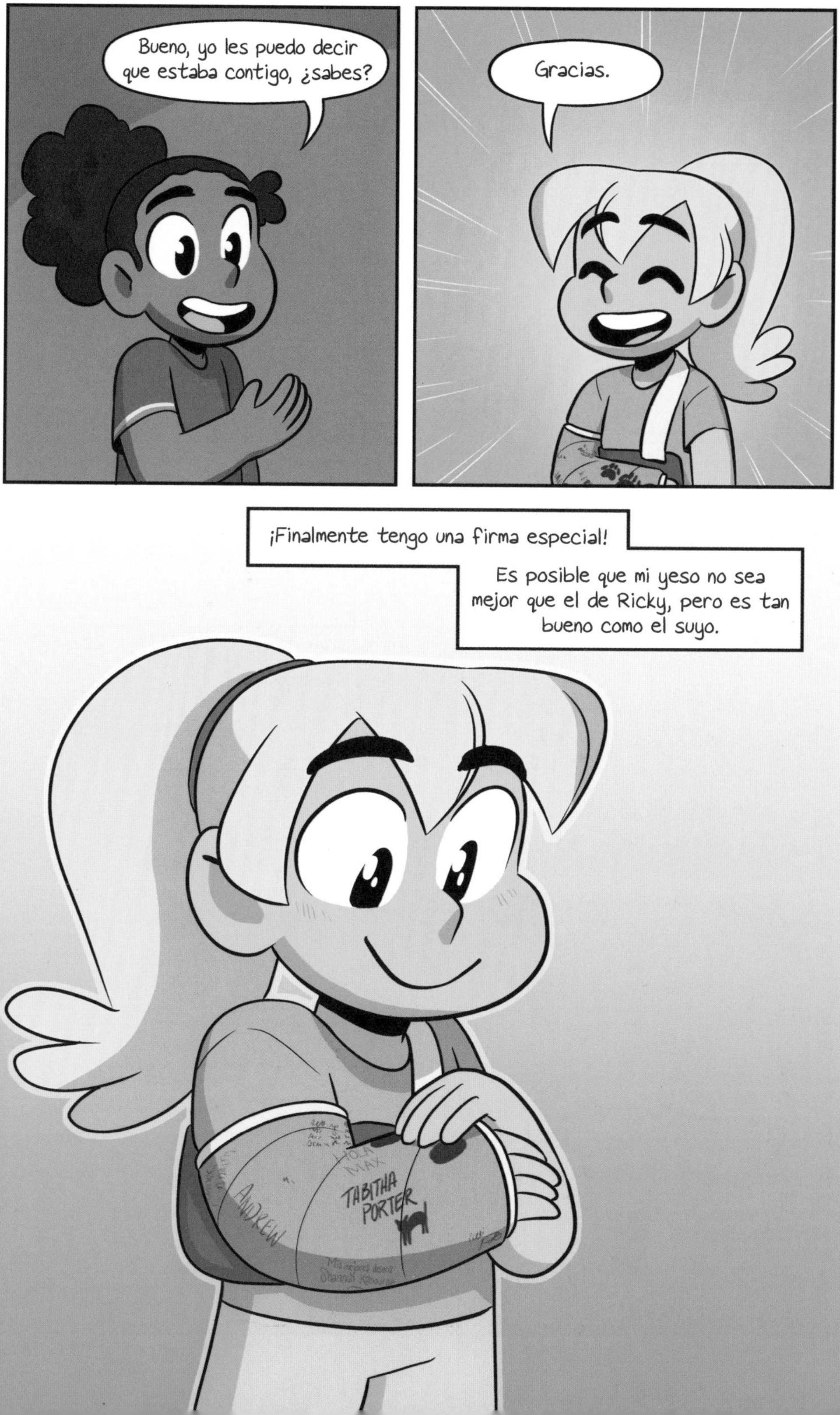
Bueno, yo les puedo decir que estaba contigo, ¿sabes?
Gracias.
¡Finalmente tengo una firma especial!
Es posible que mi yeso no sea mejor que el de Ricky, pero es tan bueno como el suyo.
HOLA MAX
TABITHA PORTER
ANDREW

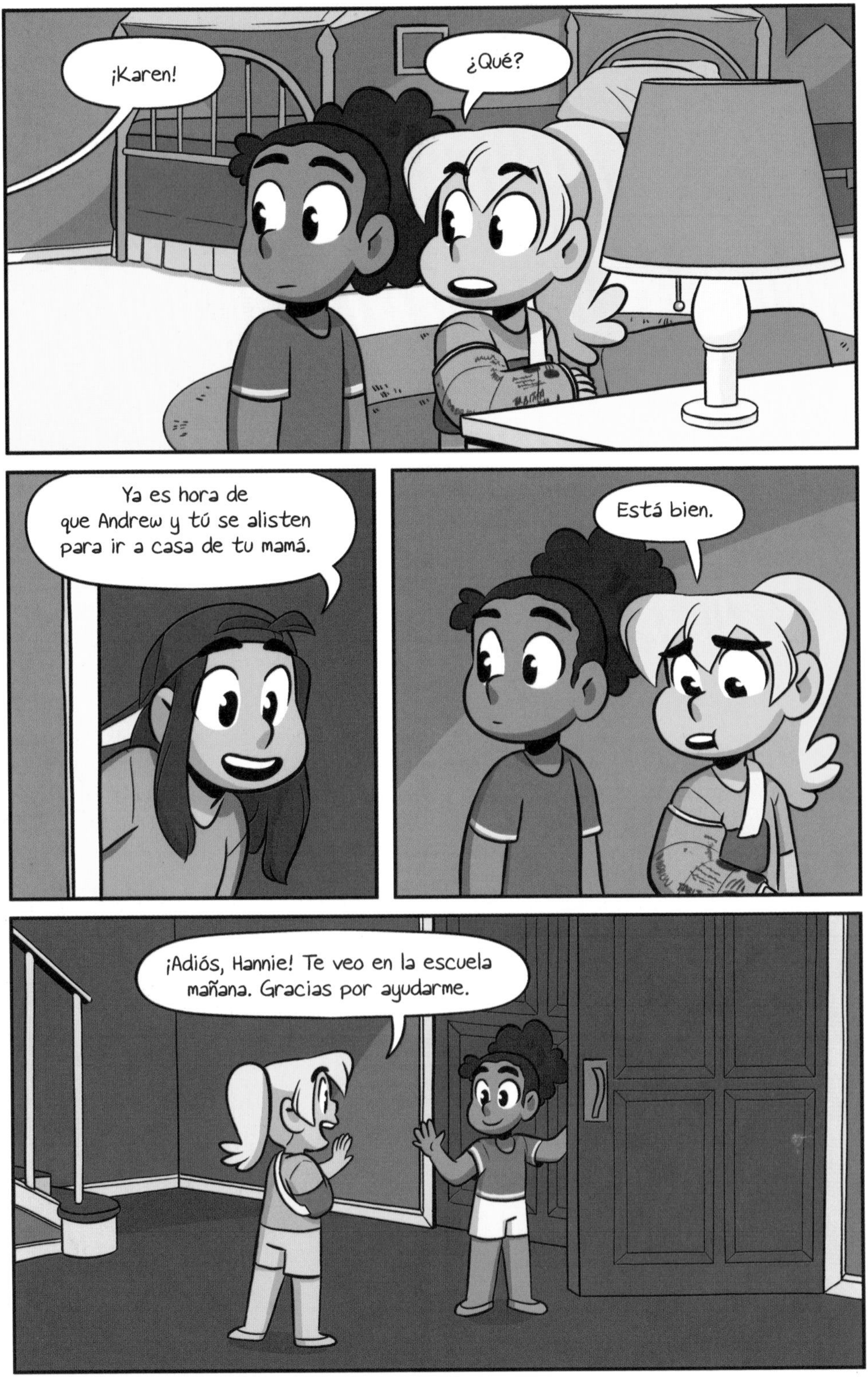
¡Karen!
¿Qué?
Ya es hora de que Andrew y tú se alisten para ir a casa de tu mamá.
Está bien.
¡Adiós, Hannie! Te veo en la escuela mañana. Gracias por ayudarme.

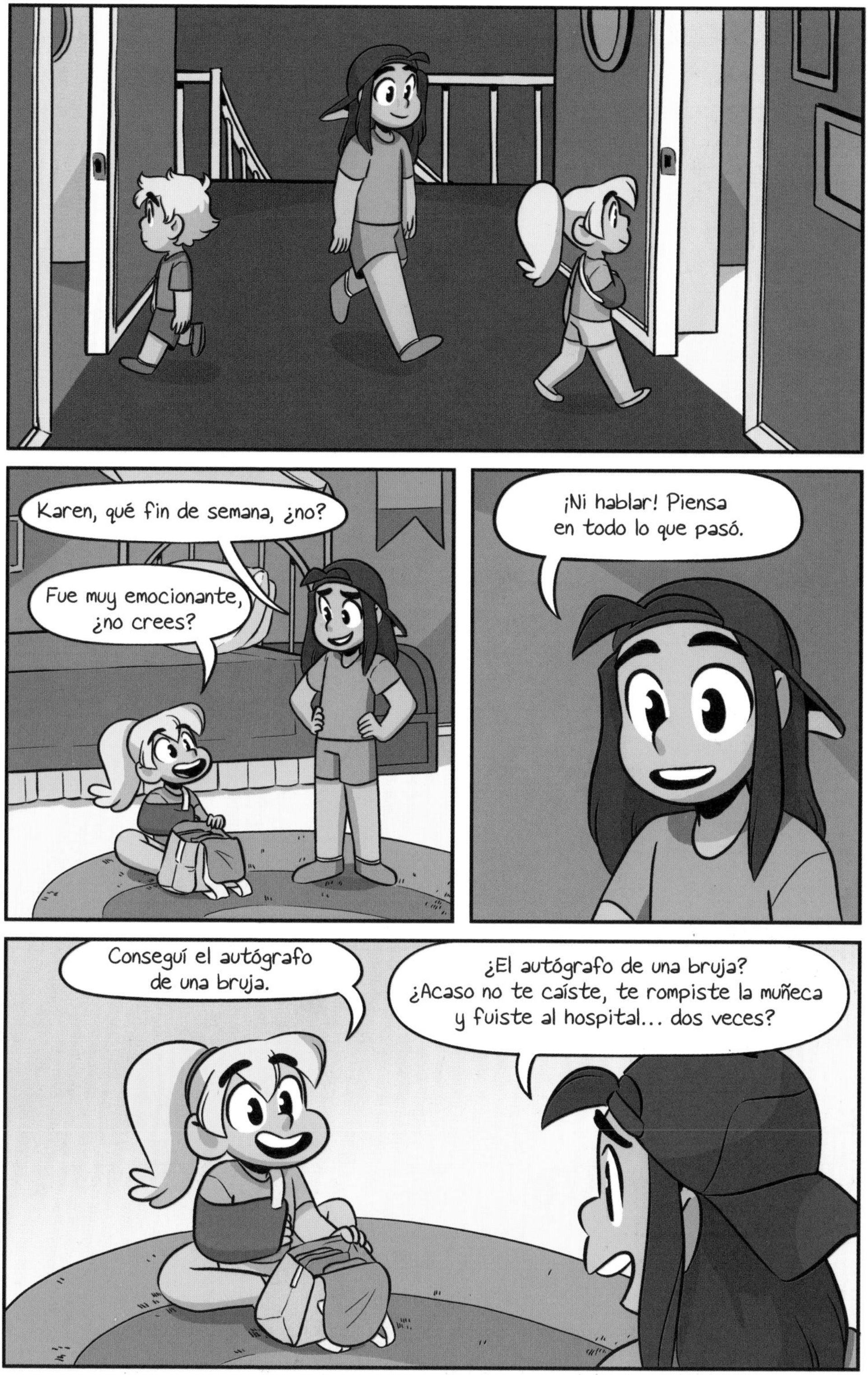
Karen, qué fin de semana, ¿no?
Fue muy emocionante, ¿no crees?
¡Ni hablar! Piensa en todo lo que pasó.
Conseguí el autógrafo de una bruja.
¿El autógrafo de una bruja? ¿Acaso no te caíste, te rompiste la muñeca y fuiste al hospital... dos veces?

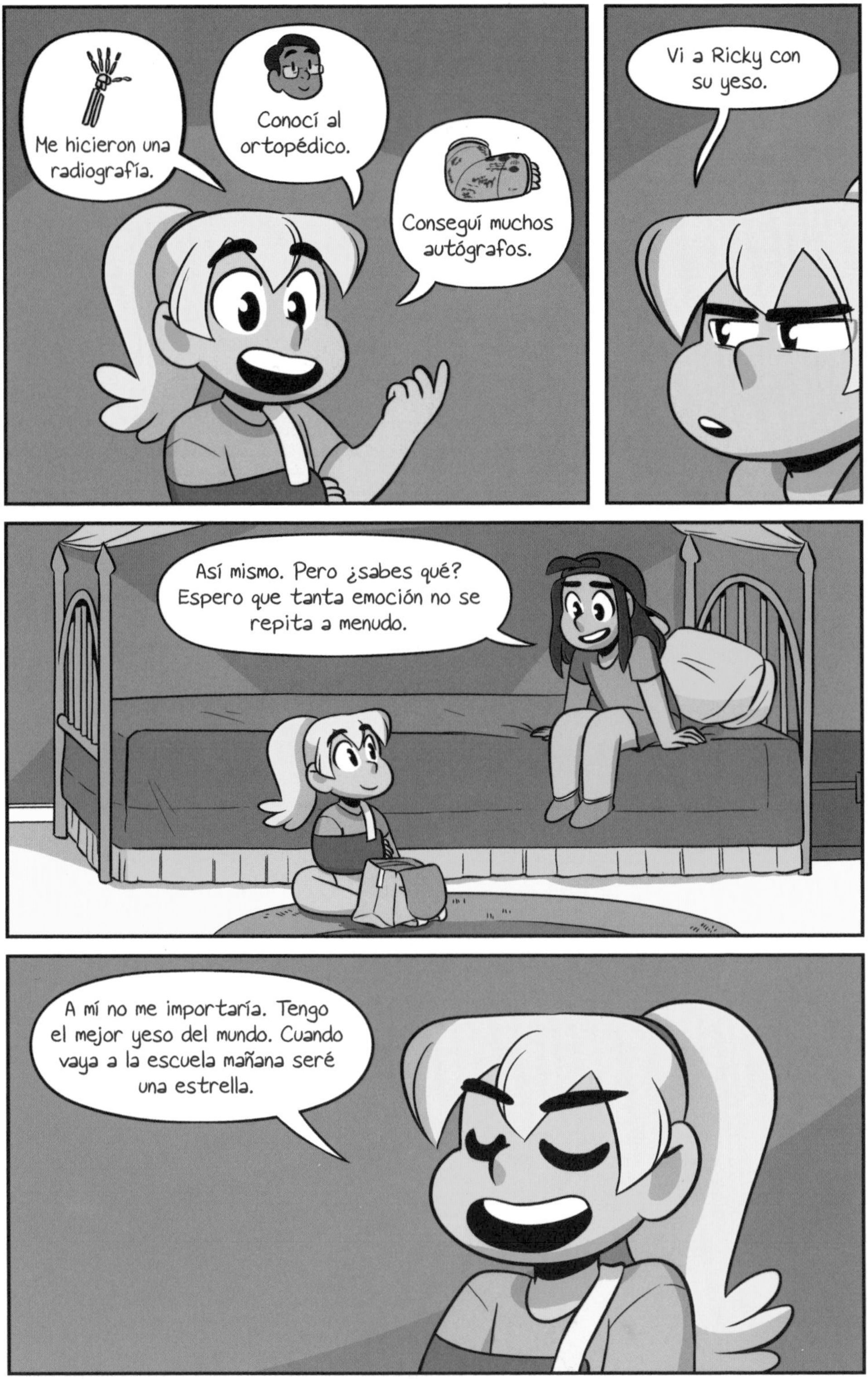
Me hicieron una radiografía.
Conocí al ortopédico.
Conseguí muchos autógrafos.
Vi a Ricky con su yeso.
Así mismo. Pero ¿sabes qué? Espero que tanta emoción no se repita a menudo.
A mí no me importaría. Tengo el mejor yeso del mundo. Cuando vaya a la escuela mañana seré una estrella.

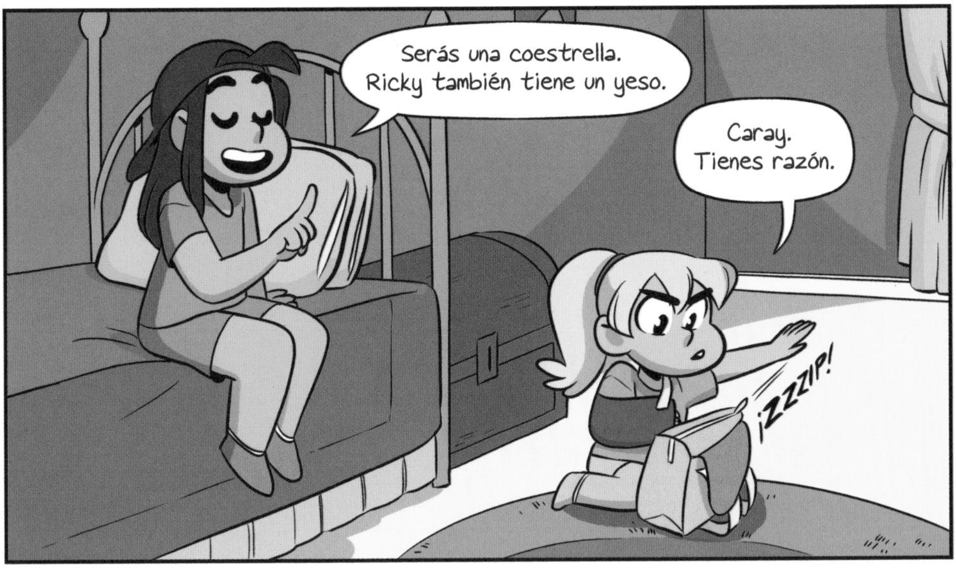
Serás una coestrella.
Ricky también tiene un yeso.
Caray.
Tienes razón.
¡ZZZIP!

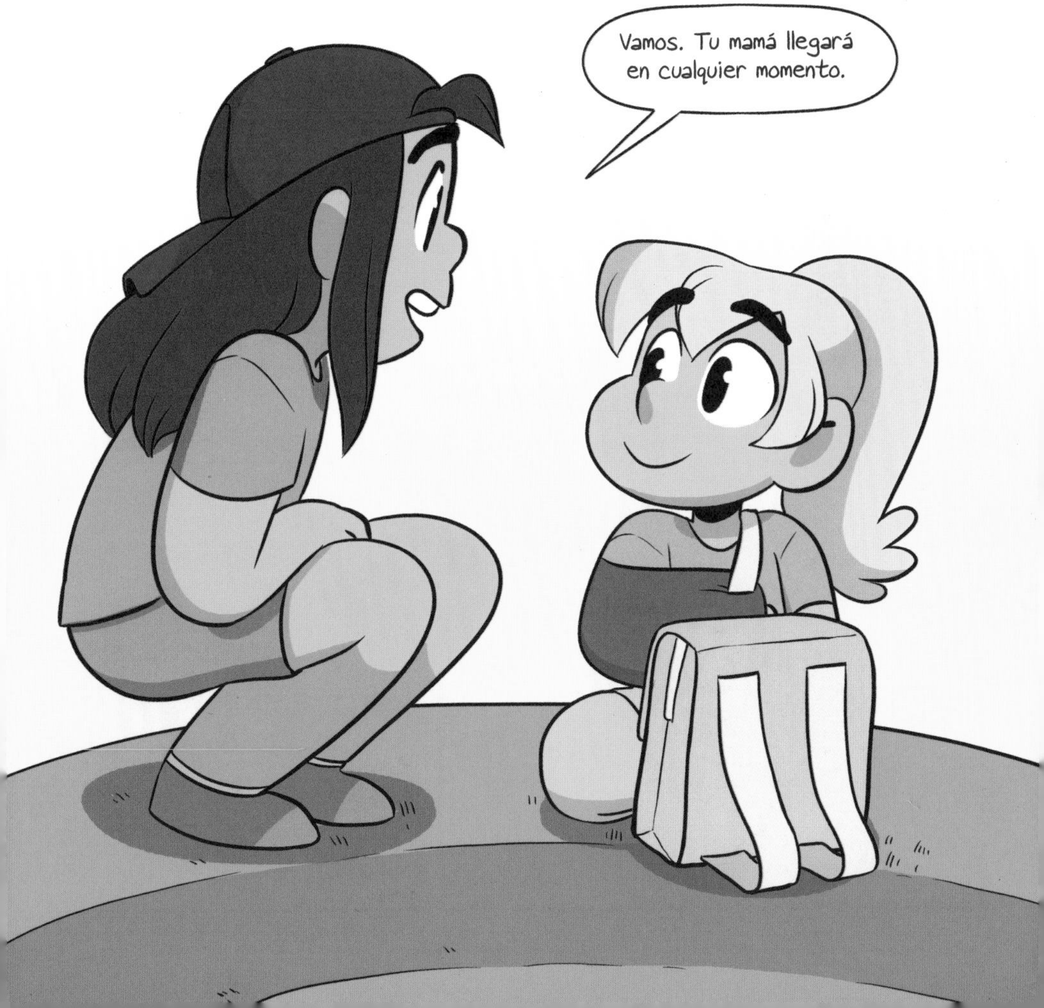
Vamos. Tu mamá llegará
en cualquier momento.

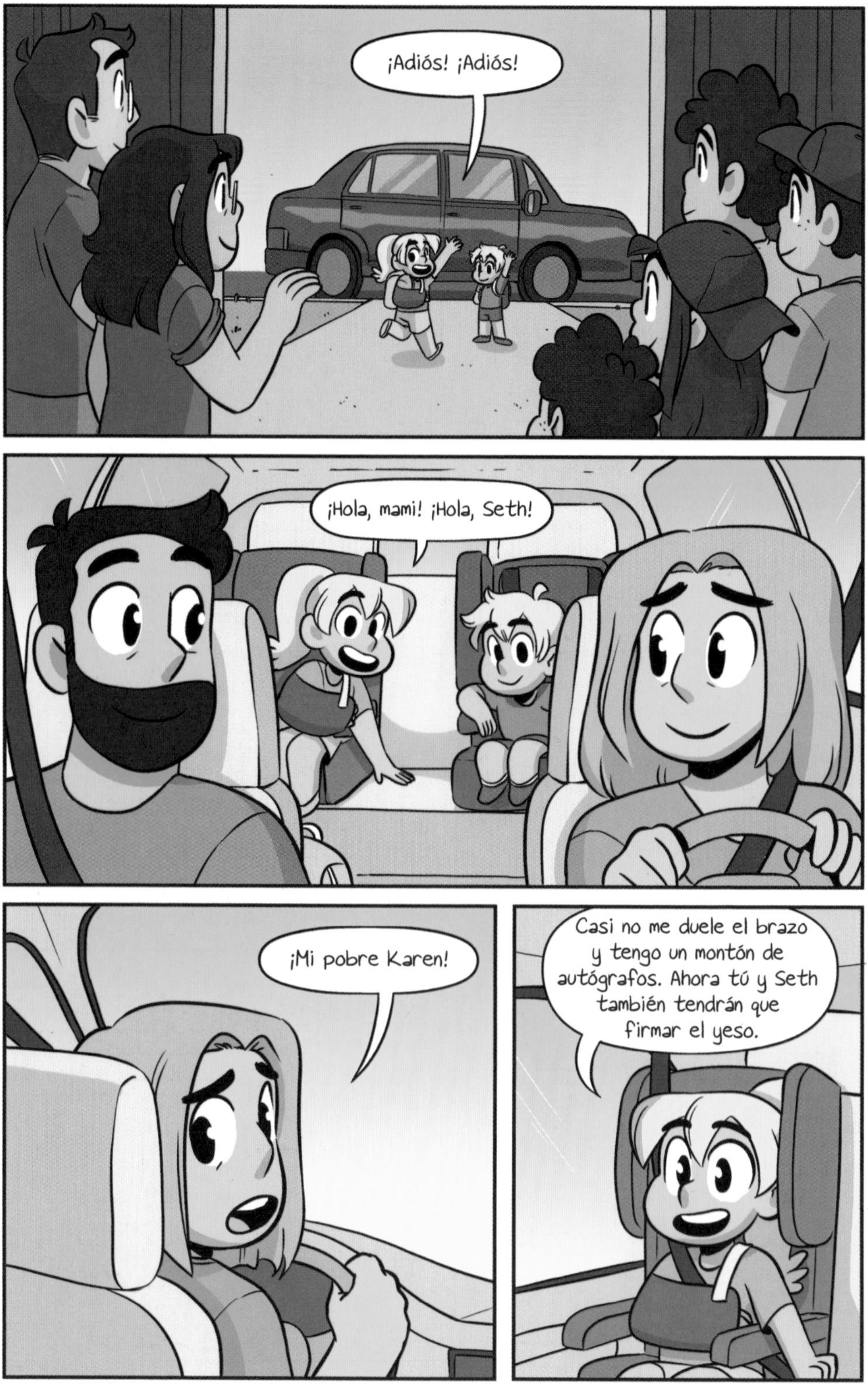
¡Adiós! ¡Adiós!
¡Hola, mami! ¡Hola, Seth!
¡Mi pobre Karen!
Casi no me duele el brazo y tengo un montón de autógrafos. Ahora tú y Seth también tendrán que firmar el yeso.

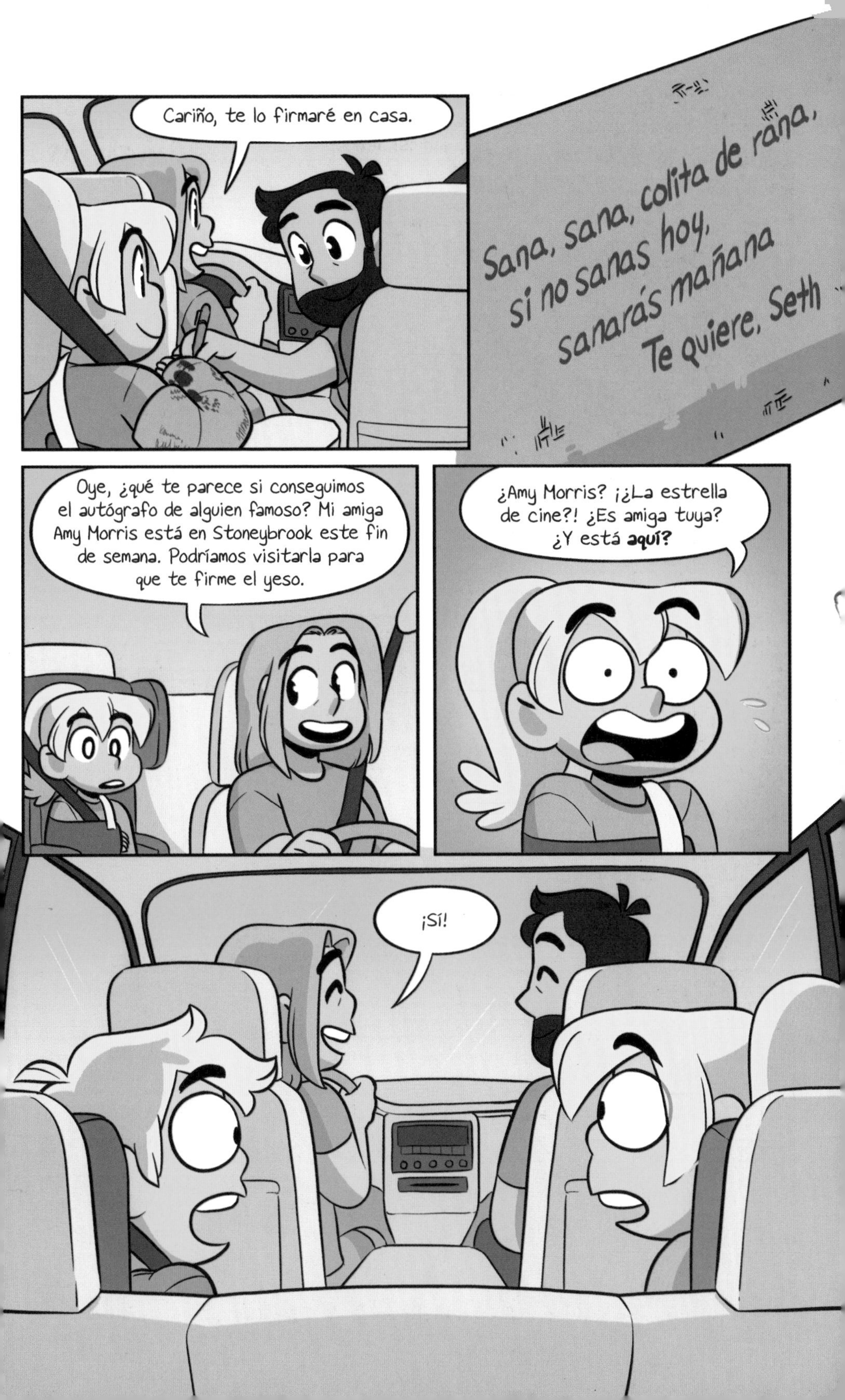
Cariño, te lo firmaré en casa.
Sana, sana, colita de rana, si no sanas hoy, sanarás mañana
Te quiere, Seth
Oye, ¿qué te parece si conseguimos el autógrafo de alguien famoso? Mi amiga Amy Morris está en Stoneybrook este fin de semana. Podríamos visitarla para que te firme el yeso.
¿Amy Morris? ¡¿La estrella de cine?! ¿Es amiga tuya? ¿Y está **aquí?**
¡Sí!

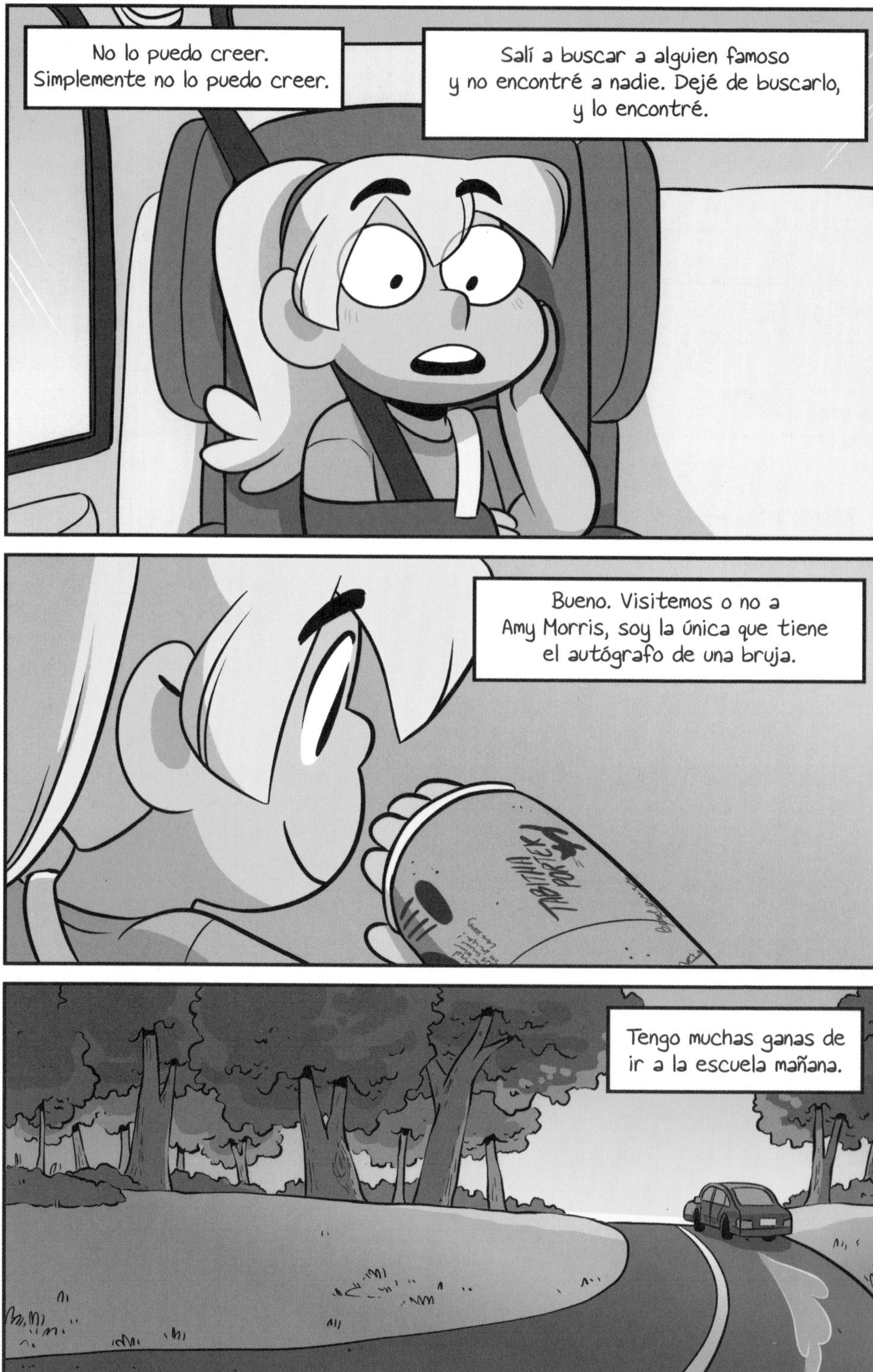
No lo puedo creer. Simplemente no lo puedo creer.
Salí a buscar a alguien famoso y no encontré a nadie. Dejé de buscarlo, y lo encontré.
Bueno. Visitemos o no a Amy Morris, soy la única que tiene el autógrafo de una bruja.
Tengo muchas ganas de ir a la escuela mañana.

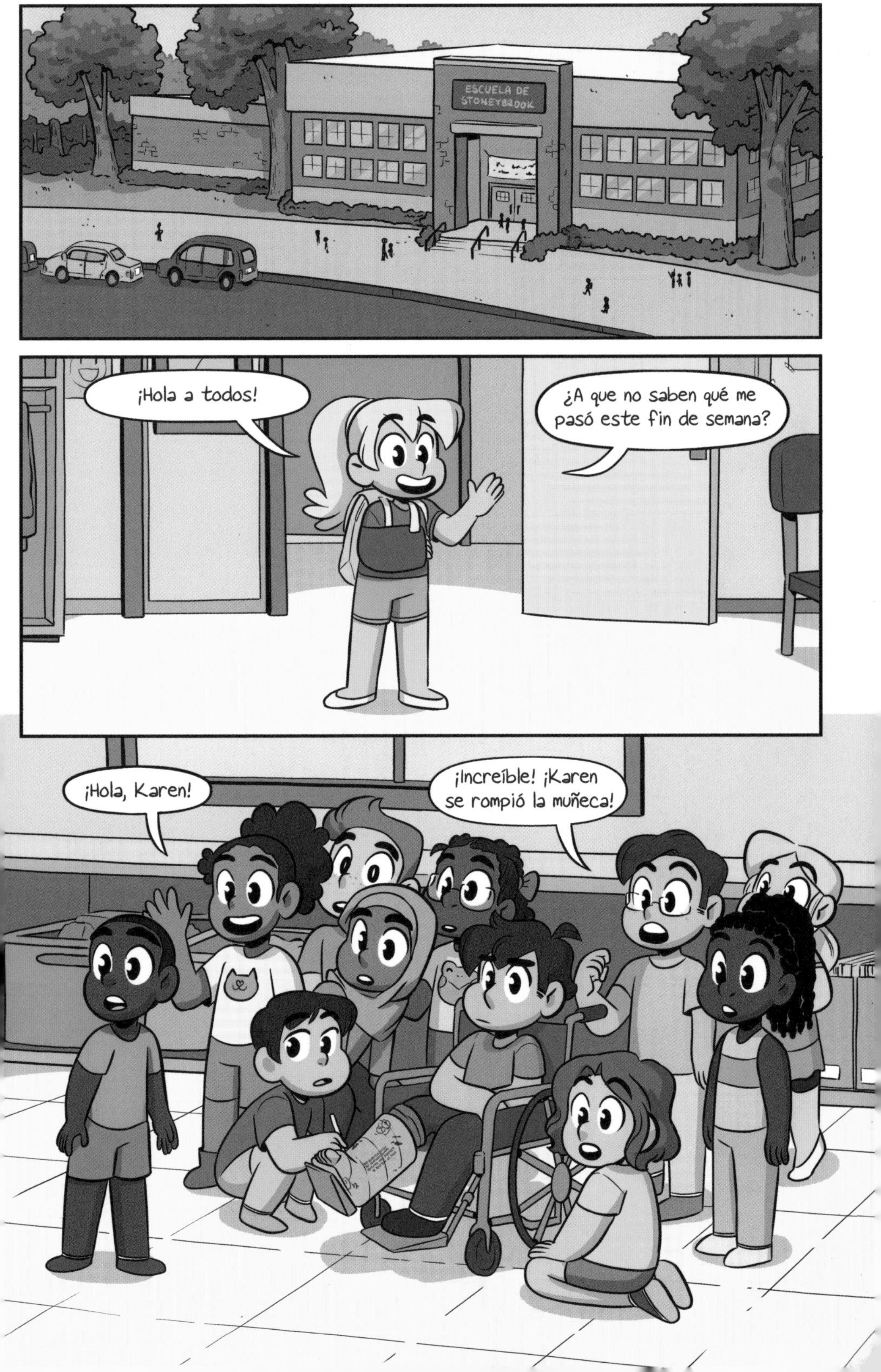
ESCUELA DE STONEYBROOK
¡Hola a todos!
¿A que no saben qué me pasó este fin de semana?
¡Hola, Karen!
¡Increíble! ¡Karen se rompió la muñeca!

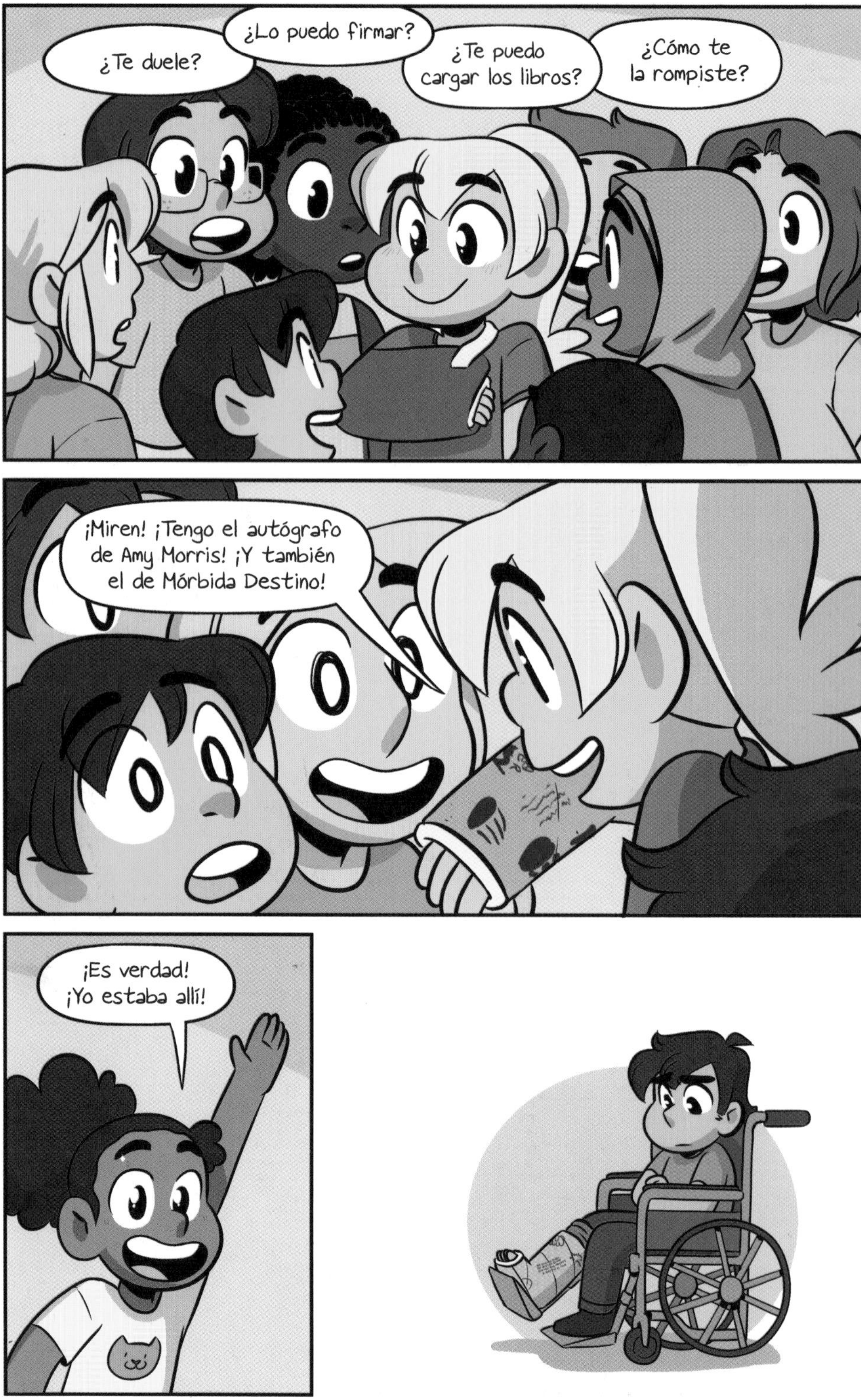
¿Te duele?
¿Lo puedo firmar?
¿Te puedo cargar los libros?
¿Cómo te la rompiste?
¡Miren! ¡Tengo el autógrafo de Amy Morris! ¡Y también el de Mórbida Destino!
¡Es verdad! ¡Yo estaba allí!

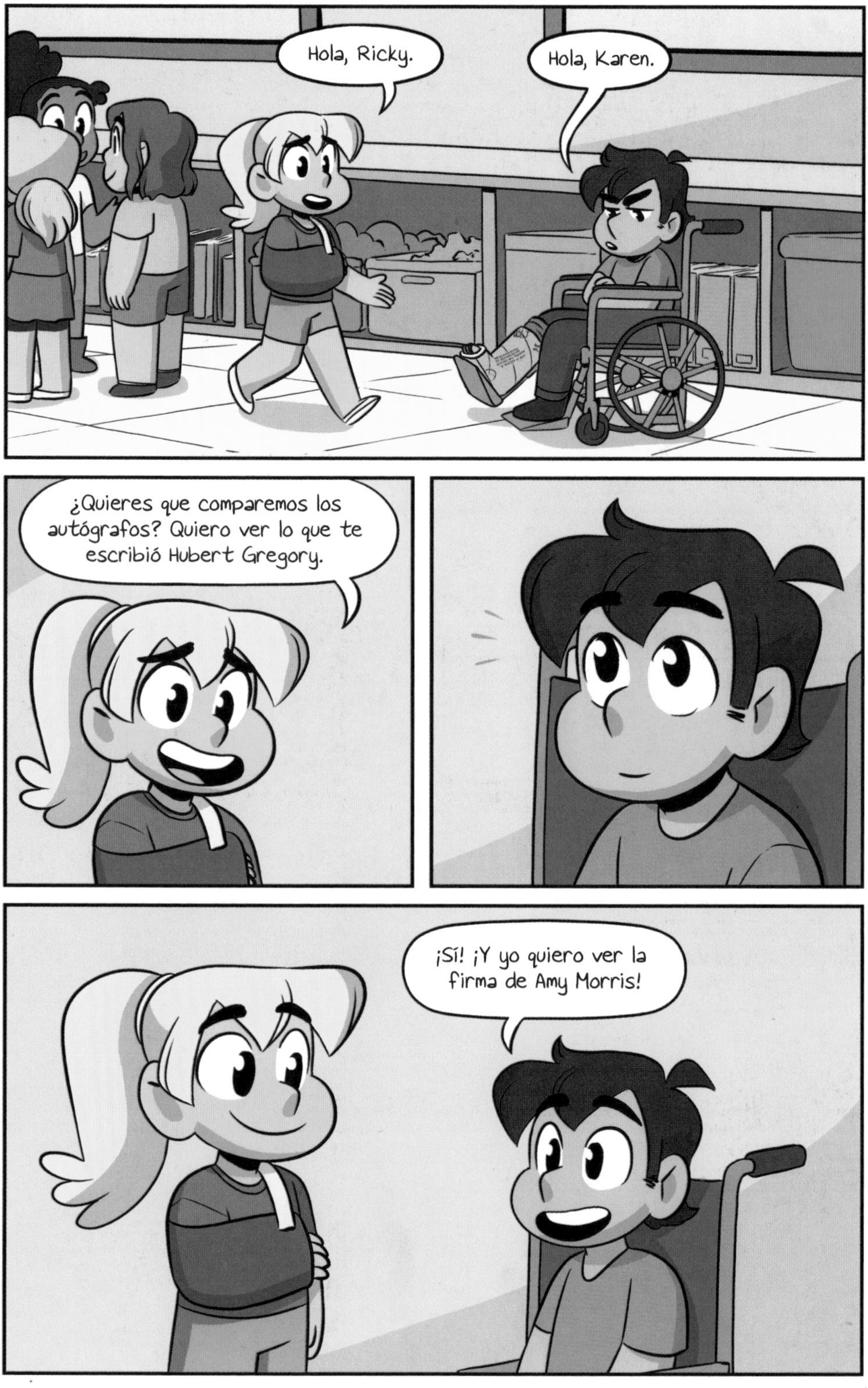
Hola, Ricky.
Hola, Karen.
¿Quieres que comparemos los autógrafos? Quiero ver lo que te escribió Hubert Gregory.
¡Sí! ¡Y yo quiero ver la firma de Amy Morris!